La memoria

1350

LE STORIE DELLA CASA DI RINGHIERA

La casa di ringhiera
Gli scheletri nell'armadio
Il segreto di Angela
Il caso Kakoiannis-Sforza
L'uomo con la valigia
Morte di un ex tappezziere
Sei storie della casa di ringhiera
Il diario segreto del cuore
La verità su Amedeo Consonni
Colpo grosso ai Frigoriferi Milanesi

DELLO STESSO AUTORE
in questa collana

Il ragazzo che leggeva Maigret
Commedia nera n. 1
L'errore di Platini
La clinica Riposo & Pace. Commedia nera n. 2
L'atroce delitto di via Lurcini. Commedia nera n. 3
La cassa refrigerata. Commedia nera n. 4
I killer non vanno in pensione

nella collana «Il contesto»

Il correttore di bozze
Il superstizioso
Prenditi cura di me
Piccola enciclopedia delle ossessioni
L'educazione sentimentale di Eugenio Licitra
Wunderland

Francesco Recami

Il mostro del Casoretto

Sei storie della casa di ringhiera

Sellerio editore
Palermo

e-mail: info@sellerio.it
www.sellerio.it

I racconti riuniti in questo volume sono apparsi per la prima volta nelle seguenti antologie:
La scuola in giallo, 2014 («Il mostro del Casoretto»); *La crisi in giallo*, 2015 («Chi ha pane non ha denti, chi ha denti non ha pane»); *Turisti in giallo,* 2015 («Turisti innamorati a Firenze»); *Il calcio in giallo*, 2016 («Progresso-Audace 3-2»); *Viaggiare in giallo*, 2017 («Il testimone»); *Un anno in giallo*, 2017 («Ottobre in giallo a Milano»).

Questo volume è stato stampato su carta Arena Ivory Smooth prodotta dalle Cartiere Fedrigoni con materie prime provenienti da gestione forestale sostenibile.

Recami, Francesco <1956>

Il mostro del Casoretto : sei storie della casa di ringhiera / Francesco Recami. - Palermo: Sellerio, 2025.
(La memoria ; 1350)
EAN 978-88-389-4884-8
853.92 CDD-23 SBN Pal0386219

CIP - *Biblioteca centrale della Regione siciliana «Alberto Bombace»*

Il mostro del Casoretto
Sei storie della casa di ringhiera

Il mostro del Casoretto

Non si riusciva proprio a capire perché Gianmarco andasse male in italiano scritto. La sua pagella era più che discreta, 7 in storia, in scienze, addirittura 8 in matematica, ma ai temi in classe prendeva sempre 4. La prima a stupirsi era la sua professoressa di italiano, che non si capacitava di come mai Gianmarco Giorgi, Seconda D, scuola secondaria di primo grado, cioè scuola media, le consegnasse quei temi incredibilmente brevi, di solito mezzo foglio protocollo, assolutamente sotto il minimo sindacale, del tutto privi di idee, di una qualsiasi esposizione, di coerenza, ma nonostante ciò pieni di un numero sproporzionato di errori di sintassi, di consecutio, di grammatica, e anche, gravissimo, di ortografia. Eppure all'interrogazione sulle origini della lingua italiana se l'era cavata bene, aveva studiato, si esprimeva con proprietà di linguaggio. Ma come era dunque possibile?

Che si trattasse di un blocco psicologico, di una sorta di rifiuto inconscio per la scrittura? Sembrava che lo facesse apposta. Ma non poteva essere, lui sembrava impegnarsi, fino a consumarsi, mentre scriveva il tema. Nell'ora a disposizione era teso, sudava, si guardava intorno, cercava di raccogliere le idee, ma nulla, alla fine consegnava la sua mezza paginetta, resa illeggibile da mille cancellature e ripensamenti. Alla professoressa dispiaceva, ma non poteva che dargli 4. Se gli avesse dato di più, per incoraggiamento, tutta la classe sarebbe insorta, si sarebbero scatenate furiose polemiche rivendicative, e lei avrebbe dovuto dare 6 al Minghelli, che non meritava più di un 4 e mezzo, 5 meno meno, ma che almeno era coerente, andava male in tutte le materie e non studiava mai.

La faccenda fu comunicata alla madre di Gianmarco, la signora Donatella, una donna un po' consunta e assai provata dalle vicende matrimoniali: suo marito, seriamente alcolizzato, l'aveva in questa fase lasciata sola, impegnato in una improbabile disintossicazione. Donatella sapeva delle difficoltà del figlio in italiano scritto, ma non aveva molto tempo e risorse per dargli una mano, né per capire il come e il perché. Gianmarco sapeva solo dire: «Mamma non riesco, non è colpa mia, vado in crisi».

Così Donatella si decise a chiedere una mano alla ex professoressa Mattioli, che viveva nello stesso condominio di ringhiera dove abitava la famiglia Giorgi, che oltre a Donatella e Gianmarco era composta da Margherita, 8 anni, quarta elementare, che scriveva temi assai migliori quantitativamente e qualitativamente del fratello maggiore. Una volta gliene aveva anche passato uno, ma Gianmarco nel copiarlo era riuscito a infarcirlo di errori. «Un po' infantile ma vedo miglioramenti nell'ideazione, non è che ti ha aiutato qualcuno? C'è un punto di vista femminile che non mi quadra...» aveva commentato la professoressa.

Angela Mattioli invece, che aveva insegnato alle superiori diversi anni addietro e che non aveva un'idea precisa del livello di un alunno di seconda media, si era dichiarata disponibile: quel pomeriggio alle tre ci fu il primo incontro, a casa Giorgi, in cucina. Lei, tanto per farsi un'idea, chiese a Gianmarco di scrivere qualcosa sull'ultimo libro che aveva letto.

«Qual è l'ultimo libro che hai letto?».

«Mmm, quello, quello con la copertina gialla, quello del ragazzo ebreo che ha un amico ricco...».

«Vuoi dire *L'amico ritrovato*?».

«Sì, quello».

«Benissimo. Scrivi qualcosa su che impressione ti ha fatto, non è che devi fare una scheda libro. Quello che ti pare». Gianmarco cominciò a sudare.

Angela lo lasciò solo, doveva stendere il bucato, tornò dopo quaranta minuti. Gianmarco le consegnò un foglio spiegazzato e stazzonato, pieno di cancellature e ripensamenti.

Il risultato era il seguente.

«Nella germania degli anni Trenta, due ragazzi sedicienni frequentano la stessa scuola elusiva. Luno è figllio di un' medico ebreo, laltro è di ricca famiglia aristocratica. Tra loro nascie un amicizia del cuore, un intesa perfetta e magica. Un anno dopo, il loro legame è spezzatto. L'amico ritrovato è apparso nel 1971 negli Statiuniti ed è poi stato publicato in inghilterra, francia, olanda, svezia, norvegia, danimarca, spagnia, germagna, israele, portogalo. Introduzione di arthhur koestler».

Non era altro che la prima scheda che si trova sul web, ma pesantemente modificata. Angela era sbigottita. «Ma come è possibile? Sei riuscito a fare un sacco di errori nonostante tu l'abbia copiato? E gli apostrofi? Perché li hai tolti tutti?».

«La prof dice che ne metto sempre troppi... allora decidetevi...».

«E le maiuscole? Dove sono finite?».

Gianmarco era avvilito. Per evitare che la Mattioli si accorgesse che aveva copiato aveva fatto qualche modifica, e inserito errori supplementari, oltre a quelli normali di copiatura.

Si mise a piangere. Giurava che aveva come un blocco, tutte le volte che doveva scrivere qualcosa, specialmente un tema. Gli veniva la nausea, si sentiva male e la testa gli andava in confusione, si paralizzava.

Ora la ex professoressa non è che avesse intenzione di tramutare il suo amichevole aiuto in una consulenza psicopedagogica, d'altronde non ne aveva le competenze e i titoli, e inoltre mica aveva intenzione di chiedere un euro a Donatella. Ma si rese conto che il problema era più serio di quello che aveva pensato.

«Be', domani cambiamo registro, non ti lascerò solo mentre scrivi il tema. Bisogna che tu ti calmi, non ci vuole niente a fare un tema, basta solo esercitarsi un po', e io sono qui per questo. Partiremo dall'ABC. Adesso fai gli altri compiti». Detto questo se ne andò.

In quel momento arrivò Margherita che usciva da

scuola alle tre e mezza. Era tutta eccitata. Aveva qualcosa da raccontare.

«Voi non avete idea di che è successo a scuola!».

Gianmarco era rimasto immobile e provato, con la testa fra le mani e i gomiti appoggiati sul tavolo.

«Che è successo?».

«È venuto un pedofilo!».

«Cosa? Un pedofilo? Ma sei scema?».

Donatella dall'altra stanza orecchiò la parola «pedofilo» e corse in cucina. Margherita, in estasi da protagonismo, iniziò a raccontare. Ebbene, l'episodio era grave. Valentina, una sua compagna di classe molto carina, con i riccioli biondi, era stata avvicinata fuori dalla scuola da un signore anziano che le aveva offerto le caramelle e le aveva chiesto se era sola. Lei gli aveva detto che sì, era sola, perché la mamma era in ritardo. Allora il pedofilo le aveva proposto di accompagnarla da qualche parte, e che le avrebbe mostrato «Il Pirellone».

Da qui in poi Margherita non fu molto chiara, e la colpa non era soltanto sua. Secondo la versione ufficiale che si era diffusa come una marea nell'Istituto Scolastico Santa Maria delle Sconsolate, pareva che il pedofilo avesse condotto Valentina in un angolo buio, e le avesse fatto vedere il pisellone grande. Poi le aveva offerto un lecca lecca... per fortuna in quel momento erano arrivati altri bambini e altra gente... il mostro si era dileguato...

Valentina, probabilmente perché terrorizzata o minacciata dal vecchio affinché tenesse la bocca chiusa, a casa non aveva raccontato niente, ma la mattina dopo, a scuola, ne aveva parlato con la sua amica del cuore, tale Martina, scongiurandola di non spifferare il suo segreto. Anche Martina aveva fatto lo stesso con Chiara, l'altra sua migliore amica, e così via. In breve in classe l'argomento era sulla bocca di tutti i bambini: alcuni, evidentemente catechizzati da genitori e parenti, si facevano un vanto di sapere benissimo che quello era un signore pedofilo e che i pedofili attraggono i bambini con le caramelle e i lecca lecca per poi fare il sesso con loro e alla fine ucciderli, seppellirli o anche mangiarli.

«Il mio nonno dice che ai pedofili bisogna tagliare il pisello».

«Il mio papà dice che ci vuole la pena di morte».

Questo dicevano i bambini nella terza elementare, sezione A.

Donatella rimase sconvolta dalla notizia. E se fosse accaduto a sua figlia? Ripensò al fatto che proprio il giorno prima Margherita era rimasta sola fuori dalla scuola, perché lei era bloccata in mezzo al traffico dalle parti di Cormano, e che aveva dovuto cercare qualcuno che si prestasse ad andarla a prendere... dopo un giro di telefonate fortunatamente aveva trovato il Consonni, il quale gentilmente aveva sospeso il sonnellino per correre alla scuola di Margherita.

Amedeo Consonni era il «fidanzato» della professoressa Mattioli, un placido pensionato di sessantasei anni, per quaranta dei quali aveva fatto il tappezziere, inquilino dell'appartamento 8 della stessa casa di ringhiera.

Consonni si era subito recato alla scuola per prendere la bambina, ma aveva dovuto aspettare un'ora perché la classe di Margherita usciva dopo, Donatella si era evidentemente confusa. Ma quest'ultima, una volta rientrata a casa, era preoccupatissima del fatto che Consonni e sua figlia non fossero ancora tornati. E se hanno avuto un incidente? Ma come, a piedi? E se li hanno messi sotto? Per fortuna alle cinque erano arrivati sani e salvi.

In mezzo a tutte queste preoccupazioni ci mancava anche la comparsa di un pedofilo. E la storia del lecca lecca? Veramente rivoltante.

Donatella chiamò Marta, la madre di Giada, amica del cuore di Margherita, e rappresentante dei genitori, di solito informatissima, che le fornì un quadro più completo.

In effetti il fatto era accaduto davvero. Presto la voce era giunta alle insegnanti: queste si erano subito riunite, era una situazione di emergenza. Oddio, un pedofilo fuori dalla scuola, che peraltro era anche un istituto gestito da religiose! Che fare? Avvisare la polizia? Per prima cosa erano stati avvertiti i genitori di Valentina, i quali rapidamente avevano raggiunto la scuola, per sincerarsi delle condizioni della figlia.

All'ora dell'uscita tutti sapevano dell'accaduto: si erano formati capannelli, c'era sconcerto e rabbia, qualcuno faceva la voce grossa, l'importante era reagire immediatamente, organizzarsi, difendersi e difendere i bambini dalla minaccia. Valentina era stata ricondotta a casa, scortata da una mezza dozzina di persone...

La notizia che nel Casoretto si aggirava un «mostro» che adescava le bambine si diffuse velocemente nel quartiere.

Tutti ne parlavano, tutti ne sapevano qualcosa, non in pochi avevano visto aggirarsi personaggi sospetti attorno alle scuole. La circostanza veniva messa in connessione con innumerevoli fatti di cronaca, molestie a bambine, ragazzine scomparse e mai più ritrovate, nei bar non si parlava d'altro.

«E la polizia che fa? Dorme?».

«E che vuoi che faccia? E poi anche se lo prendono, sai che succede? Lo tengono isolato in carcere, lo proteggono perché se no gli altri carcerati lo spellano vivo, poi lo mettono in un istituto a spese dello Stato, cioè nostre, e lo curano come un malato di mente. Dopo due anni lo mandano a casa e lui può ricominciare da capo...».

«Ah, se dipendesse da me, quella gente sarebbe messa nella condizione di non nuocere...».

«Ma per avere questo risultato c'è una soluzione sola...».

«È quello che penso anch'io...».

«È tutta colpa della televisione...».

«Milano non è più Milano, quando non c'erano tutti questi negher queste cose non succedevano...».

«Ma quel pedofilo lì non è mica un negher...».

«Non importa, non succedevano lo stesso...».

«Adesso non buttiamola in politica...».

«Eh già, tanto adesso i bambini li danno anche alle coppie di culattoni. E cosa se ne fanno due culattoni di un bambino?».

«Guarda, non ne parliamo che mi ribolle il sangue...».

«Se aspettiamo la polizia... dovremmo organizzarci noi, sorvegliare tutte le strade...».

«Be', adesso devo andare...».

«Anch'io...».

«Rob de matt».

Alcune persone anziane che si aggiravano per i fatti loro nei pressi delle scuole cominciarono a essere guardate con sospetto. A quanto pareva il pedofilo portava un impermeabile grigio, la classica tenuta da esibizionista o da violentatore di bambine.

La voce giunse naturalmente anche a Consonni, il quale non era riuscito a disintossicarsi, per quanti tentativi avesse fatto, dalla sua mania per i fatti criminosi. Era una passione del tutto innocua, per un uomo così pacifico, fatto sta che nel suo elegante appartamento da ex tappezziere le belle librerie di noce erano stracolme di classificatori, rivestiti di preziosi scampoli di seta, pieni di ritagli di giornale sui delitti commessi in tutt'Italia da vent'anni a questa parte, con una particolare attenzione alla Lombardia. E questa sua passione negli ultimi mesi non aveva mancato di metterlo nei guai, per questo aveva giurato a se stesso e soprattutto ad Angela di liberarsi del suo archivio e di non andare a mettere il naso sulle scene del crimine in provincia di Milano, come gli era, purtroppo, capitato.

Ma Consonni non poté resistere alla tentazione di andare a dare un'occhiata sul posto, davanti alla scuola, tanto per sgranchirsi le gambe.

Vicino al portone dell'istituto si vivevano momenti concitati, molti genitori erano impegnati in accese discussioni, erano presenti anche un paio di guardie giurate dotate di grosse pistole. Consonni si avvicinò per origliare se ci fosse qualche novità. A quanto pareva in mattinata due agenti di polizia, un uomo e una donna, erano passati dalla scuola per parlare con gli insegnanti ed avere informazioni. Venne fuori che non era la prima volta che si verificavano dei casi del genere, vennero svolti rapidi accertamenti. I due agenti vollero parlare anche con la bambina. Non era noto il risultato dell'interrogatorio, ma era noto che una cosa del genere era inammissibile: far parlare una bambina di un episodio così scabroso, risvegliando in lei il trauma e l'orrore. E alla fine gli agenti se ne erano andati senza fare assolutamente niente, senza stabilire strategie, senza sbottonarsi, come se nulla fosse successo. Gli animi erano sovreccitati, contro le forze dell'ordine.

Che roba, pensava Consonni, col suo cappello di feltro a tesa stretta. Tutta quella gente che sbraitava, ma che cosa era successo veramente?

A poco a poco la scena si spopolò, genitori e figli se ne tornarono a casa, solo i più animosi restarono a discutere. Poi accadde il fatto saliente: dalla scuola uscì la bambina, che indossava degli enormi occhiali da sole con lenti scurissime, tenuta sottobraccio da madre e padre, e da due insegnanti, come fanno i guardaspalle di una rockstar. A quel punto le guardie giurate li affiancarono, prendendo in carico la piccola fino alla macchina. L'auto dei genitori della vittima stava per partire, dietro di loro la FIAT Punto della sicurezza privata.

Mah, pensò il Consonni, meno male che volevano tranquillizzare la bambina. Così la terrorizzavano ancora di più. Ma evidentemente ad essere sconvolti erano soprattutto i genitori.

Pensava a che cosa avrebbe potuto fare lui per aiutare nelle indagini. Be', sicuramente tenere gli occhi aperti, guardarsi in giro, ma i tempi erano cambiati. Non è che i criminali di oggi ce l'avevano scritto in fronte, come una volta. I criminali attuali erano subdoli, magari sotto la superficie dell'apparenza di una persona tranquillissima e fidatissima si nascondevano orrori indicibili, chi ci capiva più niente? Eppure, come poteva venire in mente a persone normali di attrarre una bambina di otto anni?

Magari a casa avrebbe spulciato un po' il suo archivio di crimini. In effetti non si era mai occupato direttamente di pedofilia, solo nei casi in cui tale comportamento sessuale era legato ad altri reati, come l'omicidio.

Decise di avviarsi verso casa, ma si perse il meglio, perché non poté assistere all'episodio che avvenne subito dopo la partenza dell'auto sulla quale era Valentina. La bambina, da dentro la macchina, aveva indicato qualcosa o qualcuno. I genitori in piena agitazione le avevano chiesto conferma, e lei aveva annuito con decisione.

L'auto si era fermata all'istante, e così dietro quella dei Security Men. Poi entrambe erano ripartite, a bassa velocità. Il padre si era messo istantaneamente al telefono, la madre alla guida scrutava il marciapiede con occhi di falco. Poi il marito aveva detto alla moglie di accostare. Era sceso.

«Andate a casa, ti chiamo fra poco».

Nella corte della casa di ringhiera Luis De Angelis, anni 83, appartamento 5, era come al solito impegnato nella manutenzione della sua BMW Z3 roadster 3.2 24 valvole color argento. Quest'oggi l'obiettivo erano i cerchi in lega, che donano gran prestigio alle auto sportive ma che tendono a sporcarsi e a scurirsi, soprattutto per la polvere creata dai freni al carbonio.

Il Luis era attrezzato di tutto punto. Prodotti detergenti appositi, carte abrasive di almeno otto gradazioni, una mola telata applicata sul suo trapano Bosch. Ebbe un bel da fare per portare la prolunga da casa sua fino alla corte della casa di ringhiera, in modo da azionare il trapano.

La prima fase era quella della pulizia: ci sarebbe voluta la idropulitrice ma il De Angelis non ne disponeva. Si arrangiò con uno straccio intriso di uno specifico detersivo a Ph acido, senza dimenticare di indossare i guantini di lattice, ormai la sapeva lunga.

Nel momento in cui salutò il Consonni che rientrava era all'inizio della fase di lucidatura, quella con la carta abrasiva a grana 120.

«Non sarà troppo?» disse Luis alla vettura. «Non è che

io e te facciamo come l'altra volta, che poi son venuti fuori i graffi sul paraurti?». La BMW restò impassibile.

Il De Angelis mantenne fede con rigore alle istruzioni, passò a carta abrasiva di gradazione sempre più fine, 500, 600, 1.000, 1.500. Il risultato fu eccellente, ma ancora c'era da lavorare con la mola telata.

Infine ci sarebbe stato da ripulire con acqua e aceto, e passare col panno il prodotto lucidante.

«Ho seguito quell'uomo fino a casa, ho scoperto dove abita».

«E dove sta?».

«Nei paraggi, a dieci minuti dalla scuola».

«Ah, e chi è?».

«Ancora non lo so, ma so l'indirizzo preciso, ho visto la porta del suo appartamento, non c'è il campanello né la targhetta, c'è lo Zani a sorvegliare».

«Che facciamo, chiamiamo la polizia?».

«Per il momento direi di no».

«E adesso che stai facendo?».

«Aspettiamo che quello faccia una mossa».

«Va bene, ci sentiamo dopo».

«D'accordo».

Gianmarco era in cucina che aspettava terrorizzato la professoressa Mattioli, con a disposizione due fogli protocollo, tre penne e una matita appena appuntita.

«Buongiorno Gianmarco, eccoci qua».

Angela voleva mettere il bambino a suo agio. Gli aveva portato dei biscotti, lui ne addentò uno per educazione, ma aveva la bocca dello stomaco irrimediabilmente chiusa.

«Che tipo di temi vi dà la vostra professoressa?».

«Mah, non so, ce ne dà due o tre a scelta».

«Per esempio?».

«Eh, guardi, me li sono scritti qui, perché non me li ricordo».

Lesse.

«"Etica, tomismo e allegoria nella Divina Commedia", oppure "Lirica e lingua in Cielo d'Alcamo", "Le stesure della Gerusalemme: aspetti e problemi"».

«Ma come, in seconda media? Mai niente di più semplice e attuale?».

«Sì, ci dà anche un tema sulla Costituzione italiana. Per esempio: "Articolo 5, genesi storica e smentite politiche"».

«Vabbè, vabbè, oggi faremo qualcosa di molto più facile, ti devi sentire tranquillo, ti devi sbloccare, non avrai nessun voto e non devi cercare di scrivere chissà che. Il tema è banale, ma importante. È il seguente, prendi nota: "Che cosa vedo dalla mia finestra"».

Gianmarco era allibito, quello era un tema da scuole elementari: «Ma come... ne è sicura?».

«Sì, devi solo scrivere che cosa vedi dalla tua finestra, senza inventarti niente. Se vuoi puoi anche materialmente affacciarti e riferire. Niente di più».

Gianmarco si pose angosciato di fronte alla finestra di cucina: «Vai, vai tranquillo, scrivi quello che vedi».

Il ragazzo dette un'occhiata nella corte della casa di ringhiera, poi si ingobbì sul foglio e scrisse:

«Dalla mia finestra, che poi non è la mia perché in cameretta la finestra è piccolissima e in alto, e non ci arrivo, questa è quella di cucina, vedo macchina del signor luis, che è una spider argentata. Vedo anche il signor luis che sta lucidando le ruote con la cera e un panno. Vedo la signorina matteiferri che guarda da dietro la finestra, qualche volta guarda anche verso di me, poi gira la testa quando si accorge che la guardo. Adesso vedo il signor consonni dell'appartamento 8 che esce di casa. Esce tutti i pomeriggi per andare a prendere il suo nipote, un bambino che si chiama enrico che è molto sveglio. Adesso non succede niente. È cominciato a piovere e il signor luis se ne è tornato dentro casa tutto arrabbiato. Adesso vedo i peruviani che stanno rientrando in casa. Sono due grandi e due piccoli. I bambini peruviani sono dei teppisti ma prima o poi gliela farò pagare. Adesso vedo due signori che entrano nella corte della casa di ringhiera, non so chi siano. Si guardano intorno. Ora salgono su per la scala di destra. Dopo poco sbucano sul ballatoio del primo piano. Non li vedo più. Adesso non succiede niente...

«Sono passati dieci minuti. I due signori di prima sono scesi per le scale e se ne sono andati... Non succede più niente. La signorina matteiferri mi guarda. Lei è una persona anziana che gira sulla sedia a rotelle e sta sempre a spiare dalla finestra. Lei sa tutto quello che succede nella casa di ringhiera, se dovesse scriverlo lei questo tema verrebbe fuori un volume di mille pagine. Adesso...».

Erano passati quaranta minuti e Angela disse che poteva bastare. Lesse il manoscritto.

«Be', Gianmarco, non va poi così male: non ci sono errori gravi! Benissimo. A parte la tua idiosincrasia per le maiuscole, e qualche erroruccio, mi pare buono. È una lista, un elenco, il tema non dovrebbe essere un elenco, dovresti inserire qualche notazione personale, qualche riflessione, qualche elemento in più. Per esempio prova a chiederti "perché". Perché la signorina Mattei-Ferri sta tutto il giorno alla finestra? Oppure perché il Luis De Angelis pulisce i cerchioni della sua auto? Oppure perché il Consonni va a prendere il nipotino a scuola? Insomma, andare almeno un po' sotto la superficie».

«Ma il tema era "Cosa vedo dalla mia finestra" non "Cosa succede fuori dalla mia finestra", sono due cose diverse» sottilizzò.

Angela, assai stupita dalla profondità del ragionamento, replicò: «Benissimo, e allora perché non tematizzi? Potresti spiegare che differenza c'è fra quello che vedi e quello che succede, e come fai a sapere che c'è differenza. Come fai a sapere quello che succede veramente? Mah, ci lavoreremo la prossima volta... Però vedo che praticamente non sono errori gravi... mi spieghi perché a scuola li fai?».

Consonni nel pomeriggio uscì per andare a prendere l'Enrico alla Materna.

Mentre passeggiava immerso nelle sue riflessioni lungo via Ampère fu affiancato da un furgone, qualcuno voleva delle informazioni. Lui si avvicinò distratto.

«Via?». «Sì, dunque, vedete quell'incrocio? Voi dovete tenervi sulla destra, e poi, dopo il semaforo...».

Nel giro di quattro secondi Consonni fu spinto dentro il furgone, che ripartì a tutta velocità. Venne fatto scivolare nel vano posteriore e rapidamente bendato e legato da almeno due persone che dicevano cose come: «Ti abbiamo preso lurido bastardo, adesso hai finito di fare i tuoi giochetti...».

«Per te adesso inizia l'incubo...».

«Pagherai per quello che hai fatto...».

«Hai incontrato le persone sbagliate...».

Consonni avrebbe voluto domandare perché ce l'avessero con lui, ma non poteva farlo perché gli avevano infilato una mela in bocca. Non vedeva niente, sentiva solo il sussultare del furgone, il rumore del motore e un po' di puzzo di gasolio. Sdraiato sul pianale assorbiva malamente tutte le scosse e i sobbalzi, che gli rinfocolavano un terribile mal di schiena.

Avesse almeno potuto dire qualche cosa...

Il mezzo procedette per un tempo che a Consonni parve interminabile. I suoi sequestratori se ne stavano zitti. Sicuramente la parte finale del viaggio era in montagna, o roba del genere. Il motore rombava sotto sforzo e le curve si susseguivano una dietro l'altra. Aveva la nausea. Ma dove lo stavano portando?

Be', se deve prendermi un infarto o un ictus, che mi prenda adesso, almeno finisce questa tortura e loro non avranno da me una grande soddisfazione.

Dopo un lasso di tempo per Consonni non quantificabile – due, tre ore? – il furgone si fermò. Amedeo aveva necessità di vomitare, lo fecero uscire sulle sue gambe, poi lo spinsero fino a una piccola scalinata, finita la quale capì che era al chiuso. Gli fecero scendere alcuni gradini, si rese conto di essere in un ambiente freddo e umido, c'era odore di muffa.

Lo misero a sedere su una panca con lo schienale e lo assicurarono lì, con altri legacci.

Qualcuno parlò con un forte accento bresciano.

«Tu sicuramente sai perché ti trovi qui e sai che con queste cose non si scherza. Purtroppo sei cascato male, noi non siamo di quelli che vanno a fare i piangina alla polizia, che a gente come te la protegge. Noi le cose le sistemiamo da soli».

«Mmhhh... mmghhh» cercò di dire Consonni.

«Troppo comodo...» disse un'altra persona, un milanese.

«Castriamolo subito! Torturiamolo, che questa gente impari una buona volta che la gente è stufa ed è pronta a muoversi!» fu quello che affermò una terza voce, femminile.

Consonni avrebbe voluto gridare che c'era stato sicuramente un errore, uno sbaglio di persona, ma come poteva farlo con la mela in bocca?

«Sono le sette, bisogna andare».

«Adesso ti lasciamo qui, così puoi riflettere su quello che hai fatto... se trovi il modo di morire da solo per noi va bene lo stesso...».

Consonni udì parole di concitazione, bisbigli, poi avvertì che era stata spenta la luce. Quelle persone se ne erano andate.

Si mise in ascolto. Avvertì il rumore del motore del furgone che ripartiva.

E adesso?

Consonni dunque si trovò da solo, al buio, legato e bendato. Non si sentivano rumori di traffico, di macchine o camion, neanche in lontananza. Lo avevano condotto in un posto isolato, in campagna, chissà dove. Ma per quale motivo?

Aveva tutto il tempo di porsi una serie di domande: perché mi hanno sequestrato? Alla mia età? Perché non mi hanno detto niente?

Cercò di tornare indietro con la memoria, che cosa ho fatto?

Be', come faceva a non pensare a una delle situazioni in cui si era venuto a trovare nel recente passato, sempre a causa della sua passione per il delitto: per esempio la faccenda degli scheletri nell'armadio, eh, ne erano rimaste di questioni in sospeso. Ma se invece ci fosse di mezzo il caso Kakoiannis? O se invece quella gente avesse a che fare con gli strani fatti che Angela giurava fossero veramente accaduti? Oppure la storia dei due omosessuali tedeschi a Milano Marittima?* In tutte queste vicende Consonni aveva recitato un ruolo, e in tutte poteva esserci qualcuno che questo ruolo non lo aveva gradito. E lui lo sapeva. Ne pensava di tutte, ma non riusciva a capire chi e perché lo avesse sequestrato.

* Vedi Francesco Recami, *Gli scheletri nell'armadio*, Sellerio, 2012; *Il caso Kakoiannis-Sforza*, Sellerio, 2014; *Il segreto di Angela*, Sellerio, 2013; *Giallo a Milano (Marittima)*, in *Vacanze in giallo*, Sellerio, 2014.

Madunina mia, fammi la grazia. Che sia una cosa rapida e indolore. La colpa è tutta mia.

La signorina Mattei-Ferri dell'appartamento 12, la zabetta della casa di ringhiera, passò tutto il pomeriggio a rimuginare. Dalla sua finestra ne aveva viste di cose, ma non quadravano. Adesso la Mattioli frequentava con una certa regolarità casa Giorgi: cosa ci andava a fare? Naturalmente anche lei era venuta a sapere che c'era un pedofilo nel quartiere, che aveva importunato una compagna della Margherita. Qual era il nesso? E perché della gente mai vista era andata all'appartamento del Consonni, che fra l'altro era uscito da solo poco prima? La signorina certo non poteva scordare l'epilogo del caso Kakoiannis-Sforza, e il ruolo giocato dalla ex professoressa Mattioli, dal Luis De Angelis e dal Consonni stesso. E quei maledetti peruviani: ne sapevano qualcosa? Per quale motivo erano andati anche loro a bussare alla porta del Consonni? Ma quello che la intrigava di più era il comportamento del Luis De Angelis. Perché si accaniva così tanto cercando di ripulire le ruote della sua auto? Cosa voleva cancellare: delle prove? Erano forse macchie di sangue? Che altro motivo ci poteva essere per una simile applicazione? Forse che aveva messo sotto qualcuno e cercava di far scomparire le tracce sugli pneumatici? E il Consonni, che uscendo aveva scambiato col De Angelis un gesto di intesa, la sapeva tutta?

«E adesso che facciamo?».

«Adesso gli facciamo passare la voglia a quello lì».

«Quello non è un uomo, è una bestia».

«Un essere così va spento come una candela!».

«Come una candela? Ma che cazzo dici?».

«Uno come lui non ha diritti».

«Vi rendete conto? È stato un puro caso che non ce l'abbia fatta, e può ricominciare da dove si è fermato».

«Sicuramente ha degli amici, gente come lui, su internet è pieno».

«E allora?».

«E allora merita una punizione seria».

«Il bello è che lui sostiene che non c'entra niente, che abbiamo sbagliato persona».

«E che vorresti che dicesse, che lui è colpevole? Quelli sono furbi, e vanno a farsi difendere dalla polizia».

«Hai sentito cosa ha detto quello della PS, che non c'erano elementi certi, che dovevano fare dei controlli».

«Bene, e mentre loro fanno i loro controlli queste bestie minacciano i nostri figli!».

Alle 16.10 squillò il cellulare di Consonni Caterina, la figlia ultratrentenne di Consonni Amedeo. All'apparecchio era una maestra della scuola materna. Diceva che era con l'Enrico, suo figlio, quattro anni e mezzo abbondanti, e che nessuno si era fatto vivo a prendere il bambino, e che facesse presto, perché lei non poteva certo lasciarlo in mezzo alla strada, ma nemmeno stare lì tutto il pomeriggio.

«Ma non è venuto il nonno?».

«No, oggi non si è visto».

Caterina, infuriata, che per lavoro – secondo lei un lavoro di merda, per una agenzia immobiliare – era in zona Precotto, cercò di rintracciare col telefono quell'idiota di suo padre, ma a casa l'apparecchio squillava a vuoto, al cellulare non risultava raggiungibile. Ma possibile che quel deficiente si sia dimenticato?

Alla fine il bambino dovette andare a prenderlo lei, giurando per l'ennesima volta che a quel cretino rimbambito di suo padre gliela avrebbe fatta pagare.

Alle cinque e mezza del pomeriggio Angela andò a bussare alla porta del Consonni, dovevano uscire insieme per andare a comprare la famosa centrifuga, era tanto tempo che Angela riteneva necessario che almeno uno dei due, cioè lei, avesse in casa questo importante elettrodomestico che serve a produrre incomparabili centrifugati di frutta, di carota o di sedano. Finalmente Angela aveva trovato un modello a lei consono, in quanto autopulente. Non le era chiaro che cosa questo potesse significare, ma si sa che con le centrifughe il problema è che poi ci vuole un sacco di tempo a pulirle. Il modello costava un bel po', ma si chiamava Turbo ed era un prodotto da ristorazione, a quanto pareva era capace di espellere tutte le scorie vegetali da solo. A Consonni la spesa pareva eccessiva, ma Angela l'aveva convinto ad accompagnarla, perché le faceva piacere che lui vedesse l'oggetto ed esprimesse il suo parere, e perché l'elettrodomestico in alluminio e acciaio pesava 14 chili.

Ma il Consonni non c'era.

Dove sarà andato quello scemo? Possibile che se ne sia scordato? Angela fece la prima cosa che fa una donna nella sua situazione, cioè offendersi.

Alle sette e mezza, quando vide che il Consonni non era ancora tornato, cominciò a preoccuparsi. Aveva già provato a telefonargli, non raggiungibile, ma tanto lo sapeva, il Consonni col telefonino non aveva un gran rapporto, il più delle volte lo lasciava spento o non se lo portava neanche dietro.

Ma dove sarà andato? Chiese notizie alla signorina Mattei-Ferri. Lei, pur sostenendo che non è che lei stesse lì tutto il giorno a farsi i fatti degli altri, fu precisa: il Consonni se ne era uscito alle tre e ventidue circa del pomeriggio e non l'aveva visto rientrare.

Ma cosa gli sarà successo? In quale guaio si sarà messo questa volta?

Di minuto in minuto la sua inquietudine aumentava, aveva chiesto al Luis De Angelis se ne sapeva qualcosa, lo stesso a Donatella Giorgi, perfino ai peruviani dell'appartamento senza numero al secondo piano.

Che fare?

Alle nove di sera aveva già telefonato a tutti gli ospedali, ai commissariati di polizia, ai carabinieri, agli ambulatori medici, ai giornali, ma non aveva ottenuto nessuna notizia. Al call center della polizia le avevano chiesto se aveva intenzione di sporgere denuncia di sparizione, ma lei non se la sentì.

Chiamò anche Caterina Consonni, nonostante sapesse bene che quella là non aveva piacere di sentirla, ma la figlia di Amedeo confermò i suoi tristi presentimenti: quel disgraziato di suo padre era scomparso inspiegabilmente, tanto da non essere nemmeno andato a prendere il nipotino Enrico, che lui sosteneva essere la luce dei suoi occhi...

Disponendo delle chiavi dell'appartamento di Consonni, Angela decise di andare a vedere se avesse lasciato qualche messaggio, qualche segno, qualche indizio.

Nel trilocale era tutto in ordine, se non per il fatto che sul tavolo della sala da pranzo c'erano sparpagliati alcuni fogli, ritagli di giornale, appunti. Riguardavano casi di violenza criminale ai danni di bambini, avvenuti in Lombardia negli ultimi anni.

Oddio... Angela si immaginò che anche questa volta il Consonni si fosse messo nei guai con le sue indagini... Eppure lo aveva giurato che non se ne sarebbe più interessato, ma chi sa, magari era andato per pura curiosità a mettere il naso in qualche situazione scabrosa e adesso... Non osava pensare al peggio, ma l'idea si affacciava dentro di lei come uno spettro. Amedeo, Amedeo mio, che ti hanno fatto?

Angela quella notte non riuscì a dormire, in preda all'angoscia e alle caldane.

Consonni si risvegliò senza potersi rendere conto se fosse notte o giorno. Non vedeva niente, perché era bendato. Non poteva muoversi perché era legato, probabilmente a una panca murata nel pavimento, provò a fare forza sulle gambe ma il sedile non si muoveva. Le braccia gli dolevano, dietro la schiena, le gambe erano assicurate l'una all'altra da una corda, una cinghia, non riusciva a capire neanche lui. La bocca adesso era libera perché la mela che gli avevano cacciato dentro in qualche modo era riuscito a mangiarsela. Vuol dire che non temono che io possa mettermi a gridare, pensò Consonni, evidentemente non mi può sentire nessuno.

Il silenzio era assoluto, non riusciva a percepire niente, neanche una vibrazione. Chissà dove lo avevano portato, lontano da Milano, in qualche posto segreto. Forse era sotto terra, in una cella isolata, un rifugio antiatomico, c'era troppo silenzio.

Gli scappava forte la pipì. Non sapeva come fare. Doveva farsela addosso?

Cercava di pensare razionalmente ma non gli riusciva, si chiedeva: «Ma chi?», «Ma perché?». Ma niente di preciso gli affiorava alla mente, pur se una selva di pensieri si affollava. È stata la figlia della Kakoiannis, che crede che io abbia qualche cosa a che vedere con quello che è successo alla madre? E cosa pensano, che sia stato io? Ma come faccio a dimostrare che io non ne so niente? Avrà visto il filmato, già, il filmato, quella casa era piena di telecamere, e io ero lì, ma che almeno mi lasciassero spiegare. Forse il suo errore era stato quello di non raccontare a Marilou Kakoiannis-Sforza quello che aveva ordito sua madre. Ma come fare a provarlo, adesso... Be', certo, se venisse fuori che io... Oh Santa Madonna... Consonni non poté evitarlo, si pisciò addosso, infradiciando tutto il pantalone sinistro, fino a terra. Oh mamma mia, mi venisse un bell'infarto adesso, e non se ne parla più.

A meno che non fosse per la faccenda degli scheletri nell'armadio. Lui sapeva a chi appartenevano, e forse quello che li aveva ridotti in quel modo era ancora in giro. E quello magari era venuto a sapere che c'era un pirla che aveva messo il naso in quella vecchia faccenda... dunque sapeva che c'era qualcuno che sapeva cosa era accaduto. Ed essendo che l'assassino sapeva benissimo chi era l'assassino, magari pensava che se qualcuno, cioè il Consonni, sapeva che c'era un assassino, sapesse anche, chissà come, chi fosse questo assassino... è vero, forse io sono l'unico che sa che c'è un assassino, ma non so chi sia! Lo giuro! Però, come fare a dimostrarglielo? Consonni si sentiva andar via di cervello, non connetteva più, delirava, era giunto il momento?

Oppure... oppure... La faccenda di Milano Marittima... Forse pensano che io c'entri qualche cosa con la morte dei tedeschi... si sentì parlare di castrazione anche quella volta... ma io... La sete lo faceva impazzire, ma non poteva fare niente, proprio niente.

In quel momento il silenzio cessò. Sentì il rumore della porta che si apriva e dei passi di alcune persone che si avvicinavano.

«Allora, lurido porco, hai avuto modo di pensare a quello che fai?».

«Guarda qua, si è pisciato addosso...».

«Adesso gli mettiamo il catetere, ma un catetere speciale che conosco io...».

Questa volta Consonni avvertì la presenza nella stanza di almeno quattro voci diverse: oltre al bresciano, al milanese e alla donna c'era un altro milanese, sicuramente non purosangue, di seconda o terza generazione. Accesero la luce, ma non lo sbendarono.

«Che schifo, senti che puzza...».

«Che dici, lo portiamo al gabinetto?».

«Ma a che serve, tanto ormai, e poi...».

Si rivolsero al prigioniero.

«Adesso ci racconti quello che hai fatto, altrimenti...».

«Un po' d'acqua, ve ne prego, fatemi bere...».

Gli dettero l'acqua, infilandogli il collo di una bottiglia in bocca. Consonni si strozzò, bevve quanto poteva.

«Tu sicuramente sai perché ti trovi qui e sai che con queste cose non si scherza» disse uno dei due milanesi. «Purtroppo per te noi non siamo di quelli che si fanno mettere la testa sotto i piedi. Noi le cose le sistemiamo da soli... E non credere che abbiamo bisogno di sapere la tua versione dei fatti. Ci basta la nostra...».

«Ma io non ho fatto niente... non so niente... se è per la faccenda dei ragazzi di Usmate, non l'ho detta a nessuno, i genitori non la conoscono e non la conosceranno mai... che motivo ci sarebbe di raccontargliela...».

Consonni non lo poté constatare, essendo bendato, ma i membri del quartetto erano stupiti.

«Ah, ci sono anche dei ragazzi di Usmate? E ce lo vieni a dire a noi?».

«Tanto cos'ha da perdere, ha già meritato il massimo della pena...».

«Tagliamogliele adesso! Torturiamolo, queste bestie devono imparare una buona volta che la gente è stufa ed è pronta a muoversi!».

«Se lo facciamo fuori subito gli facciamo un piacere. Non se lo merita».

Quello con l'accento ibrido sembrava il più determinato.

«Ah sì, tu non c'entri niente? E perché in casa tua conservi tutti i ritagli sugli omicidi più orribili? Hai anche una copia di *Lolita*. Lo sappiamo, caro mio, ti sei incastrato con le tue stesse mani...».

«Ma io non ho mai fatto male a nessuno!».

«Ah, e allora tu non ne sai niente della bambina di Pessano con Bornago, eh? L'hai fatta fuori tu, non l'hanno mai più ritrovata. Sappiamo che ti piace frequentare quelle zone, sappiamo tutto di te...».

Seguirono venti minuti di terrore per Consonni, durante i quali lui perse i sensi. Alla fine i quattro se ne andarono. «Ci vediamo domattina, bestia che non sei altro, se non sei morto prima».

«Ma le canaglie come te hanno la pelle dura».

Eppure Consonni, forse perché prostrato e prossimo all'esaurimento delle risorse, disidratato e ormai convinto di essere vicino alla morte, il motivo della sua condanna alla pena capitale, o peggio, ancora non l'aveva capito. Si accasciò sulla sedia, implorando una fine rapida, la più rapida possibile.

Pochi minuti dopo Angela si svegliò, nonostante avesse preso 15 gocce di Xanax per dormire. Come spesso succede, anche in caso di grave lutto o di menomazione fisica, al risveglio era tranquilla, non pensava alla sua più grave preoccupazione del giorno precedente. Poi, improvvisamente, fece mente locale e le riapparve il volto di Consonni, scomparso. Dopo una toeletta ridotta al minimo uscì di casa per controllare se per caso fosse tornato. No, non era tornato.

Allora si scatenò. Dopo un nuovo giro di telefonate a ospedali, ambulatori eccetera, contattò giornali quotidiani, riviste specializzate, un'infinità di blog e di pagine Facebook che si occupavano di persone scomparse. Fornì la fotografia più recente di Consonni, i dati, notizie di rilievo: chi avesse visto lo scomparso era pregato di contattare Mattioli Angela, indirizzo, indirizzo mail, profilo Facebook, oppure telefonasse ai numeri...

Poi Angela andò al commissariato per denunciare la scomparsa. Ebbe difficoltà, perché lei non era in nessun rapporto ufficiale di parentela col Consonni. Tanto fece e tanto disse che riuscì a far arrivare in commissariato Caterina, in qualità di figlia dello scomparso. Caterina oppose resistenza, ma alla fine fu coinvolta anche lei nello stato di agitazione: ci doveva essere un motivo grave per il quale suo padre non era andato a prendere Enrico e non si faceva più vedere da quasi 19 ore.

Quando Angela tornò a casa e riaccese il computer le erano già arrivate decine di mail e di risposte sulla pagina Facebook. Consonni era stato avvistato dappertutto, da Cusnate a Omegna, da Cernobbio a Pergine Valsugana. Ovviamente tutte comunicazioni anonime. Per telefono in pochi ebbero il coraggio di farsi vivi, comunque al commissariato erano stati chiari: che non si mettesse a fare indagini o ricerche per conto suo, aveva fatto malissimo a immettere in rete la notizia della scomparsa, si faceva soltanto confusione e rumore.

Comunque una agente specializzata avrebbe controllato in rete le pagine in questione, e anche il traffico telefonico, lei non doveva rispondere né prendere iniziative.

Non fu facile.

Intanto tutta la casa di ringhiera era in subbuglio. Il Consonni era sparito. E dov'era andato?

Margherita alle tredici e quarantacinque tornò da scuola. Nella corte della casa di ringhiera trovò il signor De Angelis che stava controllando i cerchioni della sua automobile.

Margherita lo salutò educatamente: «Buongiorno signor Luis». Quello fu sgarbato: «Buongiorno una beata minchia! Guarda tè cos'è che ha fatto quel porco! Ah, ma se lo bècco...».

Ce l'aveva con un cane sconosciuto che gli aveva fatto pipì su uno o più cerchioni. Tentava di cancellare la pisciata, con strumenti di fortuna.

Margherita rientrò in casa saltellando prima su una gamba e poi sull'altra. C'erano delle novità.

Valentina non è venuta a scuola. Evidentemente avevano preso il pedofilo e lei era alla polizia a fare il riconoscimento. Questa fu la spiegazione che le dette suo fratello, con sufficienza, ben certo che quelle cretine delle amiche della Marghy non capissero un accidente.

Ma a Gianmarco di queste cose non importava poi molto, aveva altre preoccupazioni. Alle tre sarebbe tornata la professoressa Mattioli.

In effetti Angela, pur in mezzo a tremende preoccupazioni per la sparizione del Consonni, non si sottrasse ai suoi impegni, arrivò in orario, per lavorare con Gianmarco.

«Che cosa state studiando adesso a italiano? Intendo dire sulle tipologie testuali?».

«Tipologie testuali?».

«Sì, per esempio sulla narrazione, il testo espositivo, i personaggi, quella roba lì».

«Ah, sì, stiamo facendo il testo descrittivo, la descrizione delle persone».

«Benissimo, allora oggi farai un tema descrittivo, devi descrivere una persona. Mi raccomando, cerca di non fare una lista. La sai la differenza fra descrizione oggettiva e soggettiva?».

Gianmarco ci pensò: «Sì, in quella soggettiva si dice il proprio parere, in quella oggettiva no».

«Bene, allora al lavoro, cerca di utilizzare entrambi i tipi di descrizione».

«E chi è la persona che devo descrivere?».

«Mah, sceglila tu».

Gianmarco si mise al lavoro. Andava spedito. In una mezzoretta aveva riempito una colonna e mezzo di foglio protocollo, per le sue medie una produzione monstre, senza neanche molte correzioni e ripensamenti.

Quando Angela – mai abbandonata dalle sue angosce – vide qual era la persona scelta da Gianmarco, trasalì: *Il signor Consonni.*

«Il signor Consonni Amedeo è una persona anziana che vive nello stesso condominio dove abitiamo noi. È abbastanza grosso, ha i capelli bianchi, gli occhiali di quelli che c'è solo il vetro e gli occhi celesti. D'inverno porta un grosso cappotto grigio e un cappello di quelli che usavano una volta e la sciarpa. Destate porta le magliette tipo Lacoste ma senza il coccodrillino. Ha una figlia che si chiama Caterina e un nipote che si chiama enrico. Il signor Consonni guarda sempre lEnrico, lo va a prendere a scuola e poi nel pomeriggio lo porta ai giardinetti o a casa sua a vedere la televisione. Per questo il signor Consonni ha sempre il frigorifero pieno di merendine, di kinder pinguì o di gelati a passeggino. Ce ne offre sempre anche a noi, basta andare lì e lui ci dà un sacco di dolci, caramelle, merende. È una persona molto buona e gentile, quando qualcuno ha bisogno di aiuto, per esempio la mia mamma, che ce lo ha sempre, è sempre disponibile. Di solito è di buon umore... ed tutti dicono che è una brava persona. Sta simpatico a tutti, anche al signor Luis che gli stanno tutti antipatici e che ci sgrida sempre quando giochiamo a pallone vicino alla sua macchina».

Seguiva una frase cancellata, che tuttavia Angela riuscì in parte a decifrare.

«Nel condominio dicono che il signor Consonni, la cui moglie è morta tanti anni fa, sia fidanzato con una signora che abita anche lei nel condominio. Ma secondo me sono tutte balle perché ci si fidanza da giovani».

Inaspettatamente per Gianmarco la professoressa Mattioli si mise a piangere. Oddio, il tema era così terribile? Eppure Gianmarco si era sentito sciolto nello scrivere, e liberato dal blocco che lo perseguitava quando scriveva un tema.

La prof non disse niente e se ne andò, in lacrime. Oddio, ma quanti errori ho fatto?

«Presto, presto, andiamo dentro, non sto più nella pelle».

«Ah, cara, sapessi io...».

La signora si avvicinò all'uomo e gli assestò una bella tastata all'inguine, avendo così modo di apprezzare una erezione completa, in atto nonostante l'interessato stesse camminando di fretta, con la femmina sottobraccio.

I due girarono intorno a una specie di chalet tinteggiato di giallo, mezzo di muratura e pietra, mezzo di legno, circondato dal bosco, almeno su tre lati. Le condizioni della villetta non erano perfette, si vede che non era molto vissuta e mantenuta dai proprietari. Da un bel pezzo i due amanti clandestini facevano uso di quell'edificio per i loro incontri. Era sempre filato tutto liscio come l'olio. La prima volta erano entrati per caso da una finestra sul retro, gli scuri erano solo accostati ma non chiusi. Penetrati all'interno i due avevano trovato un mazzo di chiavi di quella casa-vacanze non più utilizzata da anni da gente di Milano, e ne avevano fatto una copia. Così adesso potevano entrare tranquillamente dalla porta d'ingresso, fare i loro comodi e uscirsene con calma e non osservati. Usavano le lenzuola che la casa metteva a disposizione, ma con molta correttezza avevano cura di lavarle e di avvicendarle. In fondo che male facevano? In un certo senso contribuivano alla manutenzione, in alcune giornate particolarmente fredde d'inverno si erano addirittura presi la briga di lasciare un rubinetto semiaperto, per far scorrere un pochino d'acqua, in modo che non si congelasse nelle tubature. Ah, se fosse stato per la proprietà quella casa sarebbe andata in malora. Ogni tanto arieggiavano gli ambienti, almeno per qualche quarto d'ora. Ma presto sarebbe arrivato l'inverno, avrebbero osato accendere il riscaldamento?

Si gettarono in camera da letto. Padre Antonio era una furia, un vero assatanato, e non prendeva neanche prodotti specifici. Appena vedeva l'Eugenia, la moglie del proprietario del ristorante Il Vecchio Mulino, a pochi chilometri da lì, si eccitava a dismisura.

Dopo pochi minuti avevano già completato il primo round. Meglio così, non avevano tanto tempo a disposizione, di solito tre quarti d'ora. Eugenia lasciava la macchina nascosta nella boscaglia, padre Antonio veniva a piedi dalla parrocchia. Poi lei tornava al ristorante, lui ai suoi parrocchiani.

Finito l'atto d'amore, sapevano di doversi affrettare. Un ultimo bacio e via, rimettere velocemente tutto in ordine. Mentre Eugenia rifaceva il letto, padre Antonio si assentò un attimo. Sapeva che nella cantinetta c'erano delle bottiglie, aveva già assaggiato qualcosa in passato, in particolare un certo vinsanto toscano, che gli ricordava il vino da messa e che non era troppo alcolico. Così scese nel seminterrato.

«Ti aspetto giù». Aveva bisogno di ricostituirsi.

Accese la luce e quando vide che c'era un uomo incatenato alla panchina di legno per un nonnulla non cadde svenuto. L'uomo appena si accorse che c'era qualcuno e che era stata accesa la luce ebbe un sussulto e cominciò ad agitarsi.

«Oh Signore mio Dio» commentò padre Antonio, «e questo qui chi è?».

Eugenia stava scendendo, padre Antonio le si fece incontro, stravolto.

«C'è qualcuno nella cantinetta».

«Oddio, ci hanno scoperto? Sono rovinata...».

«No, Eugenia, non ci hanno scoperto, ma c'è un uomo legato e bendato, un prigioniero».

«Un prigioniero? Fammelo vedere».

«No, dai, andiamocene, scappiamo».

«Ma come, hanno portato qui un rapito? Che storia è questa...».

Eugenia non poteva credere ai suoi occhi, e nemmeno al suo naso, visto il cattivo odore di escrementi che regnava nell'ambiente. L'uomo mugolava, si lamentava: «Chi siete? Chi siete? Che volete da me? Io non so niente, io non ho fatto niente... se è per la faccenda degli scheletri vi sbagliate di grosso... io non ho detto niente a nessuno perché non so niente... non so chi siete voi... ma lasciatemi libero...».

«Ma lei chi è, chi l'ha portata qui?».

Consonni fu stupito di ascoltare due voci a lui nuove, una femminile, gracchiante e acutissima.

«Io? Lei lo chiede a me? C'è stato sicuramente un errore di persona... io non ho fatto niente...».

«Ma la hanno rapita? E perché?».

«Ma perché, voi... chi siete voi? Non siete i miei rapitori? Siete i miei liberatori? Ah, grazie, grazie... per favore...».

«Andiamocene, presto, scappiamo, qui fra poco arriverà qualcuno e se ci trovano...» disse padre Antonio a mezza voce.

Eugenia si avvicinò un po', le condizioni del rapito erano terribili.

«Datemi un sorso d'acqua, almeno un sorso d'acqua, aiutatemi».

Eugenia fu mossa a compassione e andò in cucina a prendere un po' d'acqua.

Consonni si profuse in un effluvio di ringraziamenti e di disperazione, capì che quei due non avevano a che fare coi suoi sequestratori, Eugenia lo stava a sentire, padre Antonio no, voleva andarsene.

«Dai, lasciamolo qui, sarà un delinquente, sono storie fra di loro, noi che possiamo farci? Hai sentito che parlava di scheletri?».

Eugenia rifletteva, più che dalla pietà era mossa dal raziocinio.

«Ma tu non pensi mai? Se lo lasciamo qui lui racconterà agli altri che un uomo e una donna sono stati qui. E allora noi due siamo fregati. Se lo liberiamo forse non parla. Cosa vuoi fare, metterlo a tacere?».

«No, non parlerò... mai, mai... per favore, liberatemi... Vi assicuro che...».

I due amanti clandestini si ritirarono in cucina, per consultarsi. Alla fine di una tanto breve quanto animata discussione decisero di slegare il prigioniero... senza sbendarlo, però... avrebbe dovuto contare fino a cento, mentre loro sgombravano. E non avrebbe dovuto dire a nessuno che qualcuno lo aveva liberato, altrimenti...

Consonni in lacrime assicurò che così avrebbe fatto. Padre Antonio, pur preoccupatissimo, riuscì con una certa fatica a liberare il prigioniero dai suoi cordami. Quello si alzò e si sgranchì le gambe, cominciando a contare. Antonio ed Eugenia se la svignarono. «Per un po' sarà bene stare tranquilli» disse lei. Lui, forse per l'emozione, ebbe una erezione supplementare, che perdurò fino al momento in cui varcò la porta della canonica.

Consonni non imbrogliò, come di solito fanno i bambini quando giocano a nascondino. Contò effettivamente fino a cento. Poi si tolse la benda, e frastornato si guardò in giro. Volse lo sguardo anche su se stesso. Faceva ben schifo, tutto sporco della propria pipì che gli si era asciugata addosso. Ma non c'era un minuto da perdere. Ingollò un bicchiere di vinsanto, che gli procurò immediatamente una terribile acidità di stomaco, ma gli dette un po' di sveglia. Uscì dalla villetta barcollando, era l'imbrunire.

«Qui è un gran casino».

«Che cazzo dobbiamo fare con quello lì? Io domani sono a Vicenza...».

«Consegnamolo alla polizia, lo portiamo davanti alla caserma e lo lasciamo lì con un cartello. Ci scriviamo sopra “Ecco il pedofilo”».

«Ma tu sei scemo, e se quello parla?».

«Ma cosa sa? Non ci ha mica visto. Non sa mica dove si trova... Lo portiamo a Varese, o a Lodi, insomma depistiamo».

«Per me l’unica soluzione sicura è quella di buttarlo in un fiume, con una pietra al collo. Penseranno che si è suicidato per il rimorso delle sue colpe».

«Eh no ragazzi, non scherziamo, si era detto di fargliela pagare, ma questo mi pare troppo, io mi tiro fuori...».

«Eh già. Bravo, lui si tira fuori... e la patata bollente la lasci a noi?».

«Gli potremmo tagliare la lingua, così non parla più, ed è anche un gesto simbolico».

«Tagliargli la lingua? Un gesto simbolico? Semmai gli tagliamo i coglioni, ma chi se la sente, glieli tagli tu?».

«Ah no, io questa roba non la faccio».

«Comunque, vivo o morto, dobbiamo toglierlo da lì, se lo trovano finiamo nei guai seri... e poi, è la casa dei miei genitori, e in quel paesino sono curiosi».

«Allora ci vediamo domattina lì e decidiamo».

«Sì, ma lo dobbiamo portare via».

«Lo buttiamo nel Ticino, c’è corrente».

«E che ci importa a noi, a quel punto lo buttiamo nel Po».

«Vabbè, domani vediamo, stasera devo andare al saggio di danza della Ele».

Consonni, esausto stralunato e guardingo, uscì dalla villetta. Era buio: lui, che aveva perso la cognizione del tempo, credeva fosse giorno. Meglio così, non lo avrebbero notato, ma adesso dove andare? Scese lo stradello che portava alla strada provinciale e la seguì, da qualche parte sarebbe arrivato. Ogni tanto passava una macchina, Amedeo tentava di fermarla per farsi dare un passaggio ma, forse perché era conciato veramente male, forse perché era gente di per sé poco incline a essere gentile, nessuno si fermò. Dopo quasi un'ora giunse in un minuscolo centro abitato, non c'era il cartello, ma c'era un bar. Ci entrò, alcuni anziani che giocavano a carte lo osservarono schifati e fecero commenti in una lingua che Consonni non comprendeva.

Chiese un cappuccino, una bottiglia d'acqua e se c'era qualcosa da mangiare, una brioche, un panino. Non c'era niente, solo Buondì Motta, ne prese due, e anche un succo di frutta. Puzzava veramente forte, e l'odore giunse ai giocatori di carte. Questi sospesero la partita, e a titolo di protesta lasciarono la saletta e uscirono, facendo capire alla barista che «o lui o noi».

Consonni comprese la situazione e pagò rapidamente la consumazione, però aveva un problema, non sapeva dov'era. Lo chiese alla barista, e se c'era un modo per tornare a Milano. Quella strabuzzò gli occhi, ma riuscì a rispondere che doveva arrivare fino a Zogno, quattro chilometri più in basso, e da lì poteva prendere la corriera per Bergamo. Zogno? Consonni realizzò che si trovava in Val Brembana, ecco perché non capiva come parlavano.

Uscì dal bar barcollando, ma, forse grazie al fatto che era tutta discesa, riuscì a raggiungere Zogno in tempo per la corriera delle 19.35. Una volta sul mezzo la sua presenza causò gravi disagi ai passeggeri, che si spostarono tutti il più lontano possibile, sventolandosi e imprecando contro questi barbùn.

«Ma guarda se una persona si deve ridurre in questo modo» commentavano. «Camere a gas, camere a gas» e via dicendo.

Qualcosa di analogo accadde sul treno da Bergamo a Milano Lambrate. Consonni si trovò inaspettatamente tutto solo, in uno scompartimento vuoto. Allo stremo delle forze riuscì a scendere dal vagone e a trascinarsi a piedi fino a casa. Gli girava la testa, si sentiva mancare. Non si diresse verso il suo appartamento, bussò direttamente alla porta di Angela; questa, quando aprì, ebbe anche lei la sensazione di non farcela. «Amedeo! Amedeo! Sei vivo! Ma cosa ti hanno fatto!».

Lo abbracciò più forte che poteva, ma poi dovette subire anche lei gli effetti disgustosi degli odori del Consonni. Si allontanò di qualche metro, lo guardò meglio... «Ma che cosa hai mai fatto? Hai voluto provare l'esperienza del clochard?».

Consonni non aveva la forza di parlare, e si vergognava dello stato in cui era, anche se il cattivo odore lui non lo avvertiva più.

«Fatti una doccia mentre ti preparo qualcosa da mangiare, vieni, dai, dai che dopo ti sentirai un altro». Consonni ubbidì, in bagno si spogliò e consegnò ad

Angela i vestiti, questa per non doverli toccare li agganciò con un ombrello e li portò nell'appartamento dell'Amedeo, dove si procurò il cambio. Ma che avrà combinato, pensava. Che si sia ubriacato e poi abbia vagato per le strade, nei bassifondi, per due giorni? Oppure che abbia avuto un malore, una perdita di memoria, e non sia riuscito a trovare la via per tornare a casa? Alzheimer? Altrimenti... una scelta volontaria, chissà per quale motivo, di intraprendere la strada dell'homeless?

Dopo venti minuti Consonni aveva quasi ripreso le sue sembianze normali: pantaloni di velluto, golfino di cachemire color cammello. Solo il colorito e la barba non fatta ricordavano il suo aspetto precedente, e le occhiaie grigiastre. Angela gli servì un avanzo di polpettone, con patate lesse in salsa verde. Anche un bicchiere di Dolcetto.

«Allora, mi vuoi raccontare che cosa ti è successo?».

E Consonni lo raccontò, per sommi capi. Lo avevano rapito, sequestrato, minacciato, e a quanto dicevano volevano dargli una lezione esemplare. Ma perché? Consonni sosteneva di non averne la minima idea, ma questo Angela non era del tutto disposta a crederlo. Quello scemone chissà in quali guai si era cacciato, e adesso si vergognava ad ammetterlo. Lui e la sua passione per il crimine... Mentre Consonni parlava lei rifletteva.

«Ma tu, Amedeo, in questo posto sapresti tornarci? Sai come si chiama il paese, ti ricordi la strada che hai fatto per arrivarci dalla casa isolata?».

«Certo che saprei tornarci, mi sono segnato tutto sul quadernetto, non sono mica scemo... anche se le forze mi mancano...».

Consonni pensava che l'idea ovvia di Angela fosse quella di andare dai carabinieri a denunciare l'accaduto, ma l'idea di Angela non era questa.

«E allora in quella villetta bisogna che tu ci torni immediatamente, e che tu riprenda il tuo posto, legato e imbavagliato, come se nulla fosse...».

«Cosa?... Ma no Angela, sono stanco morto, vorrei mangiare qualcosa e buttarmi sul letto, non ce la faccio più, sono due giorni che...».

«Ma tu sei pazzo? E come li acchiappano quei criminali se nessuno può dimostrare che ti hanno rapito? Adesso torniamo sul posto, diamo un'occhiata e se tutto è a posto tu ti rimetti nell'esatta posizione in cui eri... nel frattempo io...».

«Ma Angela, un po' pazza non è che lo sei anche tu? Adesso io dovrei tornare lì, che quelli non stanno aspettando altro che il momento giusto per farmi la festa... tu non sai che cosa dicevano... me ne volevano fare di tutte... la più leggera era evirarmi, per non parlare poi...».

«Ma non succederà nulla di questo, perché quando loro domattina torneranno, ci sarà la polizia ad aspettarli, per coglierli sul fatto... e poi qui non sentirti tanto sicuro... se si accorgono che sei scappato e ti trovano qui... la loro unica possibilità è farti fuori... quindi la scelta obbligata sarebbe quella di andare immediatamente alla caserma dei carabinieri, denunciare il fatto e mettersi nelle loro mani... ma che prove hai tu per dire che ti hanno sequestrato? Pensi che ti crederanno solo perché gliela racconti tu? Ah, sei un bell'ingenuo se credi che...».

«Ma io non credo niente, io vorrei solo dormire un po', sono a pezzi, e poi sono sicuro che il mio cuore sta per abbandonarmi... non ce la faccio più...».

Consonni stava facendo scarpetta nella salsa verde. Lei non era più lì, ad ascoltarlo. Era corsa dal De Angelis, già a letto da un'ora. Lo mobilitò, e lui, dopo mille lamentele e obiezioni, acconsentì solo quando la cifra arrivò a 500 euro.

«Lei ci deve solo accompagnare a un'oretta da qui, a quest'ora non c'è traffico».

«Si può fare. Mi dia il tempo di rivestirmi e di farmi un caffè».

«Bene, fra quindici minuti partiamo».

«Forza Amedeo, dobbiamo metterci in marcia, risistemati come eri vestito prima».

«Ma gli abiti sono tutti sporchi, mi sono anche pisciato addosso».

«Non importa, loro non devono capire che tu ti sei mosso da lì, altrimenti non ci cascano».

Dopo lunghe argomentazioni Consonni fu convinto a recuperare i suoi abiti e a rindossarli, puzzava di nuovo da fare schifo.

De Angelis vestì i guantini da guida e mise in moto il sei cilindri. A fatica riuscirono a entrare in tre nella due posti. Con la sua guida veloce l'ottuagenario Luis arrivò a Zogno in meno di un'ora. Era passata la mezzanotte, e il paese era deserto. In base agli appunti scritti sul quadernetto raggiunsero la microscopica frazione, Consonni riconobbe il bar dove aveva chiesto informazioni, e dette indicazioni sulla strada da fare. Giunsero nei pressi della villetta.

Perlustrarono i dintorni, non c'era nessuno. Già, ma adesso come rientrare?

Per fortuna Consonni aveva lasciato la porta aperta, nel corso della sua fuga disperata e inconscia.

De Angelis restò fuori a fare il palo.

Così l'Amedeo e l'Angela scesero le scale verso la cantinetta. Consonni riprese il suo posto, e Angela ebbe il suo da fare a ricostruire la legatura, a riposizionare il bendaggio sugli occhi.

«Ma in bocca non avevi niente?».

«Sì, una mela, ma poi me la sono mangiata...».

«Ah, allora va bene... Ma com'erano messe queste corde?».

«Mah, più o meno così. Ma sei sicura che domattina arriva la polizia? E se non arriva nessuno e quelli mi castrano?».

«Vai tranquillo, so io quello che sto facendo».

Angela, terminata l'operazione di ricostruzione, verificò la scena del sequestro per controllare che fosse credibile, l'effetto d'insieme era efficace. Quindi consegnò un telefonino a Consonni:

«Tienilo nascosto nella manica, se sei in difficoltà premi il tasto 1 a lungo, squillerà il mio cellulare. Io sarò nei dintorni, con la polizia».

«Ma Angela...».

Lei non ebbe ripensamenti, spense la luce, uscì e chiuse bene il portoncino.

Consonni dunque si trovò nuovamente solo, nella stessa situazione di prima. Nonostante fosse sopraffatto dalla stanchezza non riusciva ad addormentarsi. Pensava alla coppia che lo aveva liberato. Chi erano? Forse era tutto un complotto ordito dai rapitori stessi? Volevano che fuggisse? Oddio, oddio, che cretinata che abbiamo fatto. Oh Signùr...

Sulla via del ritorno per Milano, mentre De Angelis guidava a velocità sostenuta ma regolare, la mente di Angela era in subbuglio. Ma avremo fatto bene? E se i suoi aguzzini lo fanno fuori prima che la polizia possa intervenire? No, ce la faremo, e poi ha il telefonino, ma occorre fare in modo che l'azione sia immediata... già... ma mi staranno a sentire? Si mobiliteranno all'istante, solo perché glielo dico io? Mise da parte i dubbi e si concentrò sulla predisposizione di un piano.

Arrivarono alla casa di ringhiera che erano quasi le due.

«Luis, mi aspetti in macchina, vado un attimo su, preparo una cosa e torno subito. Spenga il motore. Mi deve accompagnare in questura».

«Ma di questo non si era parlato! Io ho sonno».

«Altri 200 euro, sarà una questione di mezz'ora».

«D'accordo, signora Mattioli».

Luis spense il motore, dopo aver girato l'auto col muso verso l'uscita.

Angela corse nel suo appartamento e accese il computer. Scrisse un breve testo, lo controllò tre o quattro volte, fece alcune modifiche e lo stampò. Poi stampò un altro documento. Inserì i due fogli in una busta bianca sopra la quale scrisse: «Per la signora Angela Mattioli».

Trovò il De Angelis profondamente addormentato al posto di guida.

«Sveglia Luis, bisogna andare». Erano passate le tre.

In questura le fecero un sacco di storie, nonostante Angela assicurasse di essere in possesso di notizie rilevantissime sul rapimento di Amedeo Consonni. Insistette talmente tanto che alla fine il commissario Ametrano la ricevette.

Lei venne subito al punto. Mostrò al commissario la lettera anonima che recitava così:

So dove è il signor Consonni, quello che hanno fatto vedere la foto al telegiornale. E non ci è andato di sua spontanea volontà. Lo hanno rapito. È in una casa vicino a Zogno, chilometro 4 della provinciale 24. Allego piantina.

Un amico che non vuole grane.

In effetti insieme alla lettera c'era una stampata da Google Maps, con una X rossa in corrispondenza del luogo in cui era situata la villetta.

«Ma questa lettera quando e come le è stata recapitata?».

«Io l'ho trovata oggi nella cassetta della posta, nel primo pomeriggio, consegnata a mano, non c'è francobollo».

«E perché dovrebbero averla inviata proprio a lei?».

«Perché ho messo un annuncio sul giornale, in cerca di notizie, e sui blog: se qualcuno avesse avvistato il Consonni. Avevo scritto di mettersi in contatto con me e lasciato il mio indirizzo».

Il commissario pareva molto scettico, quasi annoiato. Osservava la lettera, mentre controllava i messaggini sul telefono cellulare. Alla fine parlò.

«Lei lo sa in casi come questo quanta gente scrive lettere anonime, si dichiara sicura di aver visto la persona scomparsa, in circostanze misteriose e criminose... e il 99,99 per cento delle volte sono fantasie, mitomanie, lei lo sa cos'è una mitomania?».

«Certo che lo so, sono una professoressa di italiano».

«Bene, allora saprà che la gente farebbe di tutto per avere un attimo di popolarità, per essere protagonista...».

«Ma questo non ha neanche firmato».

«Ah, non significa niente...».

«Però, commissario, c'è dell'altro».

Angela riprese fiato.

«Vede, Amedeo Consonni è persona equilibratissima e mai se ne andrebbe di sua spontanea volontà, senza avvertire».

«Ah be', potrebbe essersi sentito male, chi lo sa, scivolato in una scarpata, potrebbe...».

«Sì, certo, ma c'è dell'altro ancora... lei deve sapere che il signor Consonni ha una passione un po' insana, io ho sempre cercato di fargliela abbandonare ma lui non ne vuole sapere. Lui ha la passione per i crimini, li segue tutti ed è informatissimo, su tutto il territorio nazionale. Si ricorda il caso della Sfinge di Lentate sul Seveso? Ecco, è quel signore lì che si è immischiato in quella tragica vicenda...».

Il commissario alzò le antenne: «Ah, è quel signore che si è immischiato nel caso di Lentate...».

«Lui non ci vede niente di male, sa? Per lui è solo curiosità, una forma di collezionismo, però negli ultimi tempi si è messo nei guai più di una volta, non solo nel caso della Sfinge di Lentate, ma anche in quello Kakoiannis-Sforza/Cislaghi, e chissà in quanti altri... e quindi, magari è andato a mettere il naso dove non doveva metterlo... questa è la mia preoccupazione...».

«Il caso Kakoiannis-Sforza? E cosa c'entra il signor Consonni con quella faccenda?».

«Oh, io ne so poco, glielo spiegherà lui, se riuscite ad arrivare in tempo a liberarlo...».

Il commissario era pensieroso, voleva andare a dormire, almeno due o tre ore, non ne poteva più, anche se col caso Kakoiannis-Sforza ci aveva perso parecchio tempo, senza arrivare a grandi risultati.

«Signora, io non so che cosa abbia combinato il Consonni, e lo appureremo. Ma non posso mobilitarmi per una lettera anonima come ce ne sono mille. Domani contatterò la caserma di Zogno e quelli manderanno qualcuno a controllare, ma adesso... Comunque io credo che la probabilità che il signor Consonni sia in quella casa di campagna sia inferiore a una su un milione».

Angela a questo punto non poté più differire l'ulteriore rivelazione.

«Be', commissario, in realtà c'è dell'altro ancora».

«Dell'altro ancora? E sarebbe? Ma perché le cose me le dice un po' alla volta?».

«Io a quella villetta ci sono già stata...».

«Cosa? Ma lei è pazza!».

«Be', cosa vuole, anch'io ho pensato che ci fossero pochissime probabilità, e quindi, prima di mobilitare le forze dell'ordine, ho voluto sincerarmi di persona...».

Il commissario, vicino alla disperazione, si mise la testa fra le mani: «Avanti, dica».

«Sa, quella villetta è facile da trovare, ce n'è una sola. È isolata, non c'è nessuno. Sembra disabitata da tanto tempo, è quasi fatiscente. Si vede che nessuno apre le finestre da tempo, ci sono le ragnatele...».

«Venga al punto».

«Be', prima di tutto ho notato che sulla ghiaia davanti alla facciata c'erano tracce recenti di pneumatici. Grossi pneumatici».

Il commissario alzò gli occhi al cielo: «Ah, niente di meno che grossi pneumatici!».

«E poi ho trovato questi» e mostrò al commissario un paio di occhiali da vista. «Questi appartengono al Consonni. Guardi, per convincerla ho portato anche una foto col Consonni mentre li indossa». Sottopose al commissario anche quel reperto. «È evidente che il Consonni è stato veramente condotto lì, e probabilmente gli occhiali gli sono caduti nel corso di una colluttazione».

Ma senti come parla questa qui, pensava il commissario, che però a questo punto si sentiva in un culo di sacco. Se io non vado a vedere che è successo in quella villetta e poi viene fuori, ci fosse anche una probabilità su mille, che quel cretino era veramente lì, sequestrato chissà per quale motivo, sono nei guai. Così, lottando contro il sonno e la disperazione, disse: «Va bene, signora, andiamo a vedere la villetta, ma se è tutta una balla nei guai ci finisce lei».

«Semmai ci finiamo tutti e due» disse Angela.

Consonni si svegliò d'improvviso. Era tutto indolenzito, cercò di sgranchirsi, per quanto possibile, poi gli tornò alla mente la sua situazione.

Oddio che scemata che abbiamo fatto, e se adesso arrivano e mi ammazzano?

Proprio allora percepì il rumore in lontananza, qualcuno stava armeggiando alla porta.

In breve furono da basso, e accesero la luce.

«Allora, grandissimo bastardo, sei sempre vivo?».

«Acqua, per favore un po' d'acqua» recitò Consonni, per prendere un po' di tempo e attivare il tasto 1 del telefonino.

Il commissario Ametrano arrivò a Zogno alle sei e mezza con due auto e un totale di quattro agenti. Nessuno di questi, compreso il commissario, aveva dormito un'ora di sonno. Angela andò con loro, soltanto per accompagnarli sul posto, poi avrebbe dovuto ritirarsi in second'ordine. Si avvicinarono alla villetta gialla, posteggiarono l'auto in un anfratto in mezzo al bosco, stava albeggiando. Angela dovette restare nell'auto, insieme all'agente Sferrazzo Rosaria.

La squadra, giunta, con gran circospezione, in prossimità dello chalet, fu sorpresa di trovare due grossi SUV posteggiati proprio di fronte alla facciata: i poliziotti si nascosero dietro gli alberi e concertarono un piano. Fare un'irruzione poteva essere pericoloso per il prigioniero, ammesso che ce ne fosse veramente uno. Certo, fidarsi a quel modo di una signora di mezza età, magari sconvolta, magari un po' di fuori per conto suo, era un bel rischio. Ma che fare, bussare alla porta? Due degli agenti erano vestiti da guardie forestali, per destare meno sospetti. Il commissario li mandò in avanscoperta. Questi toccarono i cofani dei SUV, erano ancora caldi. Si aggirarono intorno alla villetta, tutto tranquillo, dalla casa non giungevano rumori. Alla fine si decisero a bussare: l'idea era quella di un pretesto qualsiasi, tipo polpette avvelenate per i cani, tagliole, cercatori di funghi dispersi, roba del genere.

Ma nessuno rispose. Per forza, erano tutti nella cantinetta, e da lì non si sentiva niente. La porta si aprì da sola, non l'avevano nemmeno chiusa. I due entrarono, dietro di loro il commissario e l'altro agente, in borghese, si avvicinarono all'ingresso.

All'interno della villetta c'era freddo e incuria. I due forestali avanzarono, con le pistole dietro la schiena, si sentivano delle voci attutite, provenivano da una scala che portava in un locale seminterrato. Scesero in silenzio, finché davanti a loro videro una scena che non avrebbero dimenticato. Tre persone di sesso maschile e una di sesso femminile ingiuriavano un uomo bendato e legato, che sembrava semisvenuto. Gli aguzzini non parevano essere armati, se non forse di un nodoso bastone di legno col quale stuzzicavano, infastidivano il rapito, forse per tenerlo sveglio.

«Allora, smettila di bere, non sei qui in vacanza, dobbiamo muoverci!».

I due agenti forestali estrassero le armi e dichiararono: «In nome della legge, nessuno si muova».

Nessuno si mosse. Nel frattempo Consonni si era cagato addosso, e poi aveva perso nuovamente i sensi.

Nel giro di mezz'ora i quattro erano stati condotti nella caserma dei carabinieri di Zogno. Consonni fu trasportato all'ospedale di Bergamo, con Angela. Le sue condizioni erano buone: quell'uomo, pur dopo due giorni di sequestro, senza bere né mangiare, pareva aver retto alla prova, che tempra!, commentò il medico di turno.

Trasferiti nella questura di Bergamo, i quattro sequestratori esposero immediatamente la loro versione: quell'uomo era un pedofilo e aveva bisogno di una sistemata. Non avevano nessuna intenzione di fargli del male o di mantenerlo in stato di prigionia, volevano solo fargli capire che il popolo veglia e sorveglia, e che lui e la gente come lui non avrebbero avuto vita facile...

«Ma voi perché non vi siete rivolti alla polizia, perché vi siete organizzati in proprio come dei giustizieri?».

«Be', si sa» l'interrogato cercava di stabilire un rapporto di empatia con l'interrogatore, «oggi la polizia ha le mani legate... e poi a questa gente cosa gli succede? Un bel niente. Lo Stato li protegge e addirittura li mantiene, e poi tornano a fare...».

Il magistrato lo interruppe mostrando di non gradire troppo questo genere di discorsi.

«Ma su quali basi si è materializzata in voi la certezza che il signor Consonni sia un pedofilo?».

«Be', è chiaro, ce l'ha detto la Valentina, è lui che le ha offerto le caramelle, è lui che le ha parlato del Pirellone».

Il magistrato scosse la testa.

Arrivarono due avvocati da Milano - uno era il cognato del padre di Valentina - che convinsero gli imputati che era meglio smettere di fare discorsi del genere. La faccenda era molto seria, e i capi di imputazione gravissimi. Prima di tutto il sequestro di persona, con aggravanti come violenza privata, addirittura un'ipotesi di sevizie, prevista dall'articolo 61, comma primo, n. 4, del Codice Penale (l'aver adoperato sevizie, o l'aver agito con crudeltà verso le persone).

Insomma, tre padri di famiglia e una madre rischiavano una severa condanna e di passare numerosi anni in carcere.

Consonni e Angela furono rilasciati dalla questura solo nel tardo pomeriggio, Angela dopo una notte insonne, Amedeo dopo due giorni di sequestro e uno di interrogatori: vennero riaccompagnati a Milano, furono a casa solo a sera, distrutti. Non avevano voglia di parlare, ciascuno si ritirò nel proprio appartamento. Consonni si preparò un consommé molto leggero, si fece una doccia calda e andò a letto, ma già dormiva al momento di indossare il pigiamino a righe rosse e blu. Angela invece si buttò sul letto vestita.

Solo la mattina dopo ebbe modo di rinfrescarsi e di cambiarsi: uscì presto per andare a comprare i giornali.

La stampa borghese e generalista stentava a ricostruire i fatti nella loro interezza, ma a quanto pareva l'ipotesi più attendibile era quella del fraintendimento, a partire dalle dichiarazioni della bambina Carolina (nome di invenzione), anni otto, e della grancassa che aveva fatto seguito alle sue parole da parte di altre bambine sempre di anni otto. La persona che aveva avvicinato Carolina all'uscita della scuola era effettivamente tal Consonni Amedeo, anni 66. Egli, che stava aspettando la figlia di una sua vicina per riportarla a casa, aveva visto questa bambina da sola e le aveva chiesto perché fosse sola. A quanto pareva avrebbe dovuto essere lì sua madre a prenderla, ma era in ritardo. Così il Consonni si era preso cura di questa bambina, offrendole effettivamente delle caramelle e anche un lecca lecca, che il soggetto aveva in tasca per il nipotino di quattro anni. I due si erano intrattenuti in una conversazione, che a quanto pareva aveva toccato anche il tema dei grattacieli di Milano. Carolina aveva riferito all'anziano di aver visto il grattacielo Unicredit, il più alto del mondo. Il Consonni, secondo le sue dichiarazioni, le aveva menzionato il Pirellone.

Carolina il giorno dopo aveva riferito di questo incontro, e il fatto si era ingigantito passando di bocca in bocca, fra gli alunni. I loro genitori e alcuni altri conoscenti, particolarmente sensibili alla questione, usavano esplicitamente con i figli il termine «pedofilo» e avevano spiegato loro di non fidarsi di nessuno; dunque i bambini avevano riutilizzato immediatamente la parola, con l'occasione.

Sta di fatto che i quattro adulti avevano pensato di farsi giustizia da soli. Non è dato sapere quali fossero le loro reali intenzioni nei confronti del presunto pedofilo, se eliminarlo fisicamente o liberarlo dopo avergli dato una bella ripassata, fatto sta che avevano proceduto con un vero e proprio sequestro di persona pluriaggravato. Per questo erano in stato di arresto e sarebbero stati processati per direttissima. Rischiavano una condanna dagli 8 ai 14 anni.

La stampa di una certa parte politica invece assumeva un altro atteggiamento, tutto dalla parte di questi disgraziati genitori: i poveri padri di famiglia volevano semplicemente «mettere a posto» quell'individuo, da loro ritenuto colpevole di un reato, e anche di un peccato, gravissimo. «Ora la "versione ufficiale" ci dice che il presunto pedofilo tale non era, ma chi ci assicura che non si tratti solo di una manovra, come al solito, per proteggere uno scandalo?».

«La magistratura dalla parte dei pedofili», «Il cittadino si ribella», «I lumbard dalla parte delle famiglie» e titoli del genere sulla stampa a diffusione locale.

Nei giorni successivi la situazione nella casa di ringhiera cercò di ritornare alla normalità, anche se non era facile. Consonni era sfinito, e passava la maggior parte del suo tempo a letto, anche se il dottore gli aveva detto di non preoccuparsi, si era già ripreso benissimo. Ma lui, e non solo per motivi di salute, non voleva uscire di casa. E se qualcuno di quegli assatanati genitori non avesse creduto affatto alla versione ufficiale, e volesse vendicarsi di quello che per loro era un pedofilo e basta? Quando le voci vanno in circolo è difficile farle rientrare.

D'altronde anche nella casa di ringhiera stessa c'era chi non aveva messo da parte i sospetti: la signorina Mattei-Ferri, per esempio. Chi mi dice che il Consonni, noto erotomane, che passa di donna in donna indipendentemente dall'età, non abbia in qualche modo qualche cosa da nascondere?

Dalla sua parte Consonni aveva il resto del condominio, da Donatella ai peruviani, dal De Angelis ad Antonio, il manovale. Eppure ci sarebbe voluto del tempo per stemperare gli animi, per tornare al tran tran quotidiano. E questo valeva per tutto il quartiere, se non per tutta la città, se non per tutta la regione. In effetti in regione c'erano delle persone che si trovarono nell'impossibilità di tornare al solito tran tran, senza alcuna accezione volgare del termine.

Per esempio in una piccola frazione del comune di Zogno c'erano due persone in ambasce, che furono costrette a interrompere la loro relazione amorosa, e che si facevano alcune angosciose domande.

Si chiedevano, ma com'è che quel prigioniero da noi liberato non se ne è andato? E com'è che noi l'avevamo slegato e la polizia lo ha ritrovato in vincoli? Quest'ultima espressione a dire il vero venne in mente solo a uno dei due amanti. E se il prigioniero ha riconosciuto la mia voce? – si domandava terrorizzata l'altra – è così particolare... Non riuscivano a darsi risposte, intravedendo un complotto a loro danno; decisero che era meglio sospendere, se non abolire, i loro incontri clandestini. Solo qualche rapidissimo e contorsionistico amplesso nel confessionale, la domenica mattina prima della Santa Messa.

Anche Angela tentò di tornare al tran tran quotidiano. Per esempio alle ripetizioni con Gianmarco, e alle esercitazioni sui temi in classe.

Era sconvolta, tuttavia. Pensava al suo ruolo da protagonista nella vicenda, se non fosse stato per lei il corso delle cose sarebbe stato diverso. Era convinta di aver fatto la cosa giusta, ma se non l'avesse fatta Consonni non sarebbe tornato nel luogo della sua prigionia, e nessuno avrebbe mai saputo chi era che lo aveva sequestrato. Ma adesso tutto era venuto alla luce del sole, e si sapeva chi erano i responsabili.

Appunto, i responsabili. Che ne sarebbe stato di loro?

Ben tre famiglie completamente rovinate, i figli piccoli sarebbero rimasti senza genitori – chiusi in carcere per molti anni – affidati chissà a chi, ai nonni o ad altri parenti nei casi più fortunati, a istituzioni pubbliche o altri privati nei casi peggiori. Una macchia d'olio di dolore e sofferenza che probabilmente non si sarebbe cancellata mai, con conseguenze inestinguibili.

Il tutto perché avevano dato retta a qualcuno che sostiene che bisogna farsi giustizia da soli, che l'unica soluzione in certi casi è la castrazione e il codice non lo prevede, e che le forze dell'ordine sono corrotte e inefficaci.

Ma è colpa mia – pensava Angela – se la gente certe dichiarazioni le prende alla lettera? D'altronde quelle persone anche se si fossero rese conto di aver fatto una stupidaggine e fossero ritornate sui propri passi, avrebbero comunque capito che era troppo tardi, che Consonni avrebbe parlato, e che l'unica soluzione era eliminarlo per sempre.

Angela entrò nella cucina dell'appartamento dei Giorgi. Pensierosa e turbata, salutò con un vago gesto Gianmarco. In effetti il suo rapporto con i temi di italiano era molto migliorato. Ad Angela era bastato poco per convincerlo che per scrivere qualcosa bisogna guardare fuori, non dentro di sé.

«Ma alla terapia familiare per l'alcolismo del papà mi hanno detto di scrivere, scrivere, scrivere di me. Fare il mio ritratto, tirare fuori quello che ho dentro, ma io dentro...».

«Tu fregatene» gli aveva detto inaspettatamente la professoressa Mattioli. «Tu scrivi di quello che vedi fuori di te, di quello che vedi e che senti. Del mondo esterno. Per arrovellarti su quello che covi dentro avrai tutto il tempo».

E così Gianmarco si era sciolto. L'assillo del «parlare di sé» allontanato. Si era trovata la chiave.

Ma quel giorno, se ne accorse anche Gianmarco, la Mattioli era un po' turbata. Senza tante spiegazioni commissionò all'alunno un tema di attualità: «Un fatto increscioso nel mio quartiere: un sospetto di pedofilia, si rivela tutto falso».

Gianmarco, con una certa disinvoltura, scrisse ciò che segue:

«I pedofili sono vecchi signori che fanno sesso con le bambine e con i bambini. Io i pedofili li metterei tutti al muro e gli farei scoppiare la testa come in "Battlefield", il mio videogioco sparatutto preferito. Oppure li butterei dentro un vulcano, o li metterei in un poligono di tiro a fare da bersagli per il tiro col mitra: farei sparare ai bambini, così i pedofili imparano. Non quelli che muoiono perché loro non imparano niente, ma quegli altri, quelli che ancora non li hanno presi, ci pensano due volte prima di continuare a fare i pedofili...».

Angela sospese la lettura, presa dalla malinconia. No, errori gravi non ce n'erano.

Chi ha pane non ha denti, chi ha denti non ha pane

Il signor Claudio Giorgi viveva in una casa-famiglia in via Cirenei, non lontano dalla metro Gorla, insieme ad altre otto persone di cui quella che stava meglio era una signora che veniva regolarmente bastonata dal marito e che adesso era ospitata nell'anonimato in questo luogo, a scopo di protezione. Ciascuno aveva i suoi problemi, nel caso del Giorgi era in corso il suo trattamento di detossificazione (detox) dall'alcol. La prima parte della terapia, svoltasi nel reparto di Gastroenterologia nell'ospedale Niguarda, con flebo e tutto, durata dieci giorni, era terminata. Nella fase in corso al Giorgi veniva somministrato quotidianamente l'Antabuse, il quale è un antagonista dell'alcol, chi lo assume se beve anche un goccio di alcol si sente malissimo, una specie di antidoto alla rovescia. Comunque il Giorgi aveva deciso di andare avanti e tutti i giorni doveva recarsi all'ambulatorio del SERT per assumere il farmaco sotto gli occhi di un addetto. Due volte la settimana aveva gli incontri coi terapeuti del centro alcologico. A parte questi impegni la giornata del Giorgi era piuttosto vuota: nella casa-famiglia aveva da dormire e da mangiare e poteva guardare la televisione. In un centro di volontariato seguiva un corso di ceramica che non gli dava tutte queste soddisfazioni. Poteva uscire, fare delle passeggiate, volendo anche andare al cinema. Nella casa-famiglia teneva il suo computer portatile chiuso nell'armadietto, temendo che glielo rubassero, ipotesi non del tutto remota. Quando aveva del tempo libero, cioè sempre, si metteva davanti al computer e ci passava le ore, in una specie di trance. Se a fine giornata gli avessero chiesto cosa avesse fatto, quali siti aveva visitato, non avrebbe saputo dirlo. In fondo il computer era stato il suo lavoro per tanti anni, come consulente informatico, per una ditta di spedizioni. Nella sua lunga storia di alcolismo aveva perso e riacquistato il lavoro molte volte, ma in questa occasione le sue possibilità di ricominciare ammontavano a zero. Non ne avrebbe avuto neanche la testa.

Era abulico e assente, il suo colorito dava sul grigiastro, era anche dimagrito, gli abiti stazzonati gli cadevano addosso.

L'unico spiraglio nelle sue tristi settimane erano le visite alla sua (ex) famiglia, vale a dire i suoi figli Gianmarco e Margherita, anni 11 e 8, che abitavano con la madre nella casa di ringhiera di via ***. Era l'appartamento dove prima risiedeva anche lui finché, dopo le sue ultime bravate e intemperanze, il giudice non aveva stabilito che in quella casa non potesse mettere più piede. Ma adesso che Claudio stava seguendo con impegno il trattamento di detox gli erano concesse due visite settimanali alla famiglia, della durata di circa un'ora. In realtà lui di visite ne faceva di più, alla moglie Donatella andava bene, non aveva sollevato problemi.

I suoi figli erano contenti, anche se il vederlo in quelle condizioni li lasciava un po' male: era silenzioso, cercava di mostrare un po' di calore ma non ci riusciva, e soprattutto quando se ne andava sembrava avere la morte nel cuore.

Fra l'altro non è che la situazione della madre fosse idilliaca. L'avevano licenziata dal suo posto di segretaria amministrativa in una ditta di alimentari all'ingrosso che aveva dichiarato fallimento. Adesso la ditta si chiamava in un altro modo, era una falsa cooperativa e al posto suo lavorava una stagista a costo zero. Il titolare era sempre lo stesso stronzo, anche se il suo nome ufficialmente non compariva più, e Donatella quando pensava a lui si immaginava torture medievali.

L'unico lavoro che era riuscita a trovare era la sostituzione di una sua conoscente, incinta, come inserviente in un bar tabacchi, che sul retro serviva dei pasti caldi a mezzogiorno, otto euro un primo, contorno e caffè, oppure insalatona e caffè. Un lavoro part time di quattro ore al giorno, dalle undici del mattino alle tre del pomeriggio come tuttofare, dal servizio ai tavoli alle pulizie, al nero, che le rendeva poco più di 400 euro al mese. E questo era quanto.

Se pensava ai tempi felici, qualche anno prima, quando suo marito portava a casa 1.650 euro al mese e la tredicesima, e lei arrivava quasi a mille, le sembravano la cuccagna: sì, c'era il mutuo da pagare, ma ci rientrava tutto (anche i libri scolastici). Adesso il mutuo era estinto, ma come vivere con quattrocento euro in tre?

Per questo Donatella aveva cercato un sistema per integrare. Dopo vari e frustranti tentativi non le era rimasto che fare le pulizie negli appartamenti di alcuni suoi coinquilini della casa di ringhiera, vale a dire il signor Consonni Amedeo, sessantaseienne ex tappezziere, e la dottoressa Mattioli Angela, qualche anno in meno, ex professoressa, che fra l'altro del Consonni era ufficialmente la «fidanzata».

A nove euro l'ora questi due incarichi le portavano altri 280 euro al mese. Donatella di fare le pulizie un pochino si vergognava. Non voleva che si sapesse in giro, e tantomeno che lo sapessero i figli, che in realtà lo sapevano benissimo ma facevano finta di no.

«Ma che rimbambito che sono!». Amedeo Consonni, occupante l'appartamento 8, ce l'aveva con se stesso. Era convinto che nel barattolo con scritto sopra «Caffè» ci fossero qualcosa come 120 euro, forse poco più, forse poco meno, invece ce n'erano 70, e quando arrivò il garzone del ferramenta, che gli consegnò vari pesantissimi secchi di metallo, contenenti prodotti per il trattamento del parquet, non aveva abbastanza soldi per pagarlo.

Era costernato, si scusò infinite volte, gli disse che potevano andare subito al bancomat dietro l'angolo, che... Il garzone gli disse di non preoccuparsi, prese i settanta euro e rassicurò il Consonni.

«Il resto me lo dà più tardi, non si preoccupi».

Ah, che testa che ho, rimuginava l'Amedeo, dove andremo a finire?

Uscì e al bancomat ritirò 250 euro. Ne avrebbe trattenuti cento nel portafoglio e gli altri li avrebbe messi nel barattolo, come faceva da tanti anni, ancora prima di diventare vedovo. Due pezzi da cinquanta, due da venti e uno da dieci.

Da diversi giorni Luigi De Angelis, detto Luis, l'ottuagenario inquilino dell'appartamento 5, era di umore pessimo, per usare un eufemismo. In realtà era adirato profondamente. Tutto per colpa di un cagnetto e delle sue abitudini.

Costui non aveva la più pallida idea di stare facendo qualcosa di illegale o che semplicemente potesse urtare la sensibilità di qualcuno. Amava pisciare sulle ruote della BMW Z3 3.2 24 valvole di De Angelis, ma non lo faceva per dispetto.

Prima di tutto non poteva sapere cosa significasse la BMW per l'anziano proprietario. Era tutta la sua vita e ad essa dedicava la maggior parte delle sue risorse, in termini di tempo, energie e denari. Lui, ex tassista, godeva di una pensione di media entità che, se non fosse stato per la BMW e le saltuarie richieste da parte di sua sorella Ernestina in favore di quel debosciato del nipote Daniel, gli sarebbe stata più che sufficiente a mantenere un tenore di vita decente. Invece no, lui alla sua BMW roadster, un modello speciale, non rinunciava, e una macchina così, una 3.2 24 valvole, costa parecchi soldi, dal bollo alla manutenzione, dai prodotti per la carrozzeria metallizzata all'assicurazione. Ma la voce principale era la benzina. Negli ultimi tempi il De Angelis cercava di stare più attento al chilometraggio e alla velocità media, il che per lui rappresentava un sacrificio: se hai un'auto che fa i 250 all'ora che senso ha andare a 130? L'auto gli costava comunque alcune migliaia di euro l'anno.

E doveva anche subire le critiche di chi vedeva quel vecchietto alla guida di quel bolide: «Vecchio rincoglionito, attento che vai a sbattere!», «Chi ha pane non ha denti e chi ha denti non ha pane», «Con la crisi che c'è», «Pensionati di merda, per voi la crisi non esiste, voi vi incassate la vostra pensione che paghiamo noi, per un lavoro da miseria». De Angelis non raccoglieva. Aveva lavorato quarant'anni e non gli pareva di rubare niente a nessuno, e ognuno i suoi soldi li spende come vuole. Comunque temeva che quei facinorosi nullafacenti gli vandalizzassero l'auto, per esempio squarciandogli la cappotta. E lui alla perfetta manutenzione delle parti meccaniche e della carrozzeria non poteva rinunciare. Ma l'ingenuo cagnetto non lo sapeva e dunque non aveva nessuna remora a orinare sulla BMW.

Infatti lo faceva sotto gli occhi di tutti, meglio, non proprio sotto gli occhi di tutti, lo faceva la mattina molto presto quando il suo proprietario lo portava a fare una passeggiata, cioè la pipì.

De Angelis era indignato: quel padrone – un signore abbastanza ben vestito che fumava la pipa – sapeva benissimo che il cane andava a pisciare dentro la corte della casa di ringhiera, si può dire che ce lo portasse apposta, certamente non lo trascinava fino ai giardinetti, o in un'area idonea per i bisogni dei cani. Ma negli ultimi tempi quell'uomo non si prendeva il disturbo nemmeno di accompagnarlo, il cane, lo faceva uscire di casa, quello trotterellava da solo fino a destinazione, faceva i suoi bisogni e se ne tornava a casa tranquillo, dedicando magari qualche minuto a fugaci esplorazioni dei marciapiedi e di altri cancelli e portoni.

E il padrone doveva saperlo per forza che la faceva lì, perché la bestia nel resto della giornata non aveva più bisogno di uscire.

Dunque il cane la mattina verso le sette arrivava nella corte, annusava pneumatici e cerchioni e scaricava il suo regalino. De Angelis l'aveva osservato attentamente, per diversi giorni; appostato dietro una colonna sul ballatoio, rimuginava tentando di escogitare un modo per impedire all'animale di continuare a pisciargli sui cerchioni in lega leggera, che lui lustrava quotidianamente con costosissimi prodotti specifici, e per stabilire le modalità di una vendetta.

Anche quella mattina il cane aveva fatto i suoi bisogni con calma e se ne era andato scodinzolante, De Angelis aveva cercato di raggiungerlo per lanciargli dietro qualcosa, una scarpa, un sasso, le cose che si tirano ai cani, ma non aveva fatto in tempo.

Adesso era lì che ispezionava addolorato la ruota anteriore sinistra del suo gioiello, un'auto di valore, pur se con qualche anno sulle spalle, portati benissimo. Ma questa volta c'era una novità.

«Ah, no, questa poi no! Cane di merda! Perché non

vai a farla nel letto del tuo riverito padrone? Ah, no, questo è troppo».

Il De Angelis osservava sconsolato una cagata semiliquida eseguita proprio in prossimità della ruota posteriore destra: e si sa quanto l'acidità degli escrementi possa danneggiare i cerchioni e i pneumatici stessi. Ma non era finita! Sulla ruota posteriore sinistra c'era un'altra freschissima pisciata, che andava a corrodere la lega leggera. Ah, quel cane, gli passerà la voglia di sporcare la mia auto.

Cercò di pulire alla bell'e meglio la lordura. Parlava alla BMW: «Non ti preoccupare, tutto si rimedia, non ti preoccupare. E quel maiale la pagherà cara, non trovi che sia giusto?».

L'auto era immobile e indifferente, ma al De Angelis parve di udire un lievissimo mugolio di assenso.

Le cose non potevano andare avanti così, la misura era colma, e il Luis cominciò a definire il piano.

La signorina Mattei-Ferri, dell'appartamento 12, stava cercando qualcosa sopra l'armadio, rimuginando malevolenze contro qualcuno che le aveva chiesto di recuperare un vecchio documento riguardante la sua invalidità, una paraplegia dovuta a un danno alle vertebre lombari, che se le garantiva una cospicua pensione, non le impediva di montare spericolatamente sullo scaleo, un vecchio, schifoso e tentennante scaleo che rappresentava un pericolo solo a guardarlo.

La Mattei-Ferri si sbilanciò, cercando di raggiungere un punto lontano. Ma c'era un inferno di polvere, e un cumulo di oggetti altrettanto polverosi. Mentre cercava di spostare quelle schifezze la signorina perse l'equilibrio, e volò di sotto dallo scaleo, picchiando violentemente la schiena. Si ritrovò a terra, immobile e afflitta da un dolore lancinante, non riusciva a muoversi. Questa è L1, pensava terrorizzata, pur mostrando una discreta capacità nella diagnosi ortopedica.

E adesso come faccio?

In primo luogo si trascinò vicino al comodino, riuscì ad afferrare due pasticche di ossicodone e le inghiottì senza neanche bisogno di un po' d'acqua.

Poi si impose di riflettere con calma, perché era in un bel guaio. Lei che per gli uffici ASL risultava paraplegica da vent'anni, non poteva mica dire che era caduta dallo scaleo e che adesso non si muoveva più, dato che era previsto che non si muovesse affatto.

Lentamente l'ossicodone cominciò a fare effetto. Mi verrà la stitichezza, imprecava la Mattei-Ferri, che pure nel frattempo aveva elaborato una linea di condotta.

Riuscì ad agguantare l'apparecchio telefonico, sempre sul comodino, e chiamò la signora Angela Mattioli, dell'appartamento 2.

Angela corse dalla Mattei-Ferri e la trovò sdraiata sul letto, accusava dolori tremendi alle gambe e alla schiena. Ma come, ma non era semiparalizzata? E come aveva fatto a cadere?

«Volevo farmi il bagno e sono caduta cercando di entrare nella vasca dalla sedia, ecco qua, e lei mi deve portare immediatamente a Lugano, alla clinica del professor Lindert. Quelli sono gente seria, qui non capisce niente nessuno».

«Ma lei è fuori di sé, io chiamo l'ambulanza!».

«Sì, se vuole la chiami, ma di quelle a pagamento, chieda quanto costa essere portati fino a Lugano, e lei mi deve accompagnare, che vuole, io non ho nessuno!».

«Ossignore, signorina Mattei, ma ne è sicura? Perché non contatta l'ospedale, il medico che l'ha curata, quello che la ha in cura...».

«Ah, io da quel delinquente non ci torno, mi fido solo del professor Lindert».

Tanto insistette la Mattei-Ferri che Angela, stravolta, fece tutto quello che c'era da fare. Trovò un'ambulanza che a carissimo prezzo sarebbe venuta a prendere la signorina per condurla alla clinica svizzera dove, a prezzo altrettanto caro, si sarebbero fatti gli accertamenti del caso, cioè in primo luogo una risonanza magnetica.

In tarda mattinata arrivò l'ambulanza, alle 15.30 la risonanza era già pronta, puntualità svizzera.

«Che le dicevo, signora Mattioli? Quando mai in Italia sarebbe successa una cosa del genere? Certo qui si fanno pagare, ma perché, da noi no?».

La situazione non era gravissima: si trattava di una incrinatura a livello di L1 (l'avevo detto io!), era escluso un intervento chirurgico, tutto sarebbe tornato a posto, ma la signorina avrebbe dovuto portare il busto per un bel po', e tornare periodicamente per i controlli, costosissimi anche quelli. Di questo lei non sembrava preoccuparsi: nel corso degli anni, a spese dello Stato, aveva messo da parte una discreta cifra.

Sarebbe stata dimessa il giorno dopo.

Angela nel pomeriggio prese un treno per Milano, l'indomani sarebbe tornata a recuperare l'infortunata.

«Ma posso venire in macchina?».

«Sì, non c'è bisogno dell'ambulanza, basta che non si faccia tamponare».

Angela fu di ritorno alla casa di ringhiera in serata, assai provata. Per fortuna il Consonni le aveva preparato una cenetta a base di polpette di lesso in salsa di pomodoro. Era previsto che Angela quella sera si trattenesse a dormire dal Consonni, in teoria era la sera della pasticca. Consonni, non molto convinto, chiese: «Che dici, la prendo la pillola?».

«No, Amedeo, non te ne avere a male, ma sono veramente stanca».

«Come vuoi tu» rispose il Consonni, in cuor suo sollevato.

Donatella la sera leggeva sempre libri gialli, anzi libri horror, dove c'erano maciullatori di bambini e serial killer. Li prendeva in prestito in biblioteca, non aveva certo soldi da buttar via per comprarli. Queste letture la tranquillizzavano, a loro modo. Ma certo, io in confronto sono fortunata, ho una casa, uno straccio di lavoro, due bei bambini in salute, un sacco di problemi, cioè praticamente a campare non ce la faccio, ma quando leggo di questi qui che ammazzano la gente, poi magari la fanno a pezzi e se la mangiano e chissà quali altre cose, allora mi tranquillizzo perché so che a me queste cose qui mica succedono. Sono cose che capitano in America, o in Norvegia o a Napoli, o da qualche altra parte. O magari neanche capitano, però a me piacciono. Io se volessi stasera potrei uscire, non ho mica paura che qualcuno mi tagli la gola.

Più problematica era la situazione di Donatella, e più forte doveva essere la carica del libro per riuscire a dormire.

Quella sera prese sonno con una storia di bambine squartate, i cui pezzi venivano inscatolati e recapitati alla polizia.

La mattina seguente De Angelis aveva deciso di passare all'azione. Si era già organizzato: aveva comprato dei biscotti per cani, i migliori, i più gustosi, i più cari. Alle sette e mezzo stazionava ostentando indifferenza nei pressi della sua macchina, simulava di eseguire un sommario controllo della pulizia del parabrezza.

Il cagnetto arrivò baldanzoso, non aveva idea di essere in fallo, né motivo di essere diffidente, un cane socievole con tutti: si lasciò attrarre dall'esca, che De Angelis gli mostrò con una smorfia che doveva sembrare amichevole.

«Vieni cagnetto, vieni con il Luis che ha qualcosa per te».

Gli lanciò un biscotto e gliene promise altri.

Dopo aver provveduto a pisciare sul solito cerchione il cane lo seguì scodinzolando. Il Luis si guardò in giro, assicurandosi che nessuno potesse vederlo.

In pochi attimi condusse il cane in un locale abbandonato, nel seminterrato della casa di ringhiera, al quale si accedeva tramite una porticina verde tutta sgangherata. Si trattava di ambienti di servizio di una vecchia macelleria, ormai fatiscenti: in fondo alle scale c'era niente di meno che una cella frigorifera, a tenuta stagna. La porta blindata funzionava ancora...

«Vieni bello, vieni col Luis...».

In breve il cane ci entrò, e slam, il Luis ce lo chiuse dentro.

«Vai tranquillo, infame cagnetto, là dentro potrai fare tutti i bisogni che vuoi, non saresti il primo». La cella in effetti era stata in passato frequentata da chissà chi, ed era piena di ogni genere di immondizia, macerie e deiezioni. «Vediamo se questa nuova situazione ti farà passare la voglia di fare i tuoi bisogni sulla mia macchina. Ora te ne starai qui per un po'».

De Angelis tornò nella corte, dedicandosi immediatamente a ripulire il cerchione oltraggiato.

Dopo una ventina di minuti arrivò un signore con la pipa in bocca, spenta, che dopo aver fatto tutto il giro della corte, sbirciando in ogni angolo, si rivolse al Luis che lustrava i fascioni:

«Buongiorno, non è che ha visto un cane di media taglia? Bianco e marrone, mica l'ha visto?».

«Un cane, qui? No, qui non ci sono cani, e non vedo che cosa potrebbe venirci a fare un cane, qui».

«Ma, sa, si deve essere perso, so che di solito...».

«Di solito cosa?».

«No, sa, di solito lo porto in giro, ma oggi mi è sparito di sotto gli occhi, pensavo che si fosse infilato qui dentro...».

«No, mi dispiace, qui non ho mai visto nessun cane, ma se lo incontro glielo dico, mi lasci il numero di telefono».

Il padrone del cane non ci vedeva chiaro, lo sapeva benissimo che il suo cane entrava e usciva dall'androne della casa di ringhiera tutte le mattine, dopo le sette: prima no, perché il portone grande era chiuso. E ora questo ti veniva a dire che non aveva mai visto nessun cane, mmhh, possibile?

Ma era solo un vago dubbio: in quel signore, tal Mario Gori, di evidenti origini toscane, prevaleva la preoccupazione per il suo cane, che già gli mancava. Oddio, dove si sarà cacciato?

Nel frattempo De Angelis cominciò a rendersi conto che aveva agito d'istinto, senza un'idea precisa di come potesse evolversi la faccenda: per quanto avrebbe tenuto prigioniero il cane? Avrebbe chiesto un riscatto? E se quello comincia ad abbaiare? No, no, c'era da stare tranquilli, nessuno avrebbe potuto sentirlo perché la cella frigo era perfettamente isolata.

Alle dieci del mattino Angela salì sulla sua Doblò e partì alla volta di Lugano. Gli infermieri gentilmente la aiutarono a caricare la Mattei-Ferri sul sedile posteriore. All'ora di pranzo erano già a casa. Angela si fece aiutare dal Consonni a portare la signorina in camera, e la depositarono sul suo letto. E adesso? Chi avrebbe badato a quella poveretta? Angela si offrì di dare una mano, e riuscì a coinvolgere anche Consonni, questo solo in virtù della seria relazione sentimentale che li teneva uniti.

Nel pomeriggio l'intero vicinato fu tappezzato di piccoli manifesti realizzati con stampante domestica, che raffiguravano il cane, che di nome faceva Moka, definito «meticcio di media taglia, socievole e ben educato. Ricompensa a chi ci aiuta a ritrovarlo».

Ah, adesso i bastardi si chiamano meticci, pensò il De Angelis quando si trovò di fronte la foto di Moka, che aveva un'espressione fra il ruffiano e il dispettoso.

«Ben educato poi...».

Ma in lui cominciò a montare la preoccupazione.

«E se mi beccano?».

Il signor Gori si aggirava instancabile per il quartiere, e periodicamente tornava nella casa di ringhiera. Gli suonò addirittura alla porta, forse per sbirciare all'interno.

«Ha mica novità sul mio Moka? Per caso qualche altro inquilino...».

«Lo chieda a loro, io non so niente» borbottò il De Angelis senza lasciarlo entrare. Ma il Gori non si arrendeva.

«Ah, che storia! Il Moka da solo non si allontana mai, e sa tornare benissimo a casa, non vorrei che qualche malintenzionato... qualche delinquente...».

«Be'?».

«Sì, insomma, che lo abbiano rapito, no? Che me lo abbiano portato via?».

«Ah, chi vuole che lo abbia rapito, un bastardino così, cosa lo rapivano a fare...».

Gori fissò uno sguardo acceso e inquisitivo negli occhi del De Angelis, che guardava da un'altra parte.

«Lo sa che c'è una proposta di legge per equiparare il sequestro di animale a quello di persona? Lo sa che è un reato gravissimo?».

«Cosa?».

«Il sequestro di persona...».

«Non ho visto nessun cane, e ho da fare» tagliò corto il De Angelis, sbattendo la porta.

Ma una volta solo fu preso da un senso di inquietudine. Fra l'altro aveva comprato alcuni barattoli di cibo per cani, mica voleva farlo morire di fame. Solo a sera inoltrata, col favore dell'oscurità, si decise ad andare giù nella cella frigo, a portare da bere e da mangiare a Moka, che lo accolse scodinzolando.

«Be', di sicuro un cane non parla» fu la sua misera consolazione.

Il Gori fece il giro di tutti gli inquilini della casa di ringhiera. Per ultimo visitò il Consonni, che non seppe essere di molto aiuto, e rimase un po' infastidito dal fatto che quel signore cercasse di buttare l'occhio dentro l'appartamento, per sincerarsi che il cane non fosse lì. Ma si sa, i proprietari di cani spesso perdono completamente il senso della realtà. Fra l'altro arrivò il garzone del ferramenta, e Consonni tagliò corto col Gori.

Riaprì il barattolo. Saldò il conto consegnando i 40 euro che doveva, ma qualcosa non tornava: adesso nel barattolo erano rimasti 80 euro: 150 meno quaranta a casa mia fa 110, e allora perché ce ne sono 80? Mi pareva di avercene lasciati 150, ma mi posso sbagliare, sarà l'Alzheimer che arriva? Non è che ho nascosto altri soldi da qualche parte e non me ne ricordo? Oppure non mi ricordo bene quanto ci ho lasciato nel barattolo?

Così Consonni prese un appunto su un foglietto, oggi ***, ore ***, euro 80. E se mi scordo anche del foglietto? Oddio, ci saranno delle pasticche per la memoria? Bisogna che senta il dottore.

Donatella aveva terminato la sua giornata lavorativa. Rientrò in casa, tutto tranquillo, i bambini erano in camera che giocavano animatamente. Mise a scaldare l'acqua per la pasta, poi tirò fuori dal cassetto della credenza tutte le bollette e i conti vari. Fra luce, mensa scolastica, gas e altre voci era sotto di 800 euro. Per non parlare dei libri di testo, era novembre e Gianmarco non ne aveva neanche uno. Si chiese se fosse il caso di ricorrere ancora una volta a suo fratello. Ma come faccio? Anche lui non è che sia messo tanto bene.

Dopo cena i bambini se ne andarono a letto. Lei si servì un bicchierino di vino dolce e si sedette in cucina, distrutta. Da che aveva rivisto suo marito, così umile, malmesso, grigio, le era preso il magone. Che fare adesso? Riaccoglierlo in casa? Ma quante volte era già successo, quante volte lui aveva simulato di essersi rimesso in carreggiata, e dopo un giorno o due aveva ripreso a bere, a maltrattare tutti, a perdere il controllo? Donatella purtroppo doveva essere realista, le disintossicazioni non funzionano, e anzi dopo è peggio ancora. E poi con che soldi lo mantengo? Almeno alla casa-famiglia gli danno da mangiare.

Si chiedeva anche che impressione potevano avere i bambini, vedere loro padre ridotto a niente, senza alcun futuro e possibilità.

Alle dieci si spogliò e si buttò sul letto. Riprese il suo horror e si addormentò mentre un killer spietato uccideva un bambino di due anni perché voleva vendicare la morte di sua figlia rimasta uccisa anni prima a opera di un chirurgo sbadato, per l'appunto il padre del bambino.

Il problema di Consonni fu che anche nei giorni successivi si verificarono degli ammanchi, nel suo barattolo. Dopo che lui ci aveva aggiunto 30 euro, fino ad arrivare a quota 110, registrando il movimento sul foglietto, ne trovò 80. In quel momento realizzò che non era lui che aveva perso la testa, ma che qualcuno attingeva alle sue riserve per le spese correnti.

Ladri? Ma che ladri sono che prendono solo un po' dei soldi? Perché ne lasciano una parte, sempre più grande di quella che portano via?

Consonni cominciò a ragionare. Evidentemente si tratta di qualcuno che si introduce in casa in mia assenza, e attinge al barattolo. Qualcuno che ha la chiave di casa. Ma chi può essere? In effetti di copie della porta di ingresso del suo appartamento ce n'erano diverse in circolazione. Una l'aveva Angela: che fosse lei a rubargli i soldi? A che scopo? L'unica cosa che gli veniva in mente era che lo facesse per confermare che lui si stava rincoglionendo. Ma no, Angela non era il tipo da fare scherzi così cattivi. Un'altra copia l'aveva sua figlia Caterina. Ma gli pareva impossibile che quella gli prendesse qualche decina di euro alla volta. È vero, Caterina dal punto di vista finanziario non è che stesse attraversando un gran momento. Lavorava per un'agenzia immobiliare e si sa, con la crisi, il livello delle compravendite era precipitato verso il basso, e siccome Caterina guadagnava a percentuale... Ma no, Caterina non si era mai fatta un problema di chiedere soldi al padre, al bisogno. E non si trattava di 50 o 100 euro, ma di cifre assai più consistenti.

E se fosse stato Enrico? Enrico era il suo nipotino adorato, figlio di Caterina, ma lui aveva quattro anni, a stento sapeva che cosa fossero i soldi. E in ogni caso i soldi sparivano proprio nel pomeriggio, quando Enrico era fuori col nonno.

Un'altra chiave l'aveva Donatella, che veniva a fare le pulizie quando Consonni non c'era. Be', il caso Giorgi era noto a tutti, Donatella viveva nell'indigenza ma era persona orgogliosissima. Angela si era offerta più volte di aiutarla economicamente, anche a fondo perduto. Non aveva accettato neanche un prestito. Faceva le pulizie la sera, e quando toccava alla casa di Consonni lui si trasferiva da Angela, per la notte. Però gli ammanchi non si verificavano la mattina dopo, ma nel corso della giornata. D'accordo, Donatella, in possesso delle chiavi, avrebbe potuto reintrodursi nell'appartamento quando voleva, ma non gli pareva possibile.

C'era un'altra persona, il Giorgi, il marito di Donatella, che negli ultimi tempi, dopo la disintossicazione, si era rivisto nella casa di ringhiera. E lui, qualche settimana prima, quando era stato ospite di Consonni in tristi frangenti, perché non sapeva dove altro andare, aveva a disposizione una chiave. Che l'avesse ancora e la usasse per procurarsi qualche spicciolo?

In tempi normali avrebbe potuto chiedere alla signorina Mattei-Ferri se aveva notato, per caso, qualche movimento attorno alla sua porta. Lei non avrebbe mancato di registrarlo, stava sempre appostata alla sua finestrina a spiare tutto ciò che accadeva nella casa di ringhiera, non le sfuggiva niente. Ma adesso, dopo l'infortunio, la Mattei-Ferri non poteva neanche stare seduta sulla sedia a rotelle, era allettata, e con suo grande dispiacere non poteva dedicarsi alle sue sedute di osservazione. Comunque Consonni era certo che se interrogata sulla questione la Mattei-Ferri avrebbe dato la colpa ai peruviani dell'appartamento senza numero. Secondo lei i peruviani erano tutti ladri, borseggiatori, taccheggiatori. Per affermare che erano stati loro non avrebbe avuto bisogno di osservazione diretta.

Non era mica escluso che i responsabili fossero loro, anche senza essere in possesso delle chiavi, sicuramente, almeno secondo la Mattei-Ferri, erano abilissimi scassinatori, una porta la aprivano in men che non si dica. Ma perché allora rubare solo una parte?

Mah. Consonni non sapeva che pensare. Per prima cosa smise di mettere i soldi nel barattolo, li lasciò nel portafoglio. E poi avrebbe tenuto gli occhi aperti.

Negli stessi giorni il signor Gori viveva momenti di disperazione: Moka non si era ritrovato. Nessuno gli levava dalla testa che quel vecchio bisbetico e antianimalista, per giunta in possesso di un'auto sportiva, avesse a che fare con la sparizione del cane. Per cui il Gori aveva sorvegliato di nascosto le mosse del De Angelis, anche alla sera, e aveva notato che puntualmente il vecchio, cercando di non farsi vedere da nessuno, penetrava in certi locali abbandonati con un sacchetto in mano, dentro il quale sicuramente celava la scatoletta di cibo per cani e forse un po' d'acqua. Nel giro di pochi minuti se ne usciva di lì, circospetto, e rientrava in casa. Ma la prova definitiva venne grazie all'aiuto di Roby, un bassotto dotato di ottimo fiuto. Il Gori era riuscito a condurlo nottetempo dentro la corte della casa di ringhiera, gli aveva fatto annusare l'orsacchiotto di Moka. Il bassotto aveva puntato senza esitazione verso il portoncino verde sbiadito. Scendere giù e liberare il cane rapito? No, il proprietario voleva che la liberazione coincidesse con un atto di accusa, e che quel vecchio bilioso pagasse il suo debito con la giustizia.

Il De Angelis, a sua volta, si sentiva circondato, temeva di essere scoperto e messo alla gogna o in carcere. Una sera decise che la mattina successiva, di buonora, avrebbe preso Moka, lo avrebbe infilato in un sacco di iuta di quelli che si usano per le patate e lo avrebbe cacciato nella bauliera, pur esigua, del suo roadster, per portarlo lontano, chi lo sa, magari nel Lodigiano o in Lomellina. Il cane sarebbe stato ritrovato, con ogni probabilità, e riportato al padrone, sicuramente aveva il timbro o il chip. Ma nessuno avrebbe potuto dimostrare che lui era coinvolto nella faccenda, il cane si era perso e basta. In occasione di quella che doveva essere l'ultima volta che dava da mangiare al cane, si assicurò di eliminare ogni prova dalla scena del delitto. Raccolse le scatole vuote di cibo per cani e qualsiasi altra traccia, dopo che Moka ebbe finito di mangiare. Le deiezioni, quelle no, non le raccolse, d'altronde nella cella frigo ce n'erano numerose altre, meno fresche, di natura animale e anche umana.

Angela bussò alla porta di Consonni, abbastanza agitata.

«Amedeo, c'è bisogno di te, è il tuo turno».

«Il turno di che?».

«Il turno con la Mattei-Ferri, non ti ricordi?».

In effetti Consonni aveva dato la sua disponibilità a passare qualche ora con la povera Mattei-Ferri, accudirla per quanto possibile, magari cucinarle qualcosa da mangiare, rassettare la cucina, sistemare il bagno. Era un po' terrorizzato all'idea di doverla accompagnare alla toilette, un'operazione abbastanza complicata tecnicamente, e che inoltre prevedeva una confidenza, e anche una certa attitudine infermieristica, delle quali Consonni non disponeva. Per fortuna aveva già fatto tutto Angela, che aveva aiutato la signorina a lavarsi e a rivestirsi. La trovò pulita e profumata, supina sul letto, che inveiva contro tutto e tutti.

Consonni cercò di mostrare un'espressione di cordialità e di ottimismo, aspetti per il momento mancanti nell'umore della signorina, che avrebbe dovuto sopportare quella vita per qualche mese.

«Ci vuole tanta pazienza, signorina Mattei-Ferri, tanta pazienza».

«Mi aiuti a tirarmi un po' su, mi metta un altro cuscino sotto la schiena, che sta aspettando?».

Consonni eseguì, cercò di avviare una conversazione sul tempo o sulla prossima riunione di condominio, ma la Mattei-Ferri non era dell'umore, bofonchiava fra sé lanciando invettive contro la ASL, la categoria dei medici nel suo insieme, il destino e i peruviani.

Era evidente che la signorina per un certo periodo aveva bisogno di una persona che si occupasse di lei, magari non per 24 ore al giorno, ma sicuramente un paio d'ore al mattino e almeno altrettante nel pomeriggio, occorreva una badante part-time, ed era chiaro che questo compito poteva essere assolto da Angela e dal Consonni solo provvisoriamente. D'altronde la signorina non aveva parenti. Ad Angela era venuto naturale suggerire alla Mattei-Ferri di chiedere ai peruviani dell'appartamento in alto, quello senza numero. Era una comunità multifamiliare, e le donne lavoravano quasi tutte come badanti o simili. Forse ce n'era una disponibile, per una cifra modesta, al nero.

La Mattei-Ferri aveva allocato non più di 350 euro, per un monte ore di circa 100 mensili, prendere o lasciare. Tuttavia dei peruviani non ne voleva nemmeno sentire parlare. Quelle donne rubano tutto e passano il tempo a sentire la musica e a telefonare alle loro amiche. Dovrei pagarle per questo?

La questione non era semplice da risolvere. Chiedere a Donatella? Va bene avere problemi di soldi, ma lavorare per 3,50 euro l'ora, e dover sopportare il pessimo carattere della esigentissima Mattei-Ferri, no, non era accettabile. E poi non ne avrebbe avuto il tempo.

La signorina nel frattempo si era appisolata, e Consonni si sedette sulla sedia davanti alla finestra di cucina, la tradizionale postazione di vedetta dove di solito l'invalida passava le sue ore, a spiare. Pareva un osservatorio, da lì si teneva sotto controllo quasi tutta la casa di ringhiera. Si vedeva molto bene anche l'ingresso dell'appartamento del Consonni, lui ne approfittò per dare un'occhiata.

Il pomeriggio era grigio e umido, un po' brumoso, però la visibilità era ottima. Era un'ora morta. Dalla camera della Mattei-Ferri giungeva il suono regolare della russata, bene, che si riposasse tranquilla e che non rompesse le balle.

Due ombre di bassa statura comparvero sulla ringhiera, una, quella più piccola, si fermò all'angolo fra i due ballatoi perpendicolari, davanti all'uscita della rampa di scale, come qualcuno che deve fare il palo. L'altra sgattaiolò verso la porta dell'appartamento del Consonni e la aprì, con le chiavi.

Ah, disse Consonni fra sé e sé, ma pensa te.

In serata Consonni raccontò ad Angela che aveva scoperto chi erano i responsabili dei piccoli furti nel suo barattolo dei soldi.

Angela ne fu sorpresa e anche amareggiata.

«Sono sicura che la madre non ne sa nulla, e anzi se lo venisse a sapere li metterebbe in punizione per tre mesi. Figuriamoci...».

«Eh, si vede che loro lo fanno di nascosto per mettere via qualche soldo, d'altronde lo sai che vivono con neanche 700 euro al mese?».

«Guarda, io con lei le ho provate di tutte, le ho detto che se aveva bisogno le potevo prestare qualcosa, senza interessi, me li poteva rendere quando voleva, quando le cose si sarebbero un po' sistemate, ma non c'è stato verso, dice che non vuole la carità di nessuno... e il marito, l'hai visto... sembra uno zombie, un fantasma... poverini... e i bambini poi...».

«Be', ci fosse il sistema di fare qualche cosa...».

«Ci hanno scoperto» disse con terrore Gianmarco a Margherita.

«Come fai a dirlo?».

«Nel barattolo non c'erano più i soldi, ma un biglietto».

«E che c'era scritto?».

«"Furfantelli" c'era scritto. Sa che siamo noi».

«E adesso che facciamo?».

«Bisogna liberarsi della refurtiva, verranno in camera nostra a cercarla. Bisogna disfarsene».

«Ma sei scemo? Tutti quei soldi li vuoi buttare via?».

«Se li trovano la mamma ci ammazza di botte, e poi ci mettono in prigione».

«Nascondiamoli in un posto segreto».

«E dove?».

«Te la ricordi la cella frigorifera?».

«Certo che me la ricordo».

«È il posto che fa per noi. E poi anche se un giorno qualcuno ce li trova, i soldi, come fanno a sapere che ce li abbiamo messi proprio io e te?».

Intorno alle nove di sera, nel buio, raccolsero la refurtiva – 125 euro – e la infilarono in una busta. Si fornirono di una torcia elettrica e scesero giù nello scantinato abbandonato. Che paura! Ma era un posto che conoscevano bene, un tempo ci andavano a giocare ai mostri.

E poi ci avevano portato loro padre, quella volta che...

Aprirono la porta di acciaio e si infilarono dentro. Gianmarco ebbe come la sensazione che qualcosa o qualcuno gli sfiorasse il polpaccio, o, che schifo, sarà stato un ratto gigante. Gli pareva che tutta quella porcheria di rifiuti, macerie, materassi marci eccetera brulicasse di sorci, pronti a mangiarsi lui e sua sorella. Nascosero la scatoletta di ferro dove avevano inserito il malloppo sotto alcuni mattoni rotti. Lì dentro i topi non sarebbero riusciti ad arrivare.

«Andiamocene, questo posto non mi piace».

«C'è qualcosa che si muove».
Scapparono via, dopo aver richiuso il portellone.

Alle sette e un quarto del mattino successivo De Angelis era pronto. Aveva con sé il sacco di iuta e qualche biscotto per attrarre l'animale. Ma quando scese nella corte ebbe una sorpresa. C'era una macchina della polizia cinofila, un paio di agenti e il signor Gori che tese il braccio indicando il De Angelis in modo imperativo.

«È lui, questo è il signore che ha rapito il mio cane, e lo tiene segregato esattamente lì!» affermò indicando il portoncino verde.

De Angelis si vide in trappola, ma tentò di svicolare in qualche modo.

«Che volete da me, io non so niente, io non ho mai messo piede laggiù, avete un mandato? Qual è il capo d'accusa?».

L'agente della polizia cinofila era assai più conciliante. «Nessuno l'accusa di niente, signore, dobbiamo soltanto verificare che il cane del signor Gori qui presente non sia inavvertitamente rimasto chiuso in certi locali che ci ha indicato il proprietario del cane. Potrebbe essere finito lì dentro e non esser più capace di uscire fuori. Andiamo a dare un'occhiata, tanto più che l'abbiamo chiesto alla attuale proprietaria di questi fondi abbandonati e inutilizzati, la signora Xing, e lei ci ha detto di fare quello che ritenevamo necessario».

De Angelis era livido, gli mancava il respiro. Proprio ora che stava per liberarsi di quel merdosissimo cagnetto. E adesso? Cercava disperatamente una via d'uscita.

«Ah, fate pure, io non c'entro niente».

Il signor Gori era di altro avviso.

«Ho le prove che il signore qui presente ha sequestrato il mio cane, probabilmente a scopo di estorsione. Ho le prove. Perché costui nei giorni scorsi ha acquistato nel negozio di fronte numerosi barattoli di cibo per cani? Eh? Ho tre testimoni pronti a giurarlo».

«Be', che c'entra, li ho comprati per me, sa, c'è la crisi, bisogna adattarsi, costano poco ed è tutta roba genuina e controllata».

La polizia cinofila si avvicinò al portoncino verde.

De Angelis perse la testa: «Voi non potete entrare, non potete entrare, andate a procurarvi un mandato». Si pose davanti al portoncino, a ultimo baluardo.

«Ma signore, stiamo solo cercando un cane che si è perso, su, che le prende?».

Mentre De Angelis si accasciava al suolo, ormai convinto di essere rovinato, gli agenti entrarono in quei locali fatiscenti e raggiunsero la cella frigo. Aprirono la porta di acciaio e si misero a cercare.

Dopo una decina di minuti uscirono fuori. «Signor Gori, il suo cane non è qui. In quello scantinato c'è di tutto, ogni tipo di schifezza, evidentemente alcune persone usano quel posto come latrina o peggio, ma di cani non ce n'è. Il suo cane si deve esser perso da qualche altra parte».

De Angelis era sbalordito. Ma come? Possibile? Il cane era riuscito a scappare?

La stessa mattina Claudio passò in visita a trovare i bambini, li avrebbe accompagnati a scuola. Questi gli raccontarono delle ultime novità, per esempio che la Mattei-Ferri si era fatta male e doveva portare un busto enorme.

Dopo aver salutato i figli Claudio tornò indietro e suonò alla porta della Mattei-Ferri. Gli aprì Angela che colse la palla al balzo.

«Signor Claudio, visto che è qui, potrebbe trattenersi dalla signorina una mezzoretta? Devo andare a casa mia per...».

«Va benissimo, signora Angela, faccia con comodo, ho tutto il tempo del mondo».

Claudio e Angela sul ballatoio si intrattennero a parlare per qualche minuto. Poi Claudio entrò, e si mise a sedere vicino al letto della Mattei-Ferri.

La signorina, immobilizzata, guatava il Giorgi con diffidenza e disprezzo. Conosceva i trascorsi.

«Allora, signorina, come sta?». Claudio cercava di rompere il ghiaccio.

«Eh, come sto, non lo vede? Peggio non potrei stare».

Claudio cercò di parlare del più e del meno ma la signorina sembrava non raccogliere, era di pessimo umore. Pertanto rimase sorpresa dall'affermazione del Giorgi.

«Signorina Mattei-Ferri, sono qui per il posto di lavoro».

«Quale posto di lavoro?».

«So che sta cercando un aiuto temporaneo, e io mi propongo come candidato per il lavoro».

«Lei? Ma sa di che cosa si tratta? E sa quanto sono disposta a spendere?».

«Non si preoccupi, negli ultimi tempi ne ho viste parecchie, e so come si sta dietro alle persone. Per la cifra mi va bene quella che stabilisce lei. Però sappia che io le posso dedicare massimo quattro-cinque ore al giorno, e non posso passare la notte qui».

«Passare la notte con me? Ma lei è matto? Io di notte dormo, poi la mattina lei mi porta in bagno e mi aiuta a fare la toeletta, per me maschio o femmina è lo stesso, io non mi faccio delle fisime».

«Nemmeno io, glielo posso assicurare».

«Bene, per me si può iniziare oggi stesso. La prendo in prova per una settimana. Se tutto andrà bene... Ahi! La mia schiena!».

Claudio aiutò la Mattei a cambiare posizione.

«Mi dia una di quelle pasticche...».

Dopo dieci minuti la signorina sembrò riprendersi, la Mattioli non tornava.

«Signor Claudio, non perdiamo tempo, c'è da fare la spesa, prenda una penna che le detto la lista. Vada al supermercato Lidl che è più economico».

«Ma è lontano, non faccio prima a...».

«Non la pago perché lei faccia i suoi comodi, e mi raccomando lo scontrino, non facciamo poi che si va con gli arrotondamenti...».

«Certamente».

«Ecco i soldi. Naturalmente il tempo che sta fuori a fare la spesa io non glielo pago, per cui non le conviene metterci tanto. Ah, lo so bene come va a finire».

«Non si preoccupi, signorina Mattei-Ferri».

«A proposito, lo sa che io sono una che parla schietto. Sul lavoro non si beve».

«Guardi signorina, non lo potrei fare neanche se volessi».

Angela si aggirava per la corte, stava aspettando qualcuno. Finalmente vide arrivare Donatella con un sacchetto di plastica riciclabile della spesa.

«Ah, signora Donatella, cercavo proprio lei!».

«Me? Cercava me? Cosa è successo adesso?».

«Sì, ho bisogno di lei. Mi è capitata una cosa stranissima».

Pareva un po' eccitata. Donatella non era dello spirito di stare ad ascoltare le «cose stranissime» dell'Angela, aveva premura perché doveva correre al lavoro, ma quella continuò:

«Avanti, mi dia due euro e mezzo!».

«Due euro e mezzo? Ma cos'è, un gioco? Le servono per il carrello del supermercato? Per il posteggio?». Si infilò una mano in tasca alla ricerca delle monete.

«No, sa, lei mi prenderà per matta, ma è per un sogno che ho fatto, una cosa veramente... stranissima. Sa, io a queste cose non ci credo, ma per due euro e mezzo...».

Donatella aveva fretta di andarsene. Consegnò ad Angela due monete da 50 centesimi, sei da 20 e tre da 10. «Va bene lo stesso?».

«Sì, sì, certamente, ma non se ne vada, le devo raccontare del sogno... aspetti... insomma, stamattina, prima di svegliarmi, che è il momento in cui si fanno i sogni premonitori, ho sognato mia zia Lorena, che ci ha lasciato tanti anni fa. Ecco, lo sa cosa mi diceva? Mi diceva: compra una scheda del Gratta e Vinci. Ma non la devi comprare da sola, la devi prendere insieme a qualcun altro e ti dico anche chi: la signora Donatella, la madre di Gianmarco e Margherita. Così ha detto! Mi raccomando, compratela a metà, dividete le spese, se no non vincerai».

Donatella guardava quella spiritata come se fosse una scema, e forse lo pensava anche.

«Bene, signora Angela, sa, nemmeno io a queste cose ci credo. Comunque ormai gli spiccioli glieli ho dati, non li rivoglio indietro, ci faccia quello che le pare. Lei non mi sembrava il tipo che...».

«Corro a comprare il Gratta e Vinci, corro. Oddio, ma la zia non mi ha detto di quale tipo... non si sa mai, no? E poi per cinque euro. Che vuole, io alla zia ci ero così affezionata... E mi ha dato delle indicazioni così precise. Corro dal tabacchino a comprare la scheda. A dopo».

Donatella entrò mestamente in casa. Ci mancava anche il Gratta e Vinci. Nel bar dove lavorava ne vendevano a tonnellate, da ogni cifra. C'erano delle persone, soprattutto anziani, che ci spendevano tutto quello che avevano nel portafoglio. Magari vincevano 10 euro, è la mia giornata, pensavano, prendevano altre due schede e le buttavano. I cestini dell'immondizia erano pieni di Gratta e Vinci di ogni tipo, gettati con scorno. Che tristezza. Be', una volta, a dirla tutta, ci aveva provato anche lei, e ci aveva rimesso 15 euro, quello che guadagnava in due ore e mezzo di lavoro.

Nel pomeriggio il signor Gori fece ritorno nella corte della casa di ringhiera. Doveva rimuovere tutti i manifestini che aveva attaccato, quelli relativi al Moka. Evidentemente il cane era stato ritrovato, ma dove? Be', era tornato a casa da solo. Il suo padrone, in lacrime per la felicità, aveva cercato di farlo parlare: «Dimmelo Moka, dov'è che eri? Chi è che ti ha tenuto prigioniero? Portamici, dai, fammelo vedere». I cani sono abituati a che la gente parli loro come fossero dei cristiani. Moka qualcosa capiva, capiva che il suo padrone era contento, capiva che gli faceva le feste, ma non molto di più. Forse perché era solo un cane, forse per omertà, non denunciò il De Angelis, il quale intravedendo dalla finestra il Gori che toglieva i volantini tirò un sospiro di sollievo. Ma per due giorni non sarebbe uscito di casa, temendo rappresaglie. Di conseguenza la sua BMW sarebbe rimasta senza cure. Povera bestiola, pensava il Luis.

«Bambini, io i soldi per i libri scolastici non li ho, quindi bisognerà arrangiarsi in un altro modo».

«Mamma, non ti preoccupare, non ce ne facciamo niente dei libri scolastici, ci arrangiamo, facciamo le fotocopie a scuola delle pagine che ci servono».

«Mi dispiace molto, ma purtroppo proprio non li abbiamo».

Donatella, pensierosa, buttò un occhio fuori dalla finestra, e si sorprese nel vedere suo marito che entrava con due sacchetti della spesa dentro l'appartamento della Mattei-Ferri. Ma che sta facendo?

In quel momento arrivò la signora Angela, che bussò alla porta come una furia. Donatella uscì sul ballatoio.

«Signora Donatella! Signora Donatella! È successa una cosa stranissima, una cosa incredibile!».

Oddio, che ha sognato adesso? pensò Donatella, scuotendo la testa.

«Si ricorda il mio sogno del Gratta e Vinci?».

Eccoci, lo sapevo.

«Io la scheda l'ho comprata. L'ho comprata! E indovini un po'?».

Donatella cominciava a non poterne più di quella signora, che aveva un sacco di tempo da perdere.

«Abbiamo vinto! Abbiamo vinto! Mia zia aveva ragione!».

«Abbiamo vinto? E quant'è che abbiamo vinto?».

«Provi a indovinare».

Donatella non si può dire che fosse scontenta, ma aveva paura di farsi delle illusioni, magari addirittura 100 euro.

«Dieci?».

«Acqua, di più».

«Venti?».

«Ancora acqua».

«Cento euro?». A Donatella tremavano le gambe.

«No, no, cento no».

Ci aveva sperato.

«Allora cinquanta?».

«No, Donatella, abbiamo vinto cinquemila euro, cinquemila tondi tondi, duemilacinquecento a testa!».

Donatella ebbe un mezzo svenimento, dovette sedersi sul primo scalino della rampa. Le ci volle qualche minuto per riprendersi.

«2.500 euro, ma non è che mi prende in giro, vero? Lo sa che non sto bene, lo sa in che situazione siamo... io sono al limite di...».

«Nessuno scherzo, ma le pare...».

«Mi faccia vedere la scheda».

«Ah no, quella è al sicuro. Domani vado a incassare. Una vincita così grossa non la liquidano al tabacchino, devo farmela accreditare. Dobbiamo festeggiare!».

Duemilacinquecento euro... la cifra risuonava nella mente di Donatella, sei mesi di lavoro, un bel po' di ossigeno, e per i ragazzi avrebbe potuto... Ma subito, tenendo presente gli ultimi anni della sua vita, temeva che fosse impossibile, che quell'idiota si fosse sbagliata, che sotto ci fosse ancora una volta una trappola che il destino le riservava. 2.500 euro?

«Adesso devo andare» cinguettò la Mattioli «ma mi raccomando, non lo dica a nessuno. Dev'essere un segreto fra me e lei! A dopo, a domani!». Si allontanò trotterellando per le scale, bussò alla porta del Consonni.

Lui le aprì, si guardò intorno circospetto.

«Tutto a posto Amedeo, dopo le do la sua parte, non vorrei farla aspettare troppo, è così fragile che nel frattempo potrebbe struggersi».

Amedeo annuì ed estrasse dal portafoglio 1.250 euro, freschi freschi, appena prelevati in banca.

Nell'appartamento numero 12 Claudio stava preparando il minestrone per la sera.

«Signorina, senta che buon odorino. Le sto cucinando un minestrone con i fiocchi».

La Mattei-Ferri rispose dal bagno: «Non si faccia illusioni, nel suo servizio non è compreso il vitto. Non la pago perché lei stia qui a sbafare una cena. Comunque venga qua, che ho fatto».

«Ha fatto cosa?».

«Quella grossa, venga qua».

«Dica pure, signorina».

«Non c'è niente da dire, deve ripulire e farmi il bidet, prenda quella bacinella di Moplen che c'è lì».

«Il bidet? Io?».

«E chi, Gesù Bambino?».

Così Claudio si dispose a fare il bidet alla signorina, operazione difficile di per sé. Ma insomma, tutto si fa, per lavorare.

Alle sette di sera Claudio si incamminò alla volta della casa-famiglia. Si sentiva in tasca 14 euro, cifra che negli ultimi tempi non aveva mai posseduto. Pensava di non spenderne nemmeno uno, e di consegnarli interamente a Donatella. 350 euro, almeno per due o tre mesi...

«Quei soldi dobbiamo restituirli, se no finiamo nei guai».

«E chi te lo ha detto? Se li restituiamo dichiariamo la nostra colpevolezza».

«È vero, ma allora come facciamo?».

«Ho un'idea, ne rendiamo una parte, così non li riconoscono, e gli altri li spendiamo subito, così non ce li trovano addosso».

«Mmhh, potrebbe andare, ma come facciamo? E quanto ci teniamo?».

«Io direi, gli riportiamo in una busta anonima 65 euro e gli altri 60 ce li dividiamo, a patto di spenderli subito, se no fanno la somma e capiscono tutto».

«D'accordo. Tu che ti compri?».

«Non te lo dico, è una sorpresa».

«Perché, mi fai un regalo?».

«Nient'affatto, è una sorpresa per me».

«Ah».

«E tu che ti compri?».

«Boh, forse il libro di matematica, è l'unico che serve».

«Ok, quando viene buio prendi questa busta e la infili sotto la porta».

«Ok».

Donatella prima di andare a letto maneggiava le 25 banconote da 100 euro, le disponeva in mucchietti separati, come a individuare diverse destinazioni: questi 1.000 li metto da parte e sono intoccabili, questi 500 sono per i bambini, questi 800 per le bollette, questi 100 sono per me, questi... Alla fine cedette, ripose le banconote nel cassetto e si preparò a coricarsi: come se fosse iniziata una nuova vita si lavò i denti, cosa che di solito la sera non faceva mai, immaginò la mattina successiva di preparare un'abbondante colazione per i bambini e per sé. E magari anche per Claudio, che avrebbe iniziato a pieno ritmo a lavorare per la Mattei-Ferri.

A letto riprese in mano il suo horror: il serial killer questa volta aveva fatto prigioniera una bambina di buona famiglia, e si accingeva a sezionarla da viva. Donatella si disgustò e chiuse il libro. Fra sé e sé pensò: ma vaffanculo.

Turisti innamorati a Firenze

Amedeo Consonni, Milano, anni sessantasei, in canottiera, era appena tornato nella camera d'albergo numero 222, spossato. Angela dormiva profondamente, ma come ci riusciva, con quel caldo? E ora come faccio io, in questo forno? L'ex professoressa Angela Mattioli, in camicia da notte, russava forte. Questo grazie alla cenetta che avevano gustato in trattoria, a base di pici al cinghiale e trippa alla fiorentina, forse avevano un po' esagerato col vino, in due si erano scolati una bottiglia di Chianti Rufina, senza contare i cantuccini di Prato col vinsanto. Inoltre non era escluso che lei avesse ingerito le solite pasticche per dormire.

Consonni si trovava in forte imbarazzo almeno per tre motivi. Uno, era rientrato tardissimo in camera essendo uscito alla ricerca di una bottiglietta d'acqua. Come avrebbe spiegato ad Angela che era stato fuori quasi due ore? Ma la sua fidanzata in quel momento ronfava della grossa e non sembrava aver bisogno di alcuna spiegazione.

Due, faceva un caldo impossibile, lì a Firenze, e lui sudava copiosamente. L'aria condizionata non funzionava.

Tre, aveva completamente sbagliato i tempi e le dosi di assunzione delle pasticchine e per questo motivo adesso si ritrovava fra le gambe un arnese voglioso e irriducibile. E la serata era stata ben movimentata.

Be', passerà, pensò mettendosi a letto, magari verrà un po' di fresco...

Si era anche infilato in bagno sottoponendo il suo membro a una doccia gelata, con risultati provvisori.

Erano quasi le tre, l'ultima volta che guardò l'orologio. Poi, evidentemente, prese un po' di sonno, perché quando, alle sei del mattino, bussarono imperiosamente alla porta, lui dormiva.

«Chi è?» disse intorpidito. «Chi è?».

«Polizia! Aprite immediatamente questa porta!».

Consonni si alzò e aprì, per fortuna l'effetto delle pasticchine si era smorzato.

«Lei è il signor Consonni Amedeo? Le dispiace seguirci, assieme alla signora, in questura?». Intanto anche Angela si era svegliata e bofonchiava qualcosa.

«Ma perché, di che si tratta?».

«Ci segua, per favore».

Consonni cercò di riflettere sulle sue pendenze, eppure gli pareva tutto regolare, ma era confuso, cercava di tornare in sé, allora di che cosa si trattava?

«Ma Amedeo, che cosa è successo?» chiedeva Angela dal bagno, mentre si vestiva.

«E cosa ne so io?».

Gli agenti non si sbottonarono e accompagnarono i due fuori dalla camera, all'uomo non fu neanche permesso di rivestirsi, non c'era tempo. Prima fecero uscire la signora, seguita da due poliziotte. Dopo cinque minuti fu la volta dell'Amedeo. Nei corridoi dell'albergo c'erano diverse persone, altri poliziotti, alcuni turisti e curiosi. In particolare c'erano dei fiorentini, lavoratori dell'albergo, gente del quartiere, che attendevano il milanese come alle Forche Caudine.

Lui, ancora in canottiera e pantaloni del pigiama, divenne bersaglio di ogni serie di insulti.

«Te tussei un maiale... buchaioloo» gli gridavano.

«Gente home te si meriterebbe la pena di morte...».

«Vecchio di merda, puzzo di hulo, maiale, assassino!».

Queste furono solo alcune delle cose che Consonni si sentì dire mentre superava la gogna di quei corridoi. Fu fatto salire sulla pantera, che partì con stridore di gomme.

«Yo le cortareis los huevos» commentò una signora centroamericana tutta sudata.

«Yo le metere un palo en el culo» rispose la sua amica.

Non si sa come Angela fosse riuscita a convincere l'Amedeo a passare qualche giorno di vacanza a Firenze, come due innamoratini. Consonni si allontanava di rado dalla sua casa di ringhiera a Milano, il suo raggio di spostamento raramente lo portava più lontano di Lodi. Ma Angela aveva fatto tutto da sola, risoluta ad ottenere il suo obiettivo: biglietti ferroviari, prenotazione di un delizioso alberghetto, ingresso alla mostra a Palazzo Strozzi, programma dettagliato della gita, incluse le trattorie segnalate dalla guida di Slow Food.

«Sono secoli che non vado a Firenze, l'ultima volta ho accompagnato una gita scolastica: passammo una notte in questura perché alcuni miei studenti ubriachi si erano arrampicati sulla statua del Biancone in piazza Signoria... devo rifarmi... con te... E poi c'è una mostra che non voglio perdere...».

Consonni aveva tentato di opporre una qualche resistenza (il suo malfermo stato di salute, le infinite cose da fare, il nipotino Enrico da accudire...) ma non c'era stato niente da fare. Angela aveva organizzato tutto alla perfezione.

«Dopo quello che è successo hai bisogno di staccare per qualche giorno, Amedeo, e allora quale miglior posto di Firenze, il paradiso della cultura, la meta del Grand Tour, la capitale linguistica d'Italia?».

Lui era stato a Firenze una volta sola, nel 1970 o giù di lì, con la Luigina e la figlia Caterina che avrà avuto due o tre anni. Non conservava un buon ricordo di quella vacanza, la città si era dimostrata inospitale. Vicino al Duomo li avevano anche fregati con la faccenda della fotografia, un tipo gli aveva chiesto una cifra spropositata per una Polaroid. Ma quello che l'aveva lasciato insoddisfatto era lo sporco, dappertutto. Dicevano che era per via dell'alluvione, ma...

Poi non capiva bene la lingua che parlavano, tutto un mangiarsi le parole e non finire le frasi. E un generale difetto di creanza.

«Lo sai che a Firenze c'è il 40% del patrimonio culturale italiano?» disse Angela al Consonni, forse esagerando un po', mentre lui stava preparando la sua piccola valigia rigida di pelle gialla. Amedeo era terrorizzato da questa cifra, chissà dove ha intenzione di portarmi. Forse per questo terrore culturale sbagliò completamente le scelte sui capi d'abbigliamento da portarsi dietro. Troppo pesanti.

A Firenze piove sempre, aveva sentito dire, e c'è una grande umidità, per via che la città è in buca. E dunque scelse il suo trench da mezza stagione, mal gliene sarebbe incolto.

Angela invece aveva caricato una sua grossa valigia con le ruote fino all'inverosimile, con un paio di cambi al giorno, svariati vestiti eleganti per la sera e una serie infinita di camicette di seta e di vestiti «primaverili». Il tutto per due pernottamenti.

Il suo carico era ulteriormente appesantito da quattro o cinque guide turistiche, fra le quali quella rossa del Touring Club, la più completa, che si intitolava *Firenze e provincia*, la quale contava mille pagine ed era scritta in corpo piccolissimo, Consonni non riusciva a leggerla nemmeno con gli occhiali più forti.

In treno Angela aveva estratto tutte le sue guide e le consultava freneticamente, prendendo appunti su un piccolo quaderno. Preparava gli itinerari, presumendo in un giorno di poter visitare una quantità di siti artistici tale che sarebbe stata necessaria una settimana: «Da San Marco andiamo a San Lorenzo, vediamo la Laurenziana, poi le Cappelle Medicee, da lì, a due passi c'è Santa Maria Novella, dopo, nel pomeriggio...».

Pur essendo il vagone del treno alta velocità abbondantemente condizionato, Consonni cominciava a sudare, anche perché vestito troppo pesante.

Così quel 12 giugno («A Firenze il mese migliore è giugno... c'è un clima ideale... tenue... al tramonto sui Lungarni una luce rosa bagna il Ponte Vecchio...») i due sbarcarono a Firenze con il Freccia Rossa («Ma costa uno sproposito...», «Tu non ti preoccupare...») e alla stazione Consonni si chiedeva dove fosse l'enorme condizionatore che vomitava quel flusso di aria bollente. Solo dopo un po' si rese conto che non c'era alcun condizionatore, l'aria era calda e irrespirabile di per sé. Si tolse il trench, ma lo stesso soffocava dal caldo.

Presero un taxi che evidentemente doveva seminare qualche inseguitore perché fece un percorso complicatissimo e lungo per raggiungere l'albergo, che in realtà era a poche centinaia di metri dalla stazione.

«Lo chieda ai' sindaho... qui un si pole più lavorare» aveva risposto il tassista alla timida domanda di Angela sul perché ci volesse tanto.

L'hotel-pensione era assai carino – e ci mancherebbe anche che non fosse carino, visto quello che costa – pensava Angela cercando di issare la sua pesantissima valigia sopra un panchetto. Consonni entrando in camera rabbrividì; come testimoniava il termostato c'erano 15.7 gradi, probabilmente l'impianto di condizionamento era stato male impostato. Aprì la finestra, la quale purtroppo non permetteva alcuna vista panoramica, se non su un appartamento prospiciente, abitato da una numerosa famiglia di immigrati cingalesi. Si tolse il soprabito e si adagiò un attimo sul letto, valutando, visto il clima, quale fosse l'abbigliamento più adatto per quella città e per uno della sua età. Ma Angela lo richiamò immediatamente ai propri doveri, non c'era tempo da perdere, avevano fortunatamente mezza mattinata a loro disposizione. Consonni indossò dei pantaloni a pinocchietto, dei sandali e una polo dell'Oviesse. Lei non era per niente contenta di quel look da turista ma non disse niente.

Dunque alle undici o poco più si precipitarono fuori dall'albergo. Angela consultava una piantina sulla quale aveva appuntato i luoghi di maggiore attrazione turistica e non solo, l'obiettivo del momento era raggiungere «l'Arno d'argento» e scelsero di farlo passando dalla elegantissima via Tornabuoni, quella delle griffe internazionali e delle boutique, che al momento era una larga distesa di asfalto, deserta e arroventata. Angela volle fare visita al negozio di Gucci, irretita dall'eleganza dell'esercizio commerciale. Amedeo rimase fuori, come a metterle fretta. Sapeva che non avrebbe comprato alcunché, «Ma cosa ci vai a fare in un negozio se sai che non prendi niente?», «Mah, così, per vedere, non si può? Intanto là dentro fa un bel fresco... e tu sei stato qui a prendere il caldo». In effetti Consonni era paonazzo. Un cane di piccole dimensioni defecò proprio davanti alle vetrine di Gucci. La padrona era costernata, la cacca era liquida: e adesso come faccio a raccoglierla? Dal prestigioso negozio uscì un giovane nero ed elegantissimo, con secchio e spazzolone, provvide lui.

Angela e l'Amedeo, a braccetto, si diressero verso il Ponte Vecchio.

«Prima vediamo Santa Trìnita» affermò lei, «dentro c'è una Adorazione dei Pastori del Ghirlandaio, che voglio assolutamente vedere».

«Ma perché dici Santa Trìnita, si dirà pure Santa Trinità» commentò il Consonni. Angela gli rispose con un po' di sufficienza, assicurandolo che si pronuncia Trìnita, con l'accento sulla prima «i», ma anche lei non sapeva assolutamente perché. Per fortuna nella chiesa faceva un bel fresco, lui si mise a sedere su una panca, approfittando di tutto il tempo che Angela impiegava a leggere la guida. Ma presto lo richiamò, stavano uscendo. Raggiunsero il fiume Arno, che non è che al Consonni fece una grande impressione. Era in secca, la poca acqua era di color marrone e c'era un cattivo odore di marcio.

A pochi passi c'era il celeberrimo Ponte Vecchio, Consonni si rassicurò, quando vide quell'immagine così familiare, lo riconobbe, Angela era in estasi: «Dai, facciamoci un salto, anche se in teoria siamo qualche minuto in ritardo, per la mostra a Palazzo Strozzi».

Il Ponte Vecchio era ricolmo di persone, e la maggiore attrattiva era che un paio di tecnici del Comune, con delle grosse cesoie da ferro, stavano rimuovendo un numero inverosimile di lucchetti da una piccola inferriata che circondava una statuetta. La gente si ammassava intorno ai due tecnici, alcuni approvavano, altri erano contrari.

«Ma che roba è questa qui?» domandò Consonni incuriosito.

«Ma come, non lo sai? Gli innamorati mettono qui un lucchettino come prova del loro amore eterno».

Che pirlata, commentò fra sé e sé Consonni, senza sapere che Angela in borsa teneva un lucchettino che aveva comprato apposta a Milano, ma della cui presenza non aveva rivelato niente all'Amedeo. Fece finta di nulla.

«Dai, andiamo, che altrimenti facciamo tardi».

Lui si trattenne un po', attirato dalla maestria con la quale i tecnici spezzavano i lucchetti. Non ne ciccavano uno e sembrava ci godessero anche un po'. Dovevano essere ben esperti quelli lì.

«Andiamo?».

Fecero il Ponte Vecchio a marcia indietro, era difficile farsi strada, ma nonostante questo Angela riuscì a dare un'occhiata alle vetrine dei gioiellieri. Le dovrei comprare un regalo? pensava Consonni. È questo che sta cercando di comunicarmi? Corallo?

Passando per via Porta Rossa tornarono verso Palazzo Strozzi, a vedere la mostra d'arte che si intitolava *Denaro e bellezza, i banchieri, Botticelli e il rogo delle vanità.*

Consonni si sentì un po' intimorito dal titolo e dal fatto che Angela gli avrebbe ricordato che lui non capiva niente. Poi però, fortunatamente, lei se ne partì invasata per conto suo, lasciandolo nella possibilità di guardare blandamente quello che gli capitava sotto gli occhi.

La mostra era interessante, c'erano dei gran bei quadri, del millecinquecento, di quelli ben fatti che piacevano a lui, fiamminghi; per malattia professionale, essendo un ex tappezziere, tendeva a concentrarsi sulle stoffe, i drappeggi, le sete. D'altronde i quadri raffiguravano banchieri, a giudicare da come guardavano con cupidigia i soldi sembravano strozzini, insomma gente che di denari ne aveva molti. E gli sguardi delle mogli erano ancora più avidi di quelli dei banchieri. Lesse un paio di pannelli illustrativi: a quanto dicevano il Rinascimento era stato possibile solo per la quantità di soldi che maneggiavano i banchieri. Ah, questa poi. Però la mostra era congestionata, c'erano delle comitive con guida che occupavano tutto lo spazio, non si respirava e si andava avanti a rilento. Consonni uscì traballante, esausto, Angela invece era tutta eccitata, acquistò un enorme catalogo che pesava quattro chili e lo affidò a lui.

«Hai visto cosa non era quel Botticelli?».

«Botticelli?».

Nel chiostro c'erano delle panche, Consonni ci si sarebbe abbandonato volentieri per una decina di minuti, a lui le mostre d'arte lo esaurivano, infatti non ci andava mai.

Invece Angela gli ricordò che era l'ora di pranzo, e che aveva prenotato in una tipica trattoria fiorentina, rinomata per la bistecca, a due passi da lì.

Ah, be', sospirò l'Amedeo, una pausa ci vuole. Era in piedi dalle sei del mattino.

Scesero nel ristorante, che si trovava sotto il livello della strada, infatti si chiamava Buca qualcosa. Ah, benedetta buca, pensò Consonni, qui ci fa fresco.

I camerieri non erano per nulla cortesi, sembrava che lo facessero apposta, praticamente decisero loro l'ordinazione. Crostini di fegato e bistecca, solo perché Angela riuscì a imporsi, il primo lo saltavano.

La bistecca era monumentale, un chilo e trecento in due, ne avanzò la metà, e col Chianti Consonni ricominciò a sudare come un disgraziato. La sua sudorazione aumentò ulteriormente quando fu presentato il conto. «E se tornassimo una mezzoretta in albergo?». No, non ci fu modo di persuadere Angela che impose di ripartire subito a tappe forzate.

L'uscita dalla «Buca» fu traumatica, il caldo era infame e soverchiante, inoltre il catalogo d'arte adesso sembrava pesare venti chili.

Angela propose di incamminarsi subito verso il Duomo, aveva un progetto preciso ma non lo comunicò immediatamente al Consonni, del quale temeva una reazione avversa. Si misero in coda per fare il biglietto ed entrare in Santa Maria del Fiore.

«Lo sai che per secoli questa qui è stata la costruzione più alta del mondo?».

Mentre erano in coda Consonni e Angela, sotto un sole che forse non spaccava le pietre ma di sicuro liquefaceva l'asfalto, invidiavano certe turiste giapponesi dotate di ombrello parasole. Osservavano la facciata marmorea: «Eh, be', che nel medioevo ci sapevano fare...» provò a dire lui. «Macché medioevo» ribatté Angela, che l'aveva appena letto sulla guida, «questa facciata è falsa, l'hanno fatta alla fine dell'Ottocento, sarebbe stato meglio se avessero lasciato la facciata in pietra, come a San Lorenzo».

Consonni si ripromise di non dire più niente, anche per risparmiare il fiato, ormai ridotto ai minimi.

«Ma adesso si paga per entrare nelle chiese?».

Dopo tre quarti d'ora di coda, con quaranta gradi all'ombra, riuscirono a entrare nello sconfinato interno del Duomo, da dentro sembra più grande che da fuori. Consonni si sentì riavere, perché la temperatura era gradevole. Si rilassò su una panca, cercando di riprendersi. Ci sarebbe volentieri rimasto fino a sera.

«Vieni a vedere Giotto?» Angela lo richiamò subito ai doveri turistici. Be', Giotto sapeva benissimo anche lui chi fosse. In realtà Giotto al Duomo di Firenze non c'è, Angela si sbagliava con Santa Croce. «No, qui c'è Paolo Uccello».

«E chi è Paolo Uccello?».

«Riposiamoci qui per cinque minuti, adesso saliamo sulla cupola».

«Sulla cupola?».

Dopo un'altra mezz'ora di coda i due affrontarono le rampe per salire fino in cima alla cupola del Brunelleschi, capolavoro insuperato dell'architettura di tutti i tempi. Una vera escursione di alta montagna, ma senza panorami e senza frescura. La prima parte della scalata, interminabile, conduceva al ballatoio interno alla base della cupola. Consonni credeva di morire di infarto, ma in fondo poteva anche andare, pensava, sto morendo all'interno di uno dei massimi capolavori dell'arte. Dal ballatoio si poteva, per chi ne aveva il fegato, guardare verso il basso, cioè sotto una novantina di metri c'era l'altare centrale, a Consonni vennero le vertigini, gli girava la testa, dovette appoggiarsi al muro, la base della volta affrescata.

Continuando ad occhi chiusi, appiccicato alla parete, trovò l'ingresso per la seconda parte dell'ascesa, che si svolgeva nell'intercapedine fra la cupola esterna e quella interna, con pendenze maggiori e impegnative. Angela ebbe il modo e il fiato di scandalizzarsi delle scritte che i turisti avevano lasciato sui muri, tipo «Lazzarini frocio»: «Io a questi qui gli darei la pena di morte!».

«A chi?...».

L'ultimo pezzo ricordò a Consonni una ferrata della Prima guerra mondiale che aveva fatto da giovane, sui monti del Garda: bisognava arrampicarsi utilizzando mani e piedi. Inoltre era impedito nei movimenti dal pesantissimo catalogo.

«Stai attento al catalogo della mostra, eh?».

Alla fine della rampa, tramite uno stretto passaggio, si sbucava fuori, alla base della lanterna.

Il panorama era veramente mozzafiato, o almeno lo sarebbe stato, se Consonni avesse avuto il coraggio di guardare di sotto. Ma era colto da paralisi al solo pensarlo. Angela cercò di stimolarlo: «Guarda laggiù, è dove eravamo prima io e te, guarda, sembrano formiche... Un panorama irripetibile... guarda il campanile di Giotto... noi siamo più in alto...».

Come sanno tutti coloro che frequentano le montagne, spesso può essere la presenza di un'altra cima, un campanile verticale, un'anticima in prossimità, a darti le vertigini, e questo capitò all'Amedeo quando tentò di guardare il campanile di Giotto.

«Guarda che meraviglia, Amedeo, lo sai che in cima al campanile nidifica il falco pellegrino?».

Neanche lassù c'era un filo di vento. Consonni cercò di riaprire gli occhi, senza guardare in basso, per vedere lo stupendo panorama della città intera, che peraltro non si vedeva a causa della pesante foschia.

«Bellissimo» disse, ad occhi chiusi.

Intrapresero la discesa, che fu più impegnativa della salita. Quando furono alla base Consonni tirò un sospiro di sollievo.

«Queste sono esperienze che non ti dimentichi mai nella vita» disse Angela infervorata.

«Eh no che non te le dimentichi».

Quando uscirono dalla cattedrale di Santa Maria del Fiore Consonni provò il solito effetto phon e gli si piegarono le gambe. Erano le cinque e mezza del pomeriggio, l'ora più calda.

«È un bel caldo umido eh, qui a Firenze?» accennò.

«Ma dai, smettila di lamentarti».

Il sudore gli appannava la vista, la stanchezza gli impediva di camminare in modo rettilineo, se in seguito gli avessero chiesto che cosa aveva fatto dalle ore 17 alle ore 19 non se ne sarebbe ricordato.

«Amedeo, abbiamo giusto il tempo per vedere il Battistero, ma preparati, è la cosa più bella del mondo...».

Per fortuna era imminente la chiusura, non c'era coda. A Consonni il Battistero piacque molto, assai di più del Duomo. C'erano dei bei mosaici sulla cupola, uno raffigurava un diavolazzo veramente terrificante. In più era lecito sdraiarsi su certe panche per rimirare i mosaici in alto, senza storcersi il collo. Così poté rimanere sdraiato una decina di minuti, mentre Angela gli leggeva la guida e gli ricapitolava tutti gli eventi biblici raffigurati.

Poco dopo le sette del pomeriggio raggiunsero l'albergo. In camera la temperatura era risalita, adesso ci faceva molto caldo. In effetti Amedeo aveva lasciato il termostato sui 27 gradi, lo riportò sui venti.

Angela si infilò in bagno: «Mi faccio una doccia rapidissima, abbiamo una mezzoretta per riposarci, poi usciamo».

«Ma Angela...».

Consonni si buttò sul letto; quando lei uscì in accappatoio, in mezzo a una nuvola di vapore, lui stava russando.

«Svegliati Amedeo, non abbiamo mica tempo da perdere... fatti la doccia, mentre io mi vesto per la cena. E cerca di non abbigliarti come un turista americano, mettiti la giacca!».

«La giacca?».

Consonni si fece la doccia più rapidamente che poteva. Ci mise un po' perché il miscelatore funzionava a fasi alterne, l'acqua veniva o bollente o gelida. Tutto sommato questa circostanza non fu così sconveniente, uscì rigenerato da questa sorta di doccia scozzese. Indossò una bella camicia bianca e la giacca di lino, color tabacco.

La cena si svolse in un'altra trattoria tipica fiorentina, con volte a crociera e ambiente familiare. L'acustica non era il pregio del locale, nel quale orde di turisti vocianti rendevano impossibile una comunicazione che non tentasse di imporsi aumentando ulteriormente i decibel. Per fortuna c'era una vaga impressione di aria condizionata, Consonni riuscì a tenere addosso la giacca, visti anche gli sguardi impositivi di Angela, immersa nel menù.

Anche Consonni lo impugnò e, come sempre succede, si fece irretire dai piatti più calorici e inadatti alla stagione, pici al cinghiale e trippa alla fiorentina. Angela si accontentò di un'anatra all'arancia, che come tutti sanno è il piatto fiorentino per eccellenza.

I camerieri della trattoria, che godeva di un certo prestigio e di molte stelle sulle guide in possesso di Angela, non erano il massimo della carineria. Senza essere richiesti estrassero una pepiera gigantesca e macinarono sui pici una quantità industriale di pepe, strizzando anche l'occhio: «Stasera si tromba...».

Il vino era «a consumo» e ne bevvero parecchio. Consonni non riuscì a finire la trippa, servita in un pentolino di coccio, caldissima.

Angela sembrava fatta di ferro, a tavola continuava a lavorare sul programma per la giornata successiva. Era prevista la visita agli Uffizi e al Corridoio Vasariano, alla galleria dell'Accademia, il Davide di Michelangelo e i Prigioni, «Ah, la poetica dell'incompiuto!». Certe volte Amedeo non seguiva perfettamente ciò che lei diceva, ma le voleva un gran bene lo stesso. «Il pomeriggio San Marco, e poi una chicca, il Cenacolo di Andrea del Castagno, che non conosce nessuno».

All'uscita dal ristorante Consonni verificò che la temperatura non era scesa di un grado e si sentiva mancare; quando Angela gli propose di fare due passi, magari prendere un gelato, fu risoluto: «No, sono le undici e mezza, torniamo in albergo, non ne posso più».

Per Angela e Amedeo la vera sorpresa venne quando rientrarono in camera: l'aria condizionata non funzionava, c'erano 32 gradi, con un'umidità del 75%, il che significa una temperatura percepita di 46°C. Consonni, abbastanza alticcio, si mise all'istante in canottiera e pantaloni del pigiama, si affacciò alla finestra cercando un po' di sollievo, che non arrivò, la temperatura esterna era identica a quella interna.

Ah, prima che mi scordi. Estrasse la pasticca blu, che teneva nella bustina della toilette. Anche Angela si era messa in mutande e reggipetto, in un bagno di sudore. «Ma qui si muore, non funziona l'aria condizionata».

«Eh, me ne sono accorto, adesso vado a farmi una doccia».

«Macché doccia, perché non vai a sentire in portineria? Così non possiamo mica dormire, perché non vai giù a protestare?».

«Giù a protestare? Adesso?».

«Sì, adesso. E quando? E se scendi prendimi anche una bottiglia d'acqua, per favore». L'hotel era a tre stelle, le camere non disponevano di frigo-bar.

Consonni entrò un po' in confusione, tanto che non si ricordava già più se la pasticca blu l'aveva presa oppure no. Controllò il blister, gli pareva di non averla presa e ne inghiottì una. Prese dal portafoglio una ventina di euro e scese in portineria a farsi sentire. Nei corridoi incrociò una signora straniera, abbastanza brilla pure lei, che lo traguardò con interesse.

«Hallo, mister, what you doing up here?». Gli guardò la finestra dei pantaloni del pigiama, la prima pasticca stava cominciando a funzionare.

Consonni, ignaro del fatto, almeno per il momento, raggiunse la conciergerie.

«Sono della camera 222, c'è un problema, non funziona l'aria condizionata».

Il portiere rispose in modo maleducato e perentorio.

«È tutt'iggiorno che provo a chiamare i'tennicho, una volta fa troppo, una volta un fa, ma qui'ccretino un si fa trovare...».

«E allora noi?»

«Per ora un c'è nulla da fare».

«Potrei almeno avere una bottiglietta d'acqua?».

«No, io un le tengo, ma se esce qui fuori c'è un minimarket cinese».

Consonni, debilitato e prostrato, sempre in canottiera e pantaloni del pigiama, con un'erezione che cominciava a diventare assai manifesta, uscì fuori dall'albergo, ma di minimarket cinesi nei dintorni non ne trovò. Risalì un vicolo, ne prese un altro e un altro ancora. In breve, si perse. Cercò allora di tornare indietro, ma le stradine erano tutte uguali, si sentiva smarrito, sfinito, e per di più imbarazzato.

Sbucò in una piazzetta affollatissima di adolescenti e post-adolescenti, in maggioranza femmine in tenute molto succinte, che bevevano grossi bicchieri contenenti liquidi multicolori, in mezzo alla movida e che lo guardavano come fosse un alieno. E non era soltanto perché era in canottiera e pantaloni del pigiama. Consonni si rese conto che tutti quei giovani stazionavano nei pressi di un paio di localini da cui usciva musica molto ritmica. Certo quelle ragazze erano parecchio eccitanti e non facevano nulla per nasconderlo, purtroppo anche lui aveva il dono della vista, e vedere tutte quelle cosce produsse un effetto di erotizzazione involontaria, se così si può dire. Consonni apparteneva a quella generazione in cui la vista delle cosce nude aveva un effetto abbastanza devastante, perché come si sa le pasticche funzionano, ma soprattutto se ci sono motivi di eccitazione esterni. E in quella piazzetta ce n'erano.

Tenendosi le mani sopra il basso ventre per nascondere l'evidenza, entrò in uno dei localini, senza curarsi del fatto che fosse in canottiera, i ragazzi e le ragazze lo guardavano ridendo. Acquistò due bottigliette d'acqua per un valore complessivo di 12 euro, poi chiese il favore al barista, indicazioni per tornare al suo albergo. Il bartender non aveva nessuna intenzione, tempo, voglia di spiegare a quel vecchio in pigiama come tornare all'albergo. «È un po' difficile da qui» disse. Gli chiamò un taxi. Era l'unica soluzione possibile.

Consonni passò qualche minuto in mezzo alla movida con due bottigliette d'acqua in mano. Il pigiama era di stoffa leggera e lasciava intravedere la sagoma del suo membro in erezione, disperato.

Se ne accorse anche il tassista, che lo fece salire lo stesso. Fra l'altro il cliente non aveva con sé abbastanza soldi per pagarlo, lo fece aspettare sotto l'albergo, sempre nella stessa condizione fisiologica. L'Amedeo rientrò in camera per prendere i soldi. Angela stava già dormendo, beata lei.

Il portiere dell'albergo lo vide passare avanti e indietro, e anziché sentirsi in colpa per via dell'aria condizionata, questione della quale non gli importava niente, se non per quanto lo riguardava personalmente, giudicò con quell'asprezza che solo i fiorentini sono in grado di esprimere quel signore allo sbando, che metteva tutto l'albergo in un serio imbarazzo. Consonni nel corridoio incontrò di nuovo quella signora straniera che aveva intercettato in precedenza. Era una bella donna e anche seminuda, a causa del caldo.

Non gli capitava da quando aveva diciassette anni di avere il pisello ritto così insistentemente, cosa che gli dava un fastidio terribile. E adesso come faccio, rientro in camera e sveglio l'Angela e le salto addosso? No, no, ci sarà pure un sistema per calmarsi, mi farò una doccia fredda.

La signora straniera gli chiese notizie dell'aria condizionata. Purtroppo lui non parlava l'inglese. In qualche modo la signora gli chiese se poteva andare a dare un'occhiata al suo condizionatore. Consonni rientrò in camera che erano quasi le due.

In questura Consonni fu portato in una stanzetta, restò lì per circa un'ora, sotto la sorveglianza di un agente armato. L'Amedeo cercò invano di farsi spiegare dal poliziotto perché l'avessero arrestato, quello se ne restava muto e impassibile, a giocare col telefonino.

Finalmente fu accompagnato nell'ufficio del commissario, che assieme al suo vice cominciò a interrogarlo, senza dirgli di che cosa era accusato, aspettando che fosse lui a tradirsi.

Ma Consonni, dopo aver riflettuto un po', disse: «Se deve venire al punto non si faccia scrupoli, so perché sono qui».

«Ah, lei sa perché è qui? Allora ce lo dica, così non perdiamo tempo».

«Be', lo sapevo che andava a finire in questo modo».

E così Consonni intavolò una serie di discorsi complicatissimi, su tre boy-scout, su certe signore della Milano bene, su alcune persone scomparse che in verità non erano scomparse, sul fatto che non era colpa sua perché probabilmente aveva dei problemi col cervello, degenerazione senile, comunque che i tre scout fossero scomparsi non se l'era inventato lui, e se c'erano dei filmati che lo inquadravano fuori della villa della Kakoiannis-Sforza a Lugano questo non significava niente, perché era lei che gli aveva teso una trappola e non certo viceversa.

Il commissario e il suo vice si guardarono negli occhi, o quello lì era matto oppure stava facendo la manfrina. Gli inquirenti propesero per la seconda ipotesi, quel signore li stava prendendo in giro.

«Ricominciamo da capo, signor Consonni: dove si trovava lei stanotte fra le 23,30 e le 1,30?».

«Eh, come? Che c'entra stanotte?». Questa volta fu l'interrogato a non capire.

«Sì, stanotte. Esattamente fra le undici e mezza e le una e mezza».

Consonni Amedeo sostenne di aver vagato per un'ora in canottiera per il centro di Firenze, alla ricerca di un paio di bottigliette d'acqua, perché in albergo non le avevano. Sulla via del ritorno si era perso, non riusciva a ritrovare l'albergo. Così aveva dovuto prendere un taxi, perché non ritrovava la strada.

«E a che ora è rientrato in albergo?». I questurini lo sapevano benissimo perché avevano rintracciato il tassista che lo aveva riportato in albergo, tassista che aveva dovuto anche aspettare per essere pagato.

«Mah, sarà stata mezzanotte e mezza, le una di notte, non avevo l'orologio, ero in pigiama».

L'orario combaciava.

«E che cosa ha fatto in pigiama fra le 24,30 e le 1,30? È tornato in camera da letto?». Gli inquirenti già conoscevano la versione della signora Angela Mattioli, la quale, dopo essere crollata dal sonno, si era svegliata a un'ora indeterminata e aveva visto il Consonni rientrare, aveva anche bevuto un sorso d'acqua, gassata, quando lui sapeva benissimo che a lei piaceva naturale. In seguito, avendo preso in precedenza due pillole di tranquillante, si era riaddormentata, non aveva aspettato l'Amedeo che era uscito di nuovo, e non aveva idea dell'ora del suo rientro definitivo in camera.

«L'orario preciso non lo so, so che quando sono rientrato Angela ha bevuto un po' d'acqua e si è riaddormentata subito. Io ho preso dei soldi per pagare il taxi perché quelli che avevo con me non erano sufficienti».

«E quindi lei, una volta pagato il taxi, è subito rientrato nella 222?».

Consonni si domandò se valesse la pena raccontare che per qualche minuto era entrato nella camera di quella signora straniera, per vedere se riusciva a fare funzionare l'aria condizionata. Decise di ammetterlo.

«No, be', veramente, prima ho incontrato nel corridoio una turista straniera...».

«Quindi lei, approssimativamente alle ore 24,15-24,30, è entrato nella camera di questa turista straniera?».

«Sì, dato il mio abbigliamento mi è parsa una situazione un po' al limite, ma sa, facevano 32 gradi».

«E lei per quanto tempo si è trattenuto in camera della signora Bainbridge?».

«Si chiama così?».

«Ah, lei non ne sa neanche il nome?».

«Sono rimasto in camera sua non più di cinque minuti, l'impianto di condizionamento era guasto, come in camera nostra».

«Ah, cinque minuti».

«Sì, direi, uno più uno meno, ma per favore non lo dite ad Angela, non la prenderebbe bene. Ma, alla fine della fiera, mi volete dire una buona volta perché sono qui? Di che cosa mi si accusa?».

«Le domande, signor Consonni, le facciamo noi. Una volta uscito dalla camera della signora Bainbridge, è subito rientrato in camera sua?».

«Be', non esattamente».

«E cioè?».

«Il problema è che non avevo con me le chiavi, le avevo dimenticate in camera, nella fretta di pagare il tassista».

«E allora come ha fatto?».

«Ho provato a bussare ma si vede che Angela dormiva profondamente. Ho cercato di farmi sentire, ma non volevo svegliare tutto l'albergo, allora ho aspettato un po', ho riprovato, alla fine sono sceso dal portiere di notte che stava dormendo in una brandina dietro la portineria. Quello lì ci ha messo un po' a svegliarsi, mi ha anche insultato. Mi ha detto che le chiavi ci sono apposta. Alla fine ha preso un'altra chiave della camera e me l'ha data. Sono rientrato che saranno state le una e mezza, Angela dormiva duro».

La versione coincideva con quella data dal portiere di notte, che poi era anche il portiere di giorno.

«Bene, signor Consonni, adesso avremmo qualche altra domanda da farle. In camera sua sono state trovate confezioni di prodotti afrodisiaci, comunemente noti col nome di Viagra. Lei, in serata, ne ha fatto uso? In quali termini e in quali quantità?».

«Ma, cosa c'entra? Sono obbligato a rispondere?».

«Le conviene, signor Consonni, potrebbe essere un'attenuante».

«Ma un'attenuante di che, si può sapere di che cosa mi si accusa? E perché quella gente mi ha preso a male parole? Che ho fatto di male?».

«Ci sono numerose testimonianze, lei è stato visto aggirarsi per alcune strade del centro in tenuta succinta e in evidente stato di sovreccitazione sessuale. Smentisce anche questo?».

«Ah, è di questo che sono accusato? Di atti osceni in luogo pubblico? Ma vedano, io posso spiegare, mi è successo un contrattempo, vedete, io e Angela... era previsto che... insomma, mi capite, siamo in vacanza... forse ho sbagliato la dose... ma è un crimine?».

«Veda, signor Consonni, ci dispiace che lei continui a fare il furbo, ma c'è una denuncia contro di lei da parte della signora Bainbridge, la quale la accusa di violenza carnale, sequestro di persona e furto aggravato. Non se lo immaginava?».

Violenza carnale? Furto aggravato? Consonni cadde dalle nuvole.

«Ma voi vi sbagliate di grosso! Vi sbagliate di persona. La signora americana si sta sbagliando anche lei, io ho solo dato un'occhiata al suo condizionatore!».

«Ah, ha dato un'occhiata al suo condizionatore, eh? Non sapevamo che si chiamasse così! Signor Amedeo Consonni, mi pare che lei non si renda conto della gravità della sua situazione. Lo capisce che le conviene parlare chiaro? Per giunta abbiamo ricevuto un fonogramma dalla questura di Milano. Pare che qualcuno sostenga che lei è un erotomane impenitente e che pensa che tutte le donne le caschino ai piedi. Si tratta di lettere anonime, ma forse di fronte al pericolo certe donne non hanno il coraggio di uscire allo scoperto».

Consonni, avendo una vaga idea di chi potesse aver scritto quelle lettere anonime, negò recisamente. «Sono solo malelingue, lo so chi ha messo in giro quelle voci, è una mia coinquilina, ma è tutto falso! Falso!».

«E della refurtiva, 2.400 euro, che ne ha fatto? Lo sa che sulla sua testa pendono anni e anni di carcere? Violenza carnale, sequestro di persona, furto aggravato eccetera eccetera? Non le pare il caso di collaborare?».

La refurtiva? Ma di che stavano parlando?

L'interrogatorio continuò per un'altra ora, finché gli inquirenti non si arresero, quello era un duro.

«Ne riparliamo fra un po', vediamo se qualche ora di riflessione le può portare consiglio».

Consonni fu condotto in una stanzetta torrida. Erano le otto del mattino, già faceva un caldo asfissiante.

In effetti a quell'ora Firenze era già in via di surriscaldamento, dopo una brevissima pausa di qualche ora, un venticello fresco, già svanito: stava salendo di nuovo la foschia, qualche amatore armato di macchina fotografica forse era già sul Ponte alla Carraia, pronto a immortalare la caligine che, con un certo sforzo di immaginazione, può assomigliare a un'aura dorata.

Ma prima che si raggiungessero di nuovo i 35 gradi all'ombra, e prima che chiudesse la breve finestra temporale durante la quale in centro si potevano fare le consegne, c'era una grande attività nelle stradine attorno al Mercato Centrale, la zona nella quale si trovava l'hotel dove erano scesi Angela e Amedeo.

Proprio a quell'ora in albergo arrivò il tecnico dell'impianto di condizionamento.

«Oh che sse' bischero a venire a quest'ora? Le hamere sono occupate, devi venire verso le undici».

«Sie... e alle undici in do' lo metto i'ffurgone? Poi alle undici c'ho da essere a Pont'a Signa».

«Guarda, vai nelle hamere 222 e 226, che un c'è nessuno, in tutt'e due dice che un fa».

Il tecnico entrò in entrambe le camere, dopo due minuti aveva già finito il lavoro e tornò dal portiere.

«Te tu mi devi dire se la gente pole essere 'mbecille fino a questo punto».

«Perché?».

«Perché è chiaro che se tu lasci le finestre aperte i'condizionatore un parte, tullo poi mettere anche a 10 gradi sotto zero, e un parte. E dire c'è anche scritto grosso. Ma tu un glielo potevi dire?».

«So una sega io del condizionatore... poi tulla sapessi tutta, un so neanche in dove sto di casa».

«Firma qui, vai, un mi fare perde'ttempo».

«Unn'ho dormitho neanche mezz'ora, qui stanotte è successo un casino, un te l'immagini neanche».

«Oh che è successo?».

«Un te lo potrei neanche dire, ma tanto ormai lo sanno tutti, hanno arrestato un cliente, polizia, gente di qui, gente di là, un casino».

«E perché l'hanno arrestato?».

«Dice che ha violentato un'altra cliente, una straniera».

«Davvero? E com'è, una bella cihala?».

«Macché bella cihala, ci avrà cinquant'anni».

«E lui chi è, un marocchino?».

«Sie marocchino, è uno di Milano, un vecchio in pensione, per giunta con la su' donna».

«Mah, roba da chiodi... E ora dove sono?».

«Son tutti in questura».

«Speriamo gni diano l'ergastolo».

«Ma tull'avessi visti, sembravano la gente più tranquilla di'mmondo».

«Eh».

«Vai, bona...».

«Bona».

Nella celletta in cui l'avevano rinchiuso Consonni viveva ore disperate, non riusciva a immaginarsi cosa potesse essere successo. Violenza carnale? Ma per l'amor del cielo, semmai era lei che aveva tentato di adescarlo. E furto di 2.400 euro in contanti... questa poi... E se la signora si fosse sbagliata? Magari era stata drogata, in effetti era parecchio su di giri, e quelli che l'avevano drogata poi sono passati in camera sua, per lo shock lei non si ricorda più niente, si ricorda di me, ha confuso le situazioni, a causa del suo stato mentale... Come altro può essere andata?

Era sfinito, avrebbe voluto dormire almeno un'ora, ma come riuscirci? No, è solo un brutto sogno, un brutto sogno. Eppure era sveglio.

Lo minacciavano di anni di carcere? Ma cos'era, una trappola? Per farmi parlare mi accusano di cose gravissime, in modo tale che io confessi le mie vere responsabilità. Ma Cristo Signur, se gliel'ho già detto che sono disposto a regolare le mie pendenze su quegli scheletri, che poi io cosa c'entro, era un problema tutto del Barzaghi se in casa sua aveva trovato i resti di tre persone, probabilmente morte di morte violenta. E che dovevo fare, informare i genitori che i tre ragazzi non si erano affatto persi sul monte Disgrazia? E anche sulla storia Kakoiannis-Sforza, cosa vogliono da me? Eh, va bene, ho commesso qualche irregolarità, certamente hanno i filmati con la mia immagine nei pressi della villa di Lugano dove è avvenuto il doppio omicidio. Ma io cosa c'entro? Sono loro che volevano incastrare me, mica io che volevo incastrare loro. Oddio... a pensarci bene... quella è gente potente, manovrano tutti e tutto, e se... ma anche sequestro di persona? A meno che... a meno che non vogliano sapere da me qualcosa su Angela. Ma lì ho giurato. Da me in materia non sapranno niente. Eh, no. Piuttosto finisco in galera.

Già, Angela. Anche lei è in ballo. Che cosa le avranno detto di me? Vogliono far perdere la testa anche a lei? In effetti Consonni stava delirando e si immaginava qualsiasi cosa. Per esempio, *non sarà che l'ho fatto davvero?* La mia testa ormai non funziona come una volta, ho dei vuoti. Più o meno, fino a una certa ora, mi ricordo in che condizioni ero, a causa di quella pasticca. Ma ho la testa di burro, magari di quelle pasticche ne ho prese più di una, ho bevuto troppo, e cosa mi ricordo? Mi ricordo che quella signora mi ha chiesto di entrare in camera sua per vedere il condizionatore, e poi? Ho un vuoto, ho un vuoto... e se veramente... Ma se non me ne rendo conto è colpa mia? Allora ha ragione quella, che so chi è, che ha scritto delle lettere anonime alla polizia, che io sono un erotomane. Ho una doppia personalità? Io credo di essere quello che sono, ma non sono quello che sono, sono un'altra cosa, come il dottor Jekyll e mister Hyde. Possibile che sia saltato addosso a quella signora americana e che le abbia anche rubato i soldi? E se dentro di me si celasse un mostro simile? Oddio, oddio, finirò al manicomio criminale? Consonni si vergognò di quello che stava facendo, ma controllò lo stato del suo pigiama. E se io... No, non è possibile... Ma chi me lo assicura? Quante ne aveva lette su criminali che non si rendono conto di quello che fanno, la mattina si svegliano tranquilli, ignari delle loro colpe? Adesso loro mi metteranno sotto torchio, sapranno come fare uscire da me la seconda personalità, e ben venga, ben venga se mi mettono a confronto con la mia indole criminale e segreta, almeno me ne libererò una volta per tutte. Ma sarà poi vero? Me ne libererò veramente? Oppure, nella oscurità della cella del carcere, mi misurerò per sempre con l'altro me, quello che non conosco?

Le ore passavano, ma quante ne erano passate? Presto sarebbero venuti a prenderlo, per spremerlo fino all'inverosimile. Ci sarebbe stato un confronto con la signora violentata e derubata? Oppure lo avrebbero messo davanti a uno specchio falso, dietro il quale ci sarebbe stata lei a fare il riconoscimento?

Consonni non aveva idea di che ore potessero essere, era in un bagno di sudore. Venne riaperta la porta. Il prigioniero, in canottiera, era ridotto da schifo. Si ricominciava? Due agenti gli dissero di seguirlo, senza parlare. Percorse una serie di corridoi, finché non lo portarono in una stanza dove gli intimarono di sedersi e di aspettare. Dopo una ventina di minuti, terribili, arrivò un altro poliziotto, graduato. Questo guardò Consonni con un'aria abbastanza disgustata, controllò alcuni documenti che aveva sulla scrivania.

E adesso che mi fanno? Mi torturano con la pompa dell'acqua? No, non è possibile, con questo caldo mi farebbero un piacere, con una bella doccia fredda, almeno potrei raccogliere le idee. E se mi fanno una perquisizione intra-anale?

Il graduato, cercando di tenersi il più lontano possibile dal Consonni, che puzzava come un caprone, gli riconsegnò il suo orologio d'oro e il suo portafoglio, altri oggetti in deposito non ce n'erano. Gli fece firmare alcuni fogli e se ne andò.

Inaspettatamente gli altri due agenti lo condussero all'uscita. Lo mollarono nella corte interna della questura.

«Lei, signor Consonni, può andare».

«Come sarebbe posso andare? Nessuno mi spiega neanche perché sono stato trattenuto? Cosa è successo?».

«Adesso può tornare in albergo a riposarsi e a rimettersi in sesto, poi le verrà comunicato tutto quello che sarà necessario. Adesso può andare, può anche tornare a Milano».

«Eh? Davvero?».

«Buongiorno, signor Consonni, purtroppo è il nostro lavoro».

«E Angela, cioè, la signora Mattioli?».

«È già stata accompagnata al vostro albergo».

«E io? Adesso come ci vado all'albergo?».

«Non abbiamo macchine disponibili, ecco quindici euro per un taxi».

Consonni, stravolto e sbalordito, uscì ondeggiando dalla questura. Entrò nel primo bar, si fece fare due caffè e ordinò due brioche. I gestori del bar lo guardarono di traverso, in particolare dovettero far fronte al cattivissimo odore che quel signore emanava. L'orologio segnava mezzogiorno e mezzo.

Per riprendersi alla fine si fece servire un Fernet Branca con ghiaccio, e distrattamente si mise a guardare il notiziario regionale, alla televisione. Parlavano di un caso di stupro, l'ennesimo, ai danni di una turista. A quanto riferito una non più giovanissima ma avvenente turista era stata drogata e stuprata nell'albergo da un signore anziano. L'uomo, visto in mutande e canottiera nel corridoio, era stato riconosciuto e assicurato alla giustizia. Si trattava di un milanese. La signora era anche stata rapinata di 4.800 euro in contanti.

«Ah, adesso sono diventati quattromilaottocento».

Consonni non capiva più niente. E allora perché mi hanno liberato? Hanno individuato il vero violentatore?

In trance, estrasse dal portafoglio il biglietto da visita dell'albergo e lo mostrò al barista.

«Guardi, da qui fa prima a piedi, basta che faccia tutta via San Gallo, poi via Ginori, gira a destra e praticamente è arrivato».

«Ma sono in pigiama!».

«Ah, non si preoccupi, nessuno ci farà caso». Bastava che si togliesse di lì.

«Quant'è?».

«Nove euro».

«Grazie».

Amedeo Consonni si incamminò nella direzione indicata. Teneva il portafoglio in mano e avanzava con andatura traballante. I turisti lo guardavano come se fosse un evento pittoresco, i locali pensavano che fosse un vecchio scappato dalla RSA di competenza, come spesso succede. A un certo punto arrivò in piazza San Lorenzo, capiva di essere nelle vicinanze. Anche stavolta stentò a farsi coinvolgere dalla magnificenza delle architetture brunelleschiane e si perse nelle stradine attorno al mercato. I gestori delle bancarelle, perlopiù iraniani, gli gridavano dietro: «Va ia va ia va ia, va' a dormire, nonno!». Riuscì comunque a raggiungere l'hotel che erano le una passate.

Prima però dovette superare altre forche caudine, in una strada che si chiamava Borgo qualcosa, piena di ristoranti. Qui il problema è che c'erano numerosi buttadentro, cioè quelle persone piazzate fuori dagli esercizi commerciali e il cui compito è quello di attirare i turisti. La concorrenza fra queste persone è spietata, non sono rari i colpi bassi e le risse. «Quel gruppo di russi l'avevo visto prima io», «Te m'hai rotto i coglioni!», «Te vedi di andare in culo!». In effetti soprattutto sui turisti russi circolavano svariate leggende, per esempio che lasciassero delle mance faraoniche e che ordinassero sempre i vini più cari.

Nessun buttadentro cercò di attirare il Consonni, che riuscì a raggiungere la 222.

Trovò Angela in camera che faceva le valigie, la temperatura stavolta era polare.

«Ah, sei qui» disse lei, senza manifestare la dovuta contentezza di rivedere il suo partner, perché l'incubo era finito. Mentre l'Amedeo cercava di abbracciarla, lei si ritrasse, sembrava avesse tutta l'intenzione di fargli il muso, per l'atroce e per giunta equivoca situazione in cui lui l'aveva messa.

«In questo posto non ci voglio passare neanche un'ora di più. E allontanati da me che puzzi da fare schifo. Fatti una doccia che fra quindici minuti ce ne andiamo da qui».

«Ma dai, Angela, io vorrei dormire qualche ora, non mi reggo in piedi».

«No, ce ne andiamo, pensi di poter dormire con 15 gradi in camera? Ti prenderesti un malanno».

«Magari apriamo un attimo la finestra».

«Sei pazzo? Quello spregevole individuo mi ha detto che se gli mandavamo in bambola un'altra volta il condizionatore ci caricava la fattura del tecnico. Forza, fatti questa doccia. Ci sarà tempo per parlare...».

«Ma parlare di che? È evidente che sono stato vittima di uno scambio di persona, tu non sai cosa ho provato. Per me sono state ore d'inferno... e nessuno mi diceva niente. Ho addirittura temuto che volessero farmi parlare di te, della questione dei signori Reperti...».

«Ah... adesso la responsabilità sarebbe mia, eh? Ma non ti vergogni? E poi, me lo sapresti spiegare, tu ieri dove sei stato fra le undici e mezza e le una e mezza?».

«Ma Angela, ero andato a comprarti l'acqua...».

«Sempre colpa mia, eh? Ah, questo è il colmo. Se soltanto tu sapessi cosa mi hanno chiesto in questura sulle tue abitudini sessuali... su come ti aiuti... se io fossi a conoscenza di... non ho mai provato una vergogna simile...».

Amedeo si infilò in bagno, non aveva le forze per spiegare ad Angela che gli mancavano completamente le forze.

Quando Amedeo fu pronto Angela lo spedì alla conciergerie a pagare il conto. Fu conteggiata anche la giornata in corso.

«Icché la vole, unn'è miha colpa mia se la polizia un capisce una sega. Già che ciò rimesso una settimana, la signora ameriana stuprata se n'è andata via stamattina, infuriata. Ha detto: o che mi volete anche fare pagare, dopo quello che ho subito? Io vi denuncio tutti! La berciava, e io icché dovevo fare? La mi moglie un voleva, ma io l'ho dovuta far andare via senza pagare, 1.850 euri mi doveva, gli è stata qui dieci giorni, e di haparra la ma dato solo dugento euro. E se quella mi denuncia perché nell'albergo entrano degli estranei? La gli'è partita coi'pepe ai'cculo. Poi m'hanno chiamato dalla questura. Chiedevano della signora ameriana. Io gli ho detto che la gliera già partita. M'hanno chiesto se aveva pagato. Allora, maremma maiala, ho capito tutto. Dice che quella signora questo giohino l'ha già fatto altre volte. Ha capito con che gente ci s'ha a che fare? Quella maiala ha fatto la manfrina per non pagare... Ha capito che mestiere di merda gli' è i'nostro? Comunque voi la camera me la dovete pagare lo stesso. Daittronde se lei la mi lascia la hamera ora, io icché me ne fo? Avete prenotatho du' notti, e du' notti mi pagate, son bell'e le due».

Consonni pagò, non aveva risorse per mettersi a discutere, gli sembrava di sentirsi poco bene. Comunque cominciò a capire come era andata la faccenda.

Non presero il taxi, ormai avevano cominciato a capire come orientarsi, dall'albergo alla stazione c'erano quattro minuti a piedi. Angela osservava il retro di Santa Maria Novella, il capolavoro di Leon Battista Alberti, con rimpianto ma anche con disgusto.

«Questa città è tanto bella, ma è inospitale» affermò perentoria.

«Vabbè Angela, il problema l'ha determinato una turista straniera, non è mica colpa loro».

«Se tu non fossi stato in giro come un imbecille per i corridoi dell'albergo, in pigiama per giunta, nel cuore della notte, non sarebbe successo niente. E io in camera ad aspettarti, in pensiero, ti poteva essere successo di tutto».

«Ma mi è successo di tutto!».

«Ah, tu sei specializzato nell'andartele a cercare».

Lui capì che era meglio non rispondere.

In prossimità della stazione ferroviaria passarono davanti a una bancarella che vendeva valigie. Ce n'erano alcune di dimensioni enormi, Consonni non riusciva a immaginarsi come si potesse fare a trascinarsele dietro, e nemmeno a che cosa potessero servire, se non a trasportare due cadaveri insieme.

Sul treno per Milano Angela sfogliava il suo gigantesco catalogo. «La prossima volta andiamo a Verona, che sono molto più gentili. Sarà falsa gentilezza ma io preferisco quella alla vera maleducazione. E poi fa più fresco, e si mangia anche meglio, meno pesante, che ne dici se a settembre...».

Consonni stava dormendo e russava forte, Angela si sentì nuovamente in imbarazzo...

«Amedeo, ti prego» disse scuotendolo, «stai dando spettacolo!».

«Come? Eh? Cosa? Sono innocente!».

Progresso-Audace 3-2

Salvatore: Penitenziagite! Watch out for the draco who cometh in futurum to gnaw on your anima! La morte est supra nobis! You contemplata me apocalypsum, eh? La bas! Nous avons il diabolo! Ugly come Salvatore, eh? My little brother! Penitenziagite!

Dal film *Il nome della rosa* di Jean-Jacques Annaud,
tratto da *Il nome della rosa* di Umberto Eco

Fatti, persone, luoghi e circostanze presenti in questo racconto sono di pura invenzione. All'autore è peraltro noto che Alessandro Del Piero sia sposato e abbia tre figli, così come che Cristiano Ronaldo abbia un figlio. Se poi nella realtà i figli in questione siano di più, o di meno, di quanto riportato ufficialmente, questo all'autore è del tutto ignoto.

Faceva un freddo della Madonna, quella domenica di gennaio a Milano. La sveglia di Donatella, inquilina dell'appartamento 15 della casa di ringhiera di via ***, suonò alle sette. Lì per lì non ci voleva credere. Anche di domenica... poi realizzò, c'era la partita di Gianmarco, a Sesto, alle nove. Noo, e se facessi finta di niente? Se dicessi che la sveglia non è suonata?

No, Gianmarco ci sarebbe rimasto troppo male.

Svegliò i bambini alle sette e mezzo, anche Margherita.

«Ma mami, io cosa c'entro? Non voglio venire alla partita!».

«Non ti posso mica lasciare da sola, no? Alzati».

«Io me ne resto qui a letto, non faccio niente, dormo, ho otto anni, ormai».

«Alzati, e non mi fare arrabbiare di prima mattina».

I bambini fecero colazione, caffellatte e biscotti.

Gianmarco preparò il borsone, che recava la scritta Zinzoni e f.lli, Passamanerie, che non era il nome del suo club, che invece si chiamava Audace F. C.

«Li hai puliti gli scarpini?».

«Ma mami, a cosa serve?».

«L'allenatore si è tanto raccomandato, non ti puoi presentare con gli scarpini sporchi di fango».

«Ma mami...».

Donatella finì per pulirli lei, gli scarpini.

Margherita si ribellava, per quale motivo doveva andarci anche lei alla partita? A congelarsi. Per sua straordinaria fortuna quando erano fuori dell'appartamento, nella corte della casa di ringhiera, incontrarono Amedeo Consonni, coinquilino dell'appartamento 8. Il pensionato in passato aveva già badato ai figli della signora Giorgi. Margherita gli si gettò addosso. «Signor Consonni, non è che posso rimanere con lei? Non le darò nessun fastidio, mi vogliono portare a Sesto a vedere la partita di mio fratello, e io morirò di freddo».

Consonni sorrise, e disse che per lui non c'erano problemi. Stava rientrando, e avrebbe passato la mattinata a leggere i giornali. Quindi godere della compagnia «di una così bella signorina» non gli avrebbe fatto altro che piacere.

Donatella si trovò alle corde: come poteva a questo punto evitare che Margherita raggiungesse il suo obiettivo?

«Margherita, sei una gran maleducata, il signor Consonni ha da fare, non vuole averti fra i piedi, non se ne parla nemmeno, tu vieni con noi» ma ormai sapeva che la cosa era fatta. Consonni, senza voler offendere la mamma, disse che per lui non c'erano problemi, anzi, era ben felice di occuparsi di una «principessina».

Margherita, trionfante, si avviò nel vano scale, dietro a Consonni.

«Ci vediamo dopo» disse perfidamente alla madre.

Donatella e Gianmarco raggiunsero la macchina. Il parabrezza della Brava era ricoperto di ghiaccio, ci vollero cinque minuti per ripulirlo con la spatoletta.

Partirono in direzione della tangenziale. La città era un deserto, la gente normale e sensata la domenica mattina di gennaio se ne sta a letto, al calduccio. Cadeva qualche bruscolo di neve, ma era troppo freddo perché nevicasse veramente.

All'altezza di Precotto c'era un blocco di polizia. Fecero fermare Donatella, dovette scendere insieme a Gianmarco.

«Ma cos'è? Perché? Di che cosa si tratta? Sto solo portando mio figlio alla partita».

«Un semplice controllo, signora».

Le fecero aprire la bauliera, puntandoci contro due fucili mitragliatori. In effetti il bagagliaio della Brava è molto piccolo, una persona ci sarebbe entrata con difficoltà, per non parlare di...

Probabilmente cercavano l'evaso, il pluriomicida che era riuscito a scappare dal carcere di Opera, facendo fuori un paio di guardie carcerarie, a mani nude. Ne parlavano tutti i giornali.

La fecero ripartire dopo dieci minuti.

Raggiunsero il campo a Sesto, Gianmarco corse verso gli spogliatoi, Donatella si strinse nel cappotto, si trattenne per un po' dentro la Brava, almeno finché non restava un po' di calore. Quando uscì fuori si accese una sigaretta, dette un'occhiata in giro se avvistava qualche genitore conosciuto.

I ragazzi si stavano cambiando negli spogliatoi, per chiamarli così, una casupola vicino al campo, al cui interno la temperatura non superava i sei gradi.

Per questo alcuni giocatori erano già in tenuta da calcio, sotto il cappotto, obbligati dalle mamme. Non si sa come mai ma erano gli stessi di solito piuttosto restii a farsi la doccia dopo la partita. D'inverno passi, faceva un freddo polare, ma col caldo? Era solo perché si vergognavano e non volevano che gli altri gli vedessero il pisellino. In particolare non volevano essere visti da uno che si chiamava Gerione Salvatore, mediano di spinta tracagnotto e bruno, che aveva il pisello già grosso e i peli scuri sopra. Lo mostrava sempre a tutti, certe volte se lo massaggiava, e quello si ingrossava. Gli altri erano più indietro nello sviluppo, indubbiamente, tranne forse Yuri, il portiere, un dodicenne alto uno e ottantacinque con un'ombreggiatura di peluria sul labbro superiore. Comunque nessuno andava a rompere i coglioni a Yuri.

Gianmarco il pube se lo controllava tutte le mattine, per vedere se cominciavano a spuntare i peli, ma non c'era niente da fare. Però si faceva rispettare lo stesso.

Negli spogliatoi si fumava con l'alito. Come usa a quell'età i ragazzi si prendevano in giro e si tiravano delle gran botte nelle palle. Facevano la spremuta, o come si chiama, a seconda della regione, cioè una bella strizzata di palle, e altre amenità del genere.

«Quali sono i tuoi giocatori preferiti?» chiese innocentemente Milchi a Gianmarco, mentre si infilava i parastinchi. Gianmarco era juventino, e non ebbe dubbi: «Del Piero e Vialli, tutta la vita».

«Ah» intervenne Migda, il ballista. Come in tutti i consessi maschili, indipendentemente dall'età, c'era anche il ballista.

«Allora è vero che sei frocio».

«E perché?».

«Come perché, hai detto due giocatori che sono due busoni, lo sanno tutti».

«Busoni?».

«E come no, non lo sai che Del Piero è un'icona gay?».

«E che cazzo vuol dire?».

«Che piace ai gay».

«Che c'entra, questo mica vuol dire che è gay anche lui».

«E come no. E poi, non si è mai sposato, e non ha figli».

«Ma vaffanculo Migda, cazzo ne sai tu, sai quanti sono i giocatori che non hanno figli... cosa vuol dire... Guarda Cristiano Ronaldo, secondo te ha figli?».

Migda si mise a ridere.

«Ah ah, Cristiano Ronaldo, proprio lui. Ha detto mio padre che Cristiano Ronaldo è finocchio».

«Finocchio Cristiano Ronaldo?».

«Certo, lo prende nel culo».

«Allora anch'io voglio essere un culo, hai visto? Cristiano Ronaldo ha tutte le Ferrari che vuole, e anche le fighe» affermò innocentemente il Variali.

«Ma cosa se ne fa delle fighe se è finocchio?».

«È per far credere a tutti di non essere finocchio, allora va in giro con le fighe, ma non le chiava».

«Ma tu cosa ne sai, non sai neanche come si fa, a chiavare».

«Io? Lo so benissimo, io ho già scopato».

«Tu? E con chi?».

«Con una».

«Una? E chi sarebbe?».

Caratteristica fondamentale dei ballisti è che non tornano mai indietro rispetto a quello che hanno detto, e portano la balla sempre più avanti, la esasperano, caratterizzandola con particolari irrilevanti.

«Mia cugina, è più grande di me. Mi ha scopato al mare, nella cabina. Lei è pelosissima, però non si lava molto spesso».

«E com'è, la figa?».

«Come tutte le fighe».

«Descrivimi la figa, dimmi com'è fatta».

«Ma figurati, che poi mi eccito e gioco male».

«Ma ti si rizza? Fammi vedere, tiralo fuori».

La conversazione si concluse con una poderosa strizzata di palle al mentitore.

«Vaffanculo, Migda, sei bravo solo a dire balle».

Arrivò l'allenatore, per le ultime indicazioni tattico-strategiche: «State attenti a Omar, difendetelo. Quelli sono dei bastardi, vedrete che lo picchiano fin dal primo minuto».

Omar era un ragazzino filiforme di nazionalità marocchina. Molto tecnico, non era sorretto da un fisico poderoso, andava in terra con un soffio di vento.

«Gerione, se qualcuno lo maltratta, pensaci tu».

«Ok, mister».

«Forza, in campo. E state attenti che il terreno è gelato».

Si incamminarono, i tacchetti risuonavano sulla pavimentazione di gres maiolicato. Gianmarco vide una scritta a pennarello fatta sul muro del corridoio. Diceva «Giorgi gay».

Stava entrando in campo anche la Progresso. I discorsi prepartita non erano molto diversi.

«Ma te Saletti, te lo faresti mettere in culo per 50 euro?».

«Ma no, che cazzo dici?».

«E per cento?».

«Ma neanche per idea!».

«E allora per quanto?».

«Ma per niente, che cazzo».

«Ah, per niente, eh? Cioè gratis?».

«Ah ah ah».

«Ah ah ah».

Questa battuta probabilmente la dicevano negli spogliatoi anche ai tempi di Sparta, ma ha conservato la sua freschezza, almeno in certi ambienti.

Nel frattempo Margherita stava godendo di tutte le attenzioni del signor Consonni, il quale aveva un nipotino di nome Enrico, che lui viziava con le merendine. In frigo disponeva di una riserva infinita di Kinder Pinguì. Ne offrì alla Marghe, gliele offrì, come si dice, su un piatto d'argento, un vassoio. Almeno una quindicina di Kinder Pinguì.

Margherita provò la sensazione del privilegio e del lusso, come se fosse in un hotel a cinque stelle a Capri, e le avessero offerto ostriche e champagne. Che paradiso! Nella mia vita non voglio rinunciare a niente, voglio il massimo, pensava, mangiando i Kinder a morsetti piccolissimi.

Inoltre il Consonni permise alla bambina di guardare i cartoni la mattina, cosa che la mamma vietava. Che orgia di lusso!

La partita cominciò, agli ordini dell'arbitro Palchetti da Melzo. Dopo i primi aggiustamenti tattici il gioco prese quota. L'Audace sembrava avere in mano le redini del match, come dicono i telecronisti.

Sulle tribune, consistenti in due lunghe panchine di cemento, si assiepavano una ventina di genitori intirizziti.

Nonostante il freddo però gli animi si stavano scaldando. In particolare un tifoso della Progresso non stava zitto un secondo.

«Stroncalo, buttalo giù, finiscilo, ammazzalo, e dai, cosa aspetti, buttalo per terra» urlava il tifoso dagli spalti.

Il difensore della Progresso al quale erano indirizzati quei suggerimenti tecnici dal padre non sapeva bene cosa fare, il trequartista dell'Audace, Omar, lo superava con una certa facilità, era veloce e sufficientemente attrezzato tecnicamente, e utilizzava tutti i centimetri quadrati del campo. Inoltre, leggero com'era, volteggiava su quel campo congelato con grazia, nonostante le calzebraghe.

«Butta giò el negher» urlava il tifoso-genitore.

«Prego?» disse una signora ingioiellata, coperta da una pelliccia di gran pregio. «Che cosa lei dire?» con accento francese.

Era probabilmente la madre di Omar, figlio di un funzionario del consolato marocchino a Milano.

«Ah, signora, niente, niente, un modo di dire in milanese».

«Ma lei dire botta giò, ça veut dire?».

«Vuol dire stai attento, stai attento...» ma non aveva tempo per quella roba.

A quell'ora del mattino, in una capitale mitteleuropea, c'era grande attesa per la conferenza stampa di ***, notissimo ex giocatore di calcio, vincitore del Pallone d'Oro e di un numero indefinito di titoli.

Era stato l'ex giocatore stesso a convocare la conferenza, e ciò faceva pensare che avesse in serbo rivelazioni sensazionali. Alcuni pensavano che fosse soltanto una trovata pubblicitaria, per esempio il lancio di una nuova linea di prodotti per soli uomini, o di costumi da bagno, o di lamette da barba. Non era improbabile. Altri pensavano invece a straordinarie novità sulla corruzione nel mondo del calcio, sulla vendita delle partite, sul mondo delle scommesse, oppure chi lo sa, sul doping.

Fra il pubblico di Progresso-Audace, a Sesto, c'era una grande agitazione, una ventina di persone erano in fibrillazione. Il risultato era sul due a due, però il momentum della partita sembrava a favore dell'Audace, che pareva avere ancora energie per spingere sulle fasce. Esaurite le velleità di Omar, steso con ferocia un paio di volte a centrocampo, adesso aveva preso quota soprattutto il numero 5, cioè Gianmarco, che non era affatto uno stopper ma un jolly cui piaceva fluidificare, sembrava indemoniato, dava dei seri problemi alla Polisportiva Progresso, vinceva tutti i contrasti, era cattivello ed esperto, e comunque dava del tu alla palla.

Così imparano a dire che sono gay, pensava Gianmarco, preso dalla trance agonistica.

Questo andamento rendeva idrofobo il tifoso numero uno della Progresso, il quale, ritenendosi un conoscitore del pallottoliere calcistico, cercava di comunicare alla sua squadra che quel giocatore andasse in qualche modo, qualsiasi modo, fermato.

Il numero 5, a pochi minuti dalla fine, si era allargato sulla destra, rientrando aveva raggiunto il limite dell'area, dal quale si accingeva a esplodere il destro.

L'allenatore dell'Audace si mangiava le unghie. Un gol adesso ed erano quasi in classifica...

Il numero 4 della Progresso (il figlio del tifoso acceso), quasi avesse seguito le indicazioni del padre, stese a terra l'avversario, che capitombolò, esagerando un po'. Però sentiva male alla coscia perché quel figlio di puttana gli aveva assestato un colpo sapiente, col ginocchio, sul quadricipite, colpo che fa un gran male e pare un fallo di gioco, non è come entrare a gamba tesa sullo stinco, l'arbitro di solito non lo vede.

Infatti l'autore del fallo alzava le mani al cielo, come a dire: «Ma che ho fatto?». Mostrava stupore. L'ho appena toccato. All'arbitro dichiarava innocenza, o per lo meno non colpevolezza.

«Allora andiamo a giocare a biliardo, se non ci può essere nemmeno un contrasto di gioco... non siamo mica femminucce...». Questo commentava il padre.

In un campo come quello non c'erano telecamere, ma qualche genitore entrò sul terreno di gioco, «Ce l'ho io la prova tv, ecco qua, ho filmato tutto col telefonino!».

Mentre l'autore del fallaccio continuava a schermirsi come un angioletto, Gianmarco si rotolava al suolo, in fin di vita.

Donatella era preoccupata per suo figlio, ancora a terra, che si fosse fatto male veramente? E la botta sulla schiena presa sul campo pietrificato?

«Resta a terra, resta a terra» gli aveva urlato piano l'allenatore, per non farsi sentire da tutti, ma quello, che peraltro un po' di dolore lo provava veramente, non pensava che a vendicarsi. Fra l'altro la punizione la voleva battere lui, era un fascio di nervi pronto a scattare, come Gianni Nardi.

Istruito da allenatori professionisti e non, l'autore del fallo portò a termine il suo lavoro.

Mentre la vittima era ancora al suolo gli si avvicinò facendo finta di chiedere come stava e gli disse: «Alzati, mezza sega, buco di culo, non ti ho fatto niente, finocchio. Te lo sei messo oggi il rossetto?». Fatto ciò gli pestò un polpaccio a pieni tacchetti. Queste sono le prove di virilità che insegna il calcio.

Il numero 5 dell'Audace non ce la fece più e si alzò come una molla, per esercitare quello che normalmente si chiama «fallo di reazione». Lo avrebbe voluto schiacciare come una mosca.

Lo inseguì e lo acchiappò da dietro, chiedendogli: «Chi è che sarebbe un finocchio?».

«Te saresti un finocchio, figlio di un ubriacone».

Eh no, questo non avrebbe dovuto dirlo quel figlio di puttana, e oltretutto, come lo sapeva?

Il fatto era che si trattava di un suo compagno di scuola. E tutti a scuola sapevano che il padre di Gianmarco aveva dei problemi con la bottiglia. E questo faceva soffrire il ragazzo, più del fatto che suo padre avesse tali problemi.

Gianmarco gli si pose di fronte e partì per dargli una testata sul naso, ma non lo prese. Il giocatore della Progresso schivò, Gianmarco non sembrava essere soddisfatto, avrebbe voluto accanirsi su quella merda, che era pronto a reagire.

Ma il padre, dalle tribune, lo orientò: «Buttati in terra! Accentua! Accentua! Dai che l'arbitro lo sbatte fuori! Ti ha dato una testata! Svegliati, stupid dell'ostia! Cinque giornate di squalifica! Mettiglielo in culo a quel finocchio».

Il ragazzo era piuttosto confuso: avrebbe voluto cazzottarsi con quel culo, eppure riceveva ordini di recitare il ruolo della vittima: in lui combattevano due istinti. All'inizio prevalse quello della risposta «combatti e fuggi». Attaccò Gianmarco e gli assestò un calcio sul ginocchio, poi però prevalse il comando del padre, e allora si mise a caracollare per il campo tenendosi le mani in faccia. Quindi si gettò a terra, e cominciò a sussultare, tetanizzato. Sembrava il povero Contador quando, a 21 anni, campioncino, fu colto da ictus mentre pedalava, preso da una crisi epilettica sull'asfalto.

Il giocatore tremava, e si guardava le mani come se grondassero sangue, come se gli avessero sparato.

«Arbitro, buttalo fuori, non hai visto cosa ha fatto il 5? Buttalo fuori a vita, quello è un animale!».

Così urlava lo stesso genitore che poco prima incitava suo figlio a stroncare il suo avversario.

«Stai a terra, pirla! Qui ci vuole la visita medica, chiamate l'ambulanza».

«Scusi, cos'ha detto? Cos'ha detto del bambino numero 5?».

Donatella, che di solito non si accalorava più di tanto alle partite di suo figlio, non ci vide più.

«Perché ha detto che è un animale?».

Il calcio di punizione venne battuto a sorpresa, ma contro la barriera, la situazione si ribaltò e la Progresso andò in gol, all'ultimo minuto. L'arbitro, dopo aver fischiato la fine della partita, chiamò a sé Gianmarco e gli mostrò il cartellino rosso. Il 4 della Progresso era ancora a terra. Il padre in questione era rosso come il cartellino, in fibrillazione. Saltellava, urlava, come faceva Galliani. Cominciò a fare tò, tò, tò: gesti dell'ombrello, in piena crisi estatica, e altri gesti inequivocabili ai tifosi avversari.

«Ciappeé in tel cul, teruni di merda. E il fighètta, è risorto? Te cul anca ti, terrun di merda! Io ho giocato nella Solbiatese!». Era in piena esaltazione, tanto che non si rese conto che un serrato gruppo di madri era pronto a chiedergli spiegazioni.

Una signora borghese, ben vestita e curata, gli si pose di fronte: palestratissima, era un'esperta di arti marziali. Indispettita per la inopinata sconfitta della squadra del figlio, e anche un po' sconcertata dalla condotta di quell'uomo, lo affrontò, determinata.

«Lei adesso chiede scusa! Non si vergogna?».

L'uomo, un over fifty sovrappeso, immigrato pugliese di terza generazione, abbastanza panzuto, non perse l'occasione.

«Adesso anche le donne si intendono di calcio! Cosa siete, lesbiche? Andé a ciappà i ratt! E intanto, 3 a 2!» diceva lui, continuando a mostrare il gesto dell'ombrello. «Tò, tò e tò, teruni dell'Audace!».

Donatella si avvicinò a quell'uomo e lo insultò pesantemente...

«Terune ci sarai te, stronzo di merda. Impotente, vomito di ratt, testa di cazzo!».

Il tipo, mentre le rispondeva: «Troia di merda, pompinara dell'Ostia, culo sfondato», ecc., le allungò una sberla. Donatella si trovò a terra, ma le altre madri dell'Audace intervennero. L'esperta di arti marziali colpì l'uomo sul naso, un'altra gli scagliò in testa una borsa che conteneva tre bottiglie da un litro e mezzo di acqua minerale.

Si scatenò una rissa vera e propria, però gli altri tifosi della Progresso lasciarono il tipo da solo, che se la vedesse per conto suo, la sua condotta era parsa indifendibile, e quella signora mulinava colpi proibiti, nessuno aveva voglia di prenderne uno.

Il presunto ex giocatore della Solbiatese riuscì a divincolarsi e si mise a correre.

Se la vide brutta. La decina di tifose dell'Audace lo stava inseguendo, parevano avere l'intenzione di farsi giustizia da sole. Soprattutto quella signora atletica che picchiava duro.

Costeggiò il campo, finché non trovò alcune costruzioni semi-abbandonate, si infilò dentro, forzando un cancelletto. C'erano animali, polli, galline, ecc., copertoni di camion, reti metalliche utilizzate come sbarramenti, ecc.

Vide una specie di botola semiaperta, ci si infilò dentro e la richiuse, scese giù per un paio di metri su una scaletta di ferro. Doveva trattarsi del locale di un impianto idraulico o del gas, non si vedeva niente ma c'erano tubature dappertutto.

Così le inseguitrici lo persero di vista, e lui, là sotto, fece di nuovo il gesto dell'ombrello: «N'te cul, stronze, e il 3 a 2 non ce lo leva nessuno. Cazzo ne sanno queste puttane qui di calcio? Troie del cazzo».

Però gli venne in mente che il suo ragazzo era là fuori: ma no, ci avrebbero pensato quelli della squadra, lo avrebbero riportato a casa, che c'entrava lui?

Sentiva i passi di quelle che lo cercavano: camminavano sulla botola, senza pensare che lui potesse essere là sotto. Alla fine desistettero, se ne andarono tutte via. Il nostro se la godeva.

Il signor Doronzo (così si chiamava) pensava di averla sfangata. Quelle merde, quelle galline, se ne erano andate. Che deficienti.

Lì sotto era un gran buio, filtrava solo un po' di luce dalla grata. Doronzo provò col telefonino a chiamare suo figlio.

«Allora Marco, dov'è che sei?».

«Sono a casa, e tu?».

«In un posto, ma devo andare a recuperare la macchina».

«Sono andati tutti via, adesso c'è un'altra partita».

«Va bene, adesso arrivo».

Doronzo si avviò per la scaletta e aprì un pochino la botola, con circospezione: e se lo aspettavano fuori?

«Close die botola, no move, nid dvigheaza. Tu in trouble? Maintenant mucho mas».

La voce cavernosa e a tratti incomprensibile veniva dal buio. E chi era quello, uno yeti?

Il signor Doronzo finì di aprire lo sportello di ferro, cercò di sgattaiolare fuori, ma una mano enorme lo bloccò e lo ritrascinò giù. La botola si richiuse, con gran rumore.

«Che ai facuto che todos te iskatz? Te conviene warten».

Nell'oscurità Doronzo non vedeva bene, solo una sagoma monumentale.

Il gigante teneva fermo il Doronzo, semplicemente facendo pressione indice-pollice sul muscolo trapezio. Doronzo sentiva un male boia e gli veniva da rannicchiarsi a terra.

«Tu mascina?».

«Mi lasci... chi è lei... cosa ci fa qua sotto... mi lasci andare se no...».

«Si no what? Moi Oleg, du ausculta Oleg, finché Oleg non te comanda di no obedecer no more».

«Mi lasci, le dico!».

«Tu coche, voiture, avtamabile?».

«Sì, ce l'ho la macchina, è qui fuori, ma la smetta di farmi male».

«Das buolna per te?». Oleg si produsse in una risata cavernosa, tre colpi. «Oleg vuole solo un lift con avtamabile. E Oleg covers you si les mamas vont te bitzare. Ah ah ah».

Oleg e il signor Doronzo raggiunsero il SUV di quest'ultimo nel posteggio, occupato da altre auto, quelle degli spettatori della partita successiva. L'arbitro era sempre lo stesso, ma non notò il genitore che aveva creato tutto quel casino nel corso di Progresso-Audace. L'auto era sempre lì, non gli avevano bucato le gomme né dato fuoco, come il Doronzo si sarebbe aspettato, però avevano graffiato la carrozzeria con le chiavi, tutto intorno. Roba da donne, Doronzo ne era certo.

Il gigante si accomodò a fatica nel posto del passeggero.

«Tu mi dà un pasaj».

«E dove?».

«Come dove, u tibia doma, casa tua, no?».

«Ma nemmeno per idea, ti posso lasciare a...».

Oleg con calma prese la mano sinistra di Doronzo. Accarezzò le dita. Afferrò il quinto dito, cioè il mignolo, lo tastò, e con una mossa che non fu particolarmente violenta, ma sapiente, lo ruppe.

Doronzo lì per lì non sentì neanche male, ma vide che il suo mignolo stava tutto storto, rovesciato. Improvvisamente avvertì un dolore fortissimo.

«Cazzo, cazzo, cazzo!» disse. «Ma tu sei pazzo!».

«Very much. That's why, odin, acuerdos claros y larga amistad. Si tu fai glupii io te chnshel tutti fingers, one by one, poi problema khirurghia. Quinto dito è una locura, te lo regla imediat, e useless. Ma khiriergichka operatia su dieci fingers, molta complexidad. Allora tu recto e nessun mussibat, no problem mit Oleg. Tu viesci a casa tua Oleg, Oleg tiene frio, golod, shlafen. Oleg no disturbo, Oleg si farà malinki malinki, no molestar».

Il signor Doronzo sentiva un dolore terribile al mignolo, che era tutto storto e si stava gonfiando.

Oleg estrasse dal cassetto del cruscotto il libretto di circolazione: lesse l'indirizzo del proprietario.

«Dai mnie tuo smartphone».

Con quello si accertò che il Doronzo lo portasse veramente a casa sua. Per convincerlo gli afferrò il mignolo della mano destra.

«Fai strasse che dice Oleg, route secondaire. Se vedi Polis zuruckcommen, slowly».

Doronzo lo portò veramente a casa sua. Oleg gli teneva una mano sul collo stringendo lo sternocleidomastoideo. Sembrava che lo abbracciasse. Nevischiava, lungo la strada non trovarono alcun blocco della polizia.

I Doronzo abitavano in un edificio eptafamiliare a Cimiano. Il signor Doronzo posteggiò il SUV nel garage privato. Erano le quattrodici passate.

La signora Doronzo era una furia. Inizialmente non si accorse che col marito c'era qualcuno e lo aggredì violentemente, lo insultò: «Mi ha detto il Marco che hai combinato il solito casino al campetto, ma possibile? E poi non vedi che ore sono, è già in tavola, ho fatto la faraona ripiena. E perché non rispondi al telefono, grandissimo imbecille? Ma cosa credi, che io sia al tuo servizio?».

Quando vide che dietro suo marito c'era qualcun altro, una montagna umana, con una berretta in testa, e che il marito aveva una faccia strana, sofferente, stravolta, si zittì, almeno per un minuto.

«E questo chi è? Adesso porti anche gli sconosciuti in casa?».

«Carla, c'è un problema».

«Cosa vuoi dire, che hai portato a pranzo un amico? E me lo dici adesso?».

«No, Carla, questo è il signor Oleg, e mi ha rotto un dito, guarda qua, e se non facciamo cosa dice lui me ne rompe altri».

«Alles seduti su divan lì» disse Oleg, «appel les garcons».

Arrivarono Marco e Sofia.

Oleg mise tutti e quattro a sedere sul divano. Chiese i telefonini. Strappò il cavetto del telefono fisso.

Col cellulare della mamma provò a chiamare marito, figli, parenti.

Un altro telefonino squillò in camera della figlia, Oleg la prese con filosofia.

«Tu baby non fa' glupii, mo' watch».

Prese una mano della mamma e le ruppe un mignolo, anche a lei. La mamma si mise a urlare.

I figli cominciarono a piangere e a tremare, il dito della mamma dondolava abbandonato a se stesso.

«Oddio, mi ha rotto un dito, guarda!».

«E io che ti dicevo? Fa male, no?».

«Gracias tua fille, señora. Oleg dobrii chievalek, ma no jokes con Oleg».

Oleg fece un giro della casa. In camera di Sofia vide una foto di Beckham, a torso nudo, pieno di tatuaggi, in posizione da duro.

«Questa checca trois journees in prizon mit Oleg, lui e suoi tatuirovski. Oleg stikovoy trakhal very good. Lui nunca quiere di fare tattoos».

Il bestione passò in rassegna le camere, i due bagni, tutti i locali.

La famigliola era terrorizzata, in quattro sul divano da tre.

«Oleg hungry, noi tutti a la table, galodni?».

I bambini avevano paura che quel mostro stroncasse le ossa anche a loro. La mamma, come una femmina di mammifero che si rispetti, era l'unica che cercava di mantenere il controllo, per difendere la prole. Quell'uomo andava assecondato, almeno finché non si presentasse un'occasione. Ma si sarebbe presentata?

Pertanto la signora servì i ravioli di zucca (era originaria del Cremonese) e dopo la citata faraona ripiena. Oleg la gradì molto, mentre secondo lui i tortelli di zucca erano troppo dolci. Mangiò comunque tre porzioni dell'uno e dell'altro piatto. Si fece portare del vino. Fece aprire a Doronzo tutte le bottiglie che aveva, anche quelle pregiate, conservate da anni per occasioni speciali. Oleg ne bevve tre, di bottiglie, e dette anche dei suggerimenti: «Bino no veillir too much, nein gut: Dolcetto unpotable. Dolcetto max sete anos».

Poco prima di mezzogiorno Donatella, Gianmarco e Margherita erano tornati a casa. Nessuno dei tre era soddisfatto.

Donatella era una furia, quel bastardo lo avrebbe ammazzato, le aveva addirittura tirato una sberla, e lei aveva una gota tutta rossa, che le frizzava. E poi era fuggito, quell'infame pezzo di merda. Donatella era tutto un sussulto.

Giurava vendetta, prima o poi quel maiale di un terrone lo avrebbe ritrovato, e magari facendosi aiutare da quella madre esperta di arti marziali... Vigliacco, stronzo, maschilista, frocio. Lo sfregio alla carrozzeria della macchina non aveva minimamente placato la sua rabbia.

Questo le passava per la testa, ma si conteneva, mentre preparava nervosamente il pranzo: tortellini panna e prosciutto.

Margherita ce l'aveva con la mamma, che la faceva alzare presto e che adesso l'aveva portata via da casa

Consonni. Quest'ultimo l'aveva addirittura invitata a pranzo, ma non a casa, bensì al ristorante.

«Che ne direbbe signorina di venire a pranzo al ristorante con questo povero nonno che ha un nipote solo? Il nonno ne sarebbe onoratissimo».

Margherita alla proposta era lusingata: la mamma non la portava mai «al ristorante», l'ultima volta che c'era stata era... boh, forse una pizza, anni e anni prima...

«Mi dovrò cambiare» aveva pensato Margherita, tutta infervorata.

Ma la mamma non volle. Disse che al Consonni gli avevano dato fin troppo disturbo, e che aveva già preparato il pranzo.

«Sarà per un'altra volta, principessina» disse galantemente il signor Consonni, facendo il baciamano a Margherita.

Gianmarco era frustrato, deluso, immalinconito.

Lo avevano espulso, a causa del fallo di reazione, che, non lo negava, avrebbe proprio voluto attuare, ma non aveva fatto in tempo. Quel bastardo di Doronzo si era buttato a terra molto prima che lui lo potesse colpire. Insomma l'arbitro lo aveva espulso, e quei maiali della Progresso avevano segnato all'ultimo minuto.

Poteva andare peggio?

Ma non era questo che abbacchiava il ragazzo, si trattava di pensieri più profondi.

Si chiuse in bagno.

Mentre si controllava, per la milionesima volta, se qualche pelo stesse crescendo sul suo pube, e si stropicciava pisello e palle con il palmo della mano per vedere se succedeva qualche cosa, pensava alla scritta a pennarello che aveva visto negli spogliatoi: «Giorgi gay».

Non ho i peli, pensava, non mi si rizza, che io sia finocchio per davvero? Da qualche parte aveva letto che era una questione genetica, se si nasce così si nasce così, non c'è niente da fare. Era terrorizzato. Insieme agli amici si fa presto a fare gli spacconi, ma da soli, a chi si raccontano le balle?

Per esempio pensava al suo grado di interesse per il sesso femminile. In realtà le femmine non lo attraevano affatto, certe volte gli facevano anche schifo. Femmine? Puah.

E allora? Allora sono gay?

Eppure c'era qualcosa che non gli tornava: i maschi veri disprezzano le femmine, le trattano male, eppure le trombano. E allora? Le trombano perché le disprezzano? E i gay? Si baciano con gli uomini? E poi che fanno? Sì, è chiaro, se lo mettono in culo, ma, a causa della sua scarsa educazione sessuale, non capiva bene la dinamica, d'altronde non la capiva molto bene neanche in un rapporto etero.

L'unica passerina che aveva visto più volte era quella di sua sorella, che aveva otto anni, e sinceramente non riusciva a capire come fosse possibile infilarci dentro alcunché.

Ok, aveva studiato centinaia di immagini sul web, sia scientifiche che pornografiche, ma praticamente le cose non è che gli tornassero molto. Non mi tornano perché sono gay? Gli animali non fanno nessun corso di educazione sessuale, né comprano riviste porno, eppure quando si trovano nella situazione, sanno quello che devono fare. E io invece, perché non lo so? Allora è vero, allora è vero, sono finocchio?

E che faccio, mi suicido? Sono un mostro di natura, un essere difettoso, e lo sarò sempre. E come farò a giocare a calcio? Nel mondo del calcio, checché ne dicano quei coglioni, i gay non ci sono. Invece sono tutti dei gran chiavatori di femmine. No?

E se ne parlassi con la mamma? Oppure con il papà?

La mamma lo chiamò, il pranzo era pronto.

«Come va il ginocchio?».

«È gonfio, mi fa male».

«Ti sei messo l'arnica?».

«Sì, mamma».

«E il ghiaccio?».

«No, quello no, in frigo non c'è».

Donatella gli dette un sacchetto di piselli surgelati, che in questi casi funziona meglio del ghiaccio.

Piselli? pensò Gianmarco. Ma allora...

Alla fine del pranzo Oleg chiese se qualcuno aveva zigara. Fece capire che in carcere fumare era una storia lunga. Sofia estrasse un pacchetto di Marlboro.

«Ma tu fumi?» intervenne la madre.

La figlia reagì con una smorfia di disprezzo. Oleg era soddisfatto.

«Molti pasdrovliaii señora, Oleg long time comer tan ben».

«Grazie» disse la signora.

«Vodka? Tu avere vodka?».

Doronzo estrasse dal surgelatore una bottiglia di vodka congelata, Oleg era felice.

«On è fait l'un pour l'autre, amigo. Vie gehet quinto dito? No te preocupa, buchra Ortopediceski Zentr, alles okey. Quieres che je te casse un altro? Insurance va pagare mucho».

Il signor Doronzo e sua moglie soffrivano, coi mignoli rotti, e non sapevano cosa fare. Quello era capace di rompere le ossa anche ai bambini.

Oleg, pacificato, fumava e beveva tranquillo.

«So, tu niño spielt futbol?».

Il ragazzo accennò di sì.

«Oleg di calcio very experto. Junge I play futebol, toujorus gol-keeper. Oleg molto grande, 17 jhare dva meters. Todos mucho respecto pur moi, nisuno faceva charge del gardien Oleg. Con rinvio a la main I get to metà campo. Una volta score gol di petto su corner. Ultimo minuto, last chance, 94 deuxième mittemps. Oleg serie A Ukraina. Silni, molto forte. Oleg para tutto. Ma toujours expulsare. Ein mal 15 giornate, Oleg a cassé la tete a stronzo che fa simulation. Io no touched in uscita. Lui falls como muerto. Allora Oleg gives a reason a lui di rimanere a terra. Stretto testa fra mie piernas. Crock... Oleg mauvaise humeur, si no National Ukraina team gol-keeper. Oleg cambiava sempre team, España, Alemania, Rumenia, Ireland».

Il bestione assunse uno sguardo meditativo: «Mais Oleg ni karoscii parare penalties. Oleg Angst. Paura. Voi mai letto Die Angst der Tormanns beim elfmeter?».

I membri della famiglia Doronzo si lanciavano l'un l'altro sguardi smarriti.

«Eh, no read?».

«No, veramente no, non so cos'è».

«Visto movie? Wim Wenders, mucho populair, grande director».

«No, veramente no» rispose il signor Doronzo.

«Book sehr bonito. Shedevr. Anche film, ma pochi fluss Production».

Oleg si scosse, tornò al calcio moderno.

«Calciatori aujourdui alles maricones, drugati. Una volta fotbalist no bulicci. Gigi Riva. Quello omo. Anche Boninsegna no frosh, ma mechant».

Lanciò uno sguardo a Marco, a cui quel «crock» aveva fatto tremare la spina dorsale.

«Tu bambino, ha football pallone de piele?».

«Hem, io... Cioè, sì».

«Du go get it. Du fare gol a Oleg. Si tu score gol a Oleg, Oleg lascia tous en libertad, Oleg s'en va. Promised».

«Per favore, lasci stare il bambino» disse la madre. «Prenda noi, me e mio marito, ci faccia quello che vuole, ma lasci stare i bambini».

«Oleg no hurts bambini. Ni bispakoissia. Avec toi we ll'see».

Marco prese il pallone di cuoio. Oleg stabilì che la porta era la parete est del salotto. Il dischetto era a meno di sei metri, sul tappeto.

«Davai! Fai gol a Oleg!».

Marco guardò la mamma, che gli fece un cenno. Insomma, era meglio assecondare quella bestia.

Marco tirò con tutta la forza che aveva. Un bel tiro, di collo pieno. Oleg lo bloccò col petto.

Di tiri ce ne furono un'altra decina: Oleg parava con una facilità impressionante, e rinviava, anche di piede. Gli altri membri della famiglia dovettero rifugiarsi dietro al divano, arrivavano delle missilate da tutte le parti, che sfasciarono quello che c'era in salotto: i soprammobili di ceramica, i quadri alle pareti, la vetrinetta, il lampadario, le bottiglie vuote di vino. In quel salotto sembrava di essere a Groznyj.

Oleg, che senz'altro era più vicino ai sessanta che ai cinquanta, pareva di gomma, e bloccava la palla con la sua manona come fosse una pallina da tennis.

«I told you Oleg catces tutto! Ça suffit!».

Oleg rialzò una sedia, si accomodò e attaccò col whisky.

La famiglia restava immobile, dietro il divano. Finalmente il padre parlò:

«Se ci lascia andare noi le diamo i soldi, le diamo tutto, ma per favore, non ci faccia del male, le diamo tutto quello che abbiamo».

Oleg rise sotto i baffi.

«Tu baiatza eh? Omo di merda. Dopo sprechen di destino. Whisky?».

Dopo pranzo Gianmarco, dolorante, chiese alla mamma se poteva andare a vedere la partita dalla signora Mattioli, dell'appartamento 2, che era l'unica ad avere l'abbonamento Sky.

«Ma sei sicuro di non disturbare? La Mattioli ha sempre da fare».

«Gliel'ho già chiesto, ha detto di sì, che posso andare quando mi pare, tanto lei la televisione non la guarda mai».

«Va bene, ma sii educato, mi raccomando, non mettere le scarpe sul divano».

«Ok».

La Mattioli aveva uno schermo a 32 pollici, Gianmarco si immerse nella bolgia della partita: la sua Juve contro la Fiorentina, in casa. Partita tranquilla.

Alla fine del primo tempo la Fiorentina era in vantaggio per uno a zero. Ok, c'era tutto il tempo per ribaltare la situazione.

Nell'intervallo Angela servì tè e biscotti a Gianmarco, con tutti i crismi... Biscottini Petit Beurre, fettine di pane tostato, burro dolce e salato, marmellate varie, anche due alici, che col tè ci stanno benissimo. Infine dei marron glacé.

Cazzo che merenda, pensò Gianmarco, la mamma al massimo ci dà pane e marmellata, ma mica buona come questa qui.

Purtroppo il secondo tempo sprofondò Gianmarco in una amara depressione: la Fiorentina di gol ne fece un altro. Battuta d'arresto inaspettata per la capolista, diceva il commentatore sportivo, che peraltro godeva perché era milanista.

Dopo la partita Angela approfittò della presenza di Gianmarco per mettere a posto alcune delle sue tazzine da collezione.

«Gianmarco, visto che sei qui, me lo faresti un favore?».

«Certo, signora».

«Ecco, ho dato una spolverata alle tazzine della vetrina, mi aiuteresti a rimetterle a posto? È una questione di cinque minuti».

«Ma certo, signora».

«Attento che sono delicate».

Gianmarco passava le tazzine alla professoressa Mattioli. I due si conoscevano bene, una volta lei gli aveva anche dato delle ripetizioni. Gianmarco via via scrutava quei preziosi pezzi da collezione, di porcellana.

Gli piacevano molto. La signora era in piedi su una sedia, per raggiungere i piani superiori.

Quando arrivarono alle Rosenthal Gianmarco espresse un giudizio.

«Queste sono quelle che mi piacciono di più. Sono veramente belle».

Ciò disse il ragazzino su un servizio assai fine di tazzine tedesche, di mille colori, ogni tazzina era di un colore diverso. A parte che quelle dodici tazzine policrome valevano un sacco di soldi, Angela fu favorevolmente stupita del gusto di quel bambino. Normalmente a quell'età, ma anche dopo, i maschi di queste cose non capiscono niente.

«Ah, Gianmarco, sei veramente un ragazzo unico, sei così sensibile, sei così diverso dagli altri... hai dei gusti raffinati...».

Angela aveva semplicemente voluto fare un complimento, ma il risultato fu opposto. Gianmarco si era quasi offeso, che gli stava dando, anche lei, del finocchio? Oddio, e se lo venisse a sapere il mio allenatore?

«Vater, tu challenge Oleg a tira y afloja. Tu omo. Tu braccio de fero con Oleg. Tu frosh?».

Oleg aveva visto degli adesivi della Lega Nord appiccicati sul frigorifero: noi ce l'abbiamo duro!

«Allora tu avere duro! Tira fuori pisello e show me come viene duro! Oleg erektsiya con pensiero. No need porno, fighe nude, donna chiava con osel. Oleg con cazzo solleva avtamabila».

La signora Doronzo pensò che eravamo arrivati al punto. Prima o poi doveva succedere. Il bruto sembrava eccitarsi. Meglio intervenire per tempo.

«Lasci stare la bambina, la prego. Faccia di me quello che vuole, ma lasci stare la bambina».

«Ah, you interested in Oleg bastustanie? Tu vole scopare Oleg?».

Le fece il gesto di seguirlo.

«Tu senora, kommen sie con Oleg in kamera. Si tu behave Oleg ti da delikatessen bon bon».

Oleg a questa sua battuta si mise a ridere da solo, gli altri, immobili, erano paralizzati... «Vosotros, in toilette!».

Ce li chiuse dentro.

La signora entrò in camera con Oleg come se fosse una protomartire cristiana. Il suo sacrificio l'avrebbe portata in paradiso.

Oleg si spogliò tutto, era pieno di tatuaggi, ed effettivamente aveva un coso molto grosso.

«Donne freack out per questo. Solo Asprilla grosser di Oleg. Asprilla 30 centimetres».

Anche lei prese a spogliarsi.

Oleg la guardò, sorpreso.

«Mais toi che tu faci?».

«Eh, come, cioè, le ho detto, faccia di me quello che vuole, a me basta che lasci stare i ragazzi».

«E muzh no? Oleg can do anche marito quello che vole?».

«Be', intendevo dire...».

Oleg si mise a ridere sfrenatamente. Scuoteva la testa, si dava pacche sulle ginocchia, parlava lingue sconosciute.

«Smeshnoy! Smeshnoy!».

E rideva.

«Ah ah ah, che pensa tu de Oleg? Oleg persoana civila. Ma tu was verstanden? Oleg faire Dusche. Tu qui perché Oleg control, mamans semper peligrosas. Oleg gentleman, no profita never siniora zalozhnik hostage».

Tutto nudo, si tolse la berretta di lana, per la prima volta.

Mostrò il suo taglio di capelli alla Hamšik, con una cresta gialla. «Capelli strakh. That's why futbolist pritchoska a cazzo».

I telegiornali lavorarono molto sulla notizia del giorno, il giocatore famoso che aveva fatto outing.

«È tutta la vita che mi nascondo. Adesso basta, non ne posso più. Mi sono anche sposato per finta. Due milioni si è presa quella ragazza. E per vedere il mio compagno dovevo fare i salti mortali. Solo adesso ho recuperato un rapporto decente con la mia vita».

Nella sua ispezione di casa Doronzo Oleg aveva trovato un sacco di cose interessanti. Prima di tutto un'arma, una pistola automatica. Aveva capito dove era nascosta perché il padre guardava sempre da quella parte, in cima alla libreria. Alla fine Oleg era andato a dare un'occhiata a quello che c'era dietro ai libri, un'enciclopedia.

«Warum tu guarda sempre entsiklopediya?».

Poi aveva trovato quello che gli serviva, una corda da 50 metri per alpinismo.

A merenda, uova e patate fritte, Oleg bevve altre due bottiglie di vino, altra vodka, ma non parve risentirne. La famiglia Doronzo era seduta a tavola, i genitori soffrivano coi loro mignoli rotti, Oleg aveva dato il permesso di applicarci sopra un po' di ghiaccio. Si lasciò andare a delle confidenze.

«Oleg fatto lobotomiya, 1998, Minsk. Oleg cabeza working, aber incasinato nel parlare. Oleg speacks 10 languages. Mussibat kabira. Operatsia fucks up area de Broca, area de Wernicke. Oleg degree medicina, ortoped. Avete Sky?».

Ce l'avevano, Oleg si mise a guardare la partita, Lazio-Udinese.

«Tu che futebol team tieni?» chiese al ragazzo.

«Milan» rispose lui.

«Ah, Milan, Shevchenko. Oleg spielt mit Shevchenko. Teknic, forte. Ma durak. No testa».

La partita non produceva molte emozioni, Oleg si appisolò per qualche minuto. La famigliola lo guardava attonita, era il momento di agire? Scappare di casa, oppure ucciderlo?

Oleg dormiva tenendo la pistola accanto a sé, mentre Lazio e Udinese traccheggiavano in campo, una partita fiacca e deludente. I membri della famigliola si guardarono fra di loro: ora o mai più? Russava.

La signora andò in cucina, senza fare rumore, si guardò un po' in giro. Lo spiedo del girarrosto? Macché, con quello al mostro non gli avrebbe fatto nemmeno il solletico. Il batticarne? E per fare che? Lo spelucchino affilatissimo per tagliargli la gola? Ma come, ma chi ce l'avrebbe fatta?

Poi vide quello di cui aveva bisogno, nel ceppo Montana che le avevano regalato per il matrimonio. La mannaia.

Dal salotto giungeva sempre più forte la russata di Oleg. Russava così forte che rischiava di svegliare se stesso.

Carla prese il pesante coltellaccio. Tutta sudata si piazzò alle spalle del mostro.

La famiglia Doronzo era terrorizzata, e se quello si svegliava?

La lama era ben affilata, Carla l'aveva portata dall'arrotino qualche settimana prima, anche se quel coltello da cucina non lo usava mai, non cucinava tagli di carne nei quali ci fosse da spaccare le ossa.

Impugnò la mannaia a due mani e la alzò sulla testa di Oleg. Non era facile, ma le bastò ripensare a poco prima, quando Oleg l'aveva così umiliata...

Tenendo il coltello sopra la testa di Oleg a Carla venne in mente l'agghiacciante immagine di san Pietro Martire, quello che si aggira tranquillo a fare proseliti con una scure infilata nel cranio. E se Oleg fosse rimasto vivo?

La mamma non si decideva, gli altri la guardavano trattenendo il fiato, disperati. Finalmente la signora prese coraggio e mollò il colpo. Con tutta la forza che aveva, mirando al centro della testa di quella bestia.

La Lazio andò in gol.

Gianmarco si era trattenuto dalla professoressa Mattioli, alle 18 c'era la telecronaca di un'altra partita, Lazio-Udinese. Quando la Lazio segnò con Klose, Gianmarco esultò, per pura noia. Cosa gli importava della Lazio? E dell'Udinese? Nella sua mente pensava a una cosa sola, a come vendicarsi contro quella merda del Doronzo. La mattina dopo sarebbe andato a cercarlo, in classe, e gli avrebbe spaccato la faccia. Ma come? A pugni? Gianmarco non era molto bravo a fare a cazzotti, cioè, per la verità non lo sapeva, non aveva mai provato.

Avrebbe aspettato quello stronzo all'uscita. Dentro i locali scolastici non si può fare a botte, poi ti danno sette in condotta. No, l'avrebbe aspettato con calma fuori e gli avrebbe detto: «Lurido finocchio di merda, adesso vediamo... io ti rompo le ossa».

Come aggredirlo? Un calcio nelle palle e dopo un cazzotto a due mani sulla testa?

La fantasia rissaiola di Gianmarco era molto limitata, confinata a immagini viste alla televisione. Vabbè, mi butterò alla carica, qualche cosa succederà.

L'Udinese pareggiò a sorpresa con Di Natale.

Oleg nel frattempo aveva rotto un altro mignolo al signor Doronzo, ed entrambi i pollici alla signora Carla. I coniugi urlavano dal dolore, in salotto. Anche i bambini si lasciarono andare ai pianti più disperati.

Oleg era riuscito a schivare il colpo di mannaia, che si era conficcata nello schienale della sedia.

«In prizon abituati slafen da svegli. Lazem coucher come los gatos. Mezzi awake. Problemsky per nightmare, tu traumen mais non sa che sei sveglio, oder opposite».

Dopo Oleg prese la corda da roccia e disse a tutti i membri della famiglia di andare a fare la pipì, se volevano lavarsi anche i denti potevano farlo, bere un bicchier d'acqua, insomma le cose che si fanno prima di andare a dormire. Poi con la corda legò tutti e quattro i membri della famiglia, sdraiati sul tappeto del salotto, in un modo che sapeva lui, una specie di bondage, per cui chi cercava di muoversi provocava il soffocamento suo o degli altri.

Preparò i suoi bagagli, tutta roba dei signori Doronzo.

Quella notte Gianmarco dormì poco, gli facevano male la coscia, il ginocchio e la schiena. E anche un po' l'anima, perché questa si era trovata in difficoltà, a mezzo fra il desiderio animale di vendetta e la consapevolezza di una anormalità sessuale.

Invece Margherita dormì sonni d'oro. Perché aveva capito qual era il suo destino: l'abbondanza, la ricchezza, il lusso.

Oleg prima dell'alba era pronto per la partenza. In casa il signor Doronzo disponeva di 2.500 euro in contanti. Che imbecille, e chi è che oggi come oggi tiene tutti questi soldi in casa? E dire che Doronzo a Oleg ne aveva promessi molti di più. Bastava che Oleg lo accompagnasse in banca, o in un posto che sapeva lui. Ma no, non ce n'era bisogno, per il momento al gigante 2.500 bastavano. Inoltre prendeva l'auto, e altre cosette, fra le quali la pistola del vero lumbard, secondo le aspettative.

Buena suerte exist, pensava Oleg. Argent, pistol-gun, auto, liquers e comida. Vie Oleg merita acest lucru? You are my lucky star!

Oleg lasciò i suoi ostaggi sul tappeto, legati come salsicciotti. Facevano finta di dormire. A lui bastava che nessuno li trovasse prima di sei-sette ore. Partì alle cinque, Brescia, Trentino, Austria, Germania, Polonia e via, obiettivo Riga. Secondo i suoi progetti quando quella famiglia avrebbe potuto comunicare col mondo lui era già lontano.

Perché sterminarli? Ci aveva pensato, ma tanto cosa cambiava?

Alle sette del mattino Gianmarco tentò di convincere sua madre che non poteva andare a scuola, perché non aveva dormito, e sentiva un gran male dappertutto. Col Doronzo si sarebbe vendicato il giorno dopo.

Donatella non si fece convincere, e obbligò il figlio ad andare a scuola lo stesso. «Che differenza fa se stai qui a non fare niente oppure a scuola seduto?».

Così Gianmarco andò a scuola, ma, infortunato com'era, dopo una notte quasi insonne, imbottito di antidolorifici, in classe si addormentò.

Durante la lezione di matematica dormiva di un sonno profondo. La prof Marchini lo notò, e fece cenno alla scolaresca di fare silenzio. Giorgi ronfava placidamente.

La prof prese il libro di testo e lo spiattellò, in modo che facesse più rumore possibile, sul banco di Gianmarco.

Quello si svegliò, confuso, intontito, la classe rideva.

«Giorgi, vai fuori a dormire» disse perentoriamente la prof, che gli avrebbe fatto anche rapporto.

Gianmarco uscì dalla classe, ancora ben rimbecillito, e chiese asilo al bidello Sciacca, che troneggiava seduto dietro a una ex cattedra.

Sciacca era un bidello molto umano, comprendeva le situazioni.

«Perché ti hanno buttato fuori?».

«Perché dormivo».

«E che minchia!».

Sciacca sulla sua scrivania teneva la copia della «Gazzetta del Lunedì».

«Scusi Sciacca, posso dare un'occhiata?».

«Ma certamente...».

Gianmarco cercava il riepilogo della domenica calcistica, la Juve aveva perso 0-2 con la Fiorentina, questo lo sapeva già. E quando si perde il tifoso il giornale non lo legge. Quando si vince si legge il giornale fino all'ultima riga, anche i commenti più idioti e inutili. Quando si perde non si vuole sapere niente, e si giura che del calcio non ce ne importa una mazza.

Tuttavia il numero della Rosa riportava una notizia bomba che non aveva a che vedere con i risultati di serie A: ***, noto campione della Juve degli anni Novanta e Duemila, aveva fatto una dichiarazione ufficiale, un outing. Si dichiarava gay a tutti gli effetti, e presto si sarebbe sposato col suo compagno. Seguivano accuse all'ambiente calcistico, omofobo, e le solite cose.

Gianmarco era esterrefatto: anche quello era uno dei suoi idoli, un duro, uno che si faceva rispettare, dotato «di classe cristallina».

«Ma non è possibile» disse Gianmarco al bidello Sciacca, il quale, con aria di superiorità, sembrava non stupirsi.

«Non ti devi meravigliare proprio per niente. Nel mondo del calcio sono tutti froci, d'altronde non si capisce perché se nel calcio femminile sono tutte lesbiche, nel calcio maschile non debbano essere tutti uomosessuali. È solo che non lo dicono. Ma è chiaro, no? Negli ambienti dove sono tutti dello stesso sesso si arrangiano fra di loro, no? In caserma, in convento, in carcere, in miniera, e via dicendo. Poi si fa finta di no, ma è così».

Gianmarco, undici anni, forse era un po' troppo giovane per scoprire queste verità tutte d'un botto.

«La Juventus poi è sempre stata una squadra di froci. Hai mai sentito parlare di Boniperti? Il giocatore che poi divenne presidente?».

«L'ho visto su un libro, una gloria della Juve».

«Eh eh, lo sai come lo chiamavano? La Marisa lo chiamavano, la Marisa. E Platini, vogliamo parlare di Platini?».

Tutte le certezze di Gianmarco stavano crollando.

«E Vialli? Non mi dica che anche Vialli...».

«Quello è un caso diverso, a quello ci piace dare e prendere. Donne, uomini, animali, tutto...».

«Ma lei come le sa queste cose?».

«Ma come, tutti lo sanno».

«E Furino? Non mi dica che anche Furino...».

«No, su Furino non ho notizie di prima mano, e a me non piace sparlare».

«Ma lui, proprio lui» Gianmarco indicava il ritratto fotografico sulla «Gazzetta».

«Eh...».

«Non me lo sarei aspettato. Lui era un duro. Faccia d'angelo, ma un duro».

«Embè, che c'entra? Credi che le checche siano delle pappe molli? Guarda che spesso sono più cattivi degli altri, e inoltre hanno il culto del fisico, sono delle bestie».

«Ma le checche sono froci, si mettono il rossetto». Gianmarco cercò di far capire che del tutto sprovveduto non era.

«Macché rossetto, questa è gente che non va per il sottile».

«E cioè?».

«Allora ti racconto una cosa. Tu lo sai che io vengo dalla Sicilia. Al mio paese c'erano le solfatare. Tu lo sai cos'è una solfatara?».

«No...».

«Te lo dico io. È una cava, una miniera dove si raccoglie lo zolfo. Posti infernali. I minatori vanno giù completamente nudi perché dentro ci fa un caldo impossibile. Ecco, nudi come vermi, là sotto, grandi e bambini, ce n'era per tutti, non so se mi sono spiegato».

Gianmarco, attonito, non aveva capito niente. D'altronde non è che Sciacca fosse molto consapevole di certi moderni criteri psico-pedagogici, non si curava affatto della possibilità che un bambino di undici anni potesse rimanere scioccato da certe notizie.

«Ma come non capisci. Là sotto succedeva di tutto, soprattutto ai giovani, ai bambini, se li fottevano che era una meraviglia. Certi giovanetti se li sceglievano apposta, perché avevano un bel darreri, e magari erano carini e servizievoli. Ma una cosa non crederesti mai: quei giovanetti, quelli preferiti, quando diventavano grandi erano i più assatanati. Da fottuti che erano dopo volevano fottere, e lo facevano con cattiveria. Lo stesso nel calcio, succede».

Gianmarco, con gli occhi spalancati, qualcosa aveva afferrato, ma Sciacca continuava:

«Non è detto che sia meno virile chi si fotte un uomo, o si fa fottere da un uomo vero. E poi, che rimanga fra me e te, la figa è accogliente, praticamente ti attira dentro, è uno zuccherino, u darreri invece può anche essere respingente. Bisogna essere tosti. C'è chi dice che i veri froci sono quelli che vanno con le donne. Le donne sono roba da fighette».

Senza dubbio fu la lezione di educazione sessuale più intensa che Gianmarco aveva mai avuto e avrebbe mai ricevuto in tutta la sua vita. Rifletteva.

Eccolo il principio, ecco la verità, ecco perché alla Juventus sono tutti froci. Allora se io sono gay vuol dire che sono più virile delle mammolette che vanno con le donne? Ecco perché non provo interesse per loro.

A pensare alle solfatare non c'era da dargli molto torto.

Gianmarco perse un po' il senso delle proporzioni.

«Ma anche lei ha avuto esperienze simili?» disse avventatamente al bidello Sciacca.

«Uei, ragazzino, ma sei scemo? Come ti permetti? Non ti azzardare, sai? Sciacca ha una minchia che non perde un colpo. E solo fimmini! Guarda che faccio rapporto al preside, sai?».

«Ma allora lei è un vero frocio?». Gianmarco non ci capiva più niente.

Sciacca stava per perdere la pazienza, d'altronde quelle minchiate che le diceva a fare?

Arrivò un'altra bidella che cercava l'alunno Giorgi, per riportarlo in classe.

«Che fai Sciacca, racconti le solite storielle sporche ai ragazzi?».

«Ma che vai dicendo, parlavamo di calcio».

La signora Doronzo dopo circa sei ore riuscì a svincolarsi dai suoi legacci. Ma ancora non si fidava. E se Oleg fosse rimasto nell'appartamento? Liberò gli altri, e mandò il marito in avanscoperta. Quello si cagò veramente addosso, ma Oleg non c'era più.

La famigliola però era ancora avvolta nel terrore, restarono qualche ora al centro del salotto, senza muoversi. Il ragazzo ebbe una crisi, vomitò sul tappeto. Alla mamma venne un accesso di singhiozzo, violentissimo. Il padre andò a ripulirsi in bagno, puzzava di merda. Questo fu l'atto che li rimise in contatto con la realtà.

Allora aprirono la porta di casa, pronti a fuggire. Suonarono alla dirimpettaia, le chiesero se potevano usare il telefono. Quella si spaventò, avevano un aspetto terrificante, tanto che anche lei all'inizio non li voleva far entrare. Finalmente, fu chiamata la polizia.

Nei giorni successivi la famiglia Doronzo sarebbe divenuta protagonista assoluta delle cronache: la famiglia presa in ostaggio dal pluriomicida dell'Est, la bestia umana.

«Cosa è veramente accaduto nell'appartamento della famiglia Doronzo?» avrebbero insinuato i giornali.

La famiglia ci avrebbe messo molto tempo a riprendersi dallo shock, forse qualcuno non si sarebbe ripreso mai. Ci sarebbe voluta più di una consulenza psicologica, e il promettente numero 4 della Progresso non avrebbe mai più giocato a calcio. La famiglia nei giorni immediatamente successivi infatti non avrebbe detto una parola, per esempio ai giornalisti che assediavano padre madre e figli. Non avrebbe parlato con nessuno, se non con la rivista «Crimini d'Italia», con la quale avrebbero firmato un contratto di esclusiva. Com'era il carnefice, che cosa aveva fatto alla ragazzina? E alla madre? I Doronzo, formati a dovere dalla giornalista, risposero che non potevano rispondere, lasciando così all'immaginazione dell'infoiato lettore la possibilità di ricostruire i pezzi mancanti degli eventi, misteriosi e torbidi.

All'altezza di Chemnitz sull'autosnodato della ditta Lucescu l'autista stava leggendo il giornale sportivo «Sporturilor». C'era una notizia bomba. Il noto giocatore ***, ritiratosi dall'agonismo una decina di anni prima, aveva fatto outing, dichiarando la sua omosessualità. L'autista era talmente sbalordito che perse il controllo del camion, e andò a sbattere contro il guardrail che separava le carreggiate. Il «gigante della strada» si impennò e finì dall'altra parte, incredibilmente senza capovolgersi. Dopo pochi metri si andò a schiantare frontalmente contro un SUV con targa italiana.

Lo scontro fu terribile, l'autista del camion morì sul colpo. Invece il conducente del SUV non fu ritrovato. Vaghe testimonianze riferirono confusamente che un gigante seminudo si aggirava ai confini fra Germania e Polonia.

Gianmarco all'uscita aspettò a lungo quella merda di Doronzo. Ma quello non c'era, era assente. Che stronzo! Ha paura, quella carogna. Non è venuto a scuola apposta, lo sapeva che lui lo stava aspettando. E non sarebbe più tornato a scuola, almeno a quella scuola. La famiglia Doronzo si sarebbe trasferita in un'altra città, a causa dello shock. Marco avrebbe abbandonato, con gran dispiacere del padre, la sua carriera calcistica, peraltro non destinata a grandi successi. Non aveva i piedi buoni.

Il testimone

L'idea del viaggio alla volta di una meravigliosa isola che si chiamava Corsica, per una fantastica vacanza, non è che eccitasse particolarmente l'Enrico, detto il Cipolla, anni 5, seconda Materna.

La mamma cercava di convincerlo che si trattava di una vacanza stupenda, in un posto bellissimo, in mezzo al mare.

Boh?

Quando la mamma ne provava di tutte per persuaderlo di qualche cosa voleva dire che c'era il trucco, di solito. E lui non si divertiva per niente. Sicuramente si trattava di una di quelle cose noiose che piacevano alla mamma, per esempio andare al ristorante, a rompersi le bale.

E poi veniva anche il Carlo, cioè l'amico della mamma, che all'Enrico non stava molto in simpatia, anche se quello lì cercava sempre di fare il simpatico, inutilmente.

Ormai, c'è da dirlo, si era rassegnato. Non faceva più le bizze quando c'era il Carlo, tanto non serviva a niente, e dopo la mamma lo sgridava e gli faceva il muso.

Così Enrico aveva imparato che era meglio lasciar perdere e le bizze tenerle per le occasioni importanti.

Adesso a cosa sarebbe servito farla lunga, che lui in Corsica non ci voleva andare, che lui voleva starsene a casa, eccetera. Pazienza e rassegnazione. Tanto più che se lui non ci voleva andare la mamma lo avrebbe lasciato a Milano, dal papà, a rompersi le bale ancora di più.

Semmai avrebbe messo da parte qualche frustrazione e qualche disagio, utilizzandoli in seguito come merce di scambio con la mamma.

Ovviamente Enrico non conosceva il significato delle parole «frustrazione», «disagio» e «merce di scambio», ma il senso complessivo dell'operazione l'aveva capito benissimo: fargliela pagare in seguito.

Così non sollevò problemi, almeno quanti ne avrebbe potuti sollevare. Non accusò sintomi influenzali, tosse e diarrea, e si predispose, rassegnato, a subire quella vacanza, sperando che finisse il prima possibile.

La mamma aveva esposto le meraviglie del viaggio, in treno, in traghetto, forse addirittura in barca. Enrico la lasciava parlare, scettico. Succedeva sempre che la mamma si sperticasse in esaltazioni eccessive di un divertimento che poi non si verificava.

Le cose cominciarono a prendere una piega inaspettata per Enrico quando montarono sul treno Frecciarossa. Questo treno era velocissimo (e costosissimo, a quanto diceva la mamma) e aveva l'aspetto di un siluro rosso e cattivo. Arrivò al binario ruggendo, i fanali sul davanti parevano gli occhi arrabbiatissimi di un mostro marino, e davano al muso del treno un'espressione furibonda ma anche buona.

«Enrico, lo sai che il Frecciarossa va a trecento chilometri all'ora?».

Enrico non aveva idea di quanti fossero trecento chilometri all'ora, però gli sembrava una cifra stratosferica (per la verità non sapeva neanche cosa fosse la stratosfera, però doveva essere comunque qualcosa di enorme). In effetti questa cifra «trecento» l'aveva già sentita dire a proposito della luce, come la massima velocità raggiungibile al mondo. E così quel treno andava alla velocità della luce? Mah, si sarebbe visto. I grandi dicono sempre una quantità enorme di balle.

Il treno all'interno era meraviglioso e comodo, e c'erano anche le spine elettriche per ricaricare l'iPad, che però la mamma non gli faceva usare. Sprecare una bizza subito? No, non ne valeva la pena. L'unica richiesta che fece Enrico fu quella di stare seduto vicino al finestrino. La mamma gli aveva portato vari generi di conforto: yogurt biologici, crackers biologici, barrette biologiche, frutta secca biologica, succo di frutta biologico, l'acqua biologica non l'avevano ancora inventata. Se ne usciva con queste frasi del piffero, tipo: «Ti diverti Enrico?» che ne denunciavano l'ansia pressante, e che facevano temere al bambino che ci fosse qualcosa da temere.

Ma ecco che il treno partì, uscendo dalla stazione centrale. All'inizio procedeva filante e tranquillo, ma dopo una fermata cominciò a pistare a velocità. Per la miseria! I chilometri orari si cominciavano a percepire, il treno perforava l'aria come una saetta. Enrico non sapeva che una freccia e una saetta sono la stessa cosa, volendo, solo che la freccia è dritta, invece la saetta è a zig zag. Però a lui pareva che la saetta andasse più forte. In effetti aveva ragione.

Guardava fuori dal finestrino: il treno percorreva binari che stavano più in alto, rispetto all'autostrada lì sotto.

«Mamma, perché i camion stanno fermi?».

«Enrico, non stanno mica fermi, è che il treno va così veloce che i camion sembrano fermi».

Enrico ci pensò un attimo. Come sarebbe a dire? I grandi ti danno sempre delle spiegazioni che ci si capisce ancora meno. Lui riteneva che se qualcosa è fermo è fermo, se si muove si muove, mica dipende dal fatto che il treno vada più forte. Fissava i camion e in effetti si accorse che si muovevano, anche se sembravano fermi. Le macchine, anche quelle potenti, Peugeot, Alfa Romeo, BMW, andavano piano, e il treno se le lasciava dietro con facilità. Questa poi. Probabilmente era un effetto magico che rientrava nei poteri della Frecciarossa.

«Mamma, guarda, una Skoda come quella del papà».

«Eh, lo vedi come va piano?».

Enrico era allibito, non aveva mai avuto un'esperienza così diretta ed efficace della velocità pura. Gli pareva di essere a bordo di un missile. A un certo punto il treno ne incrociò un altro che procedeva in senso opposto. Enrico si prese quasi paura. Poi entrò in una condizione estatica in cui nulla pareva quello che sembrava.

Per esempio aveva la sensazione che certi mostri dall'aspetto di medusa cercassero di appiccicarsi al treno, probabilmente per dissanguarlo. Ma il Frecciarossa respingeva risolutamente questi attacchi, scrollandosi di dosso quegli esseri viscidi e velenosi, che a lui non gli facevano niente.

Poi nella pianura vide eserciti di Nazgul a cavallo che cercavano di bloccare il mostro meccanico, la bestia umana. Ora, non è che Enrico avesse letto Zola, in realtà non aveva letto niente in quanto ancora non sapeva leggere. Per la verità qualcosina aveva imparato, conosceva le lettere dell'alfabeto, sapeva decifrare il suo nome e pochi altri, e scrivere INTER. Ma da qui a leggere e apprezzare *La bestia umana* ancora ce ne voleva, però questa espressione, «La bestia umana» appunto, gli venne spontaneamente sulla bocca mentre il treno AV solcava la Pianura Padana, il che depone a favore della sagacia del titolista Zola.

Comunque la Bestia Umana spaccava tutto, sfondava gli eserciti dei suoi nemici e li buttava nel fiume Po.

A un certo punto a Enrico scappava la pipì.

«Vai nel bagno, lo vedi? È laggiù dove c'è la lucina, ma non ti chiudere dentro che poi non ti riesce riaprire».

Socchiuse la porta di uno dei due WC, però dentro c'era qualcuno, per la precisione due persone, un maschio vestito da generale e una femmina di pelle scura. La signora era nuda di sotto, e il Generale le stava infilando qualcosa nel sedere, sembrava un paletto di legno.

Enrico allora scelse l'altra toilette e pisciò mezzo fuori e mezzo dentro. Ma che si pretende da un bambino di cinque anni?

Quando tornò al suo posto vicino alla mamma le disse: «Mamma, li hai visti i mostri che cercavano di attaccare il treno? Il capitano ha attivato un meccanismo che li ha fatti esplodere per via della corrente elettrica fulminea».

Caterina ridacchiò, insieme al Carlo.

«E poi mamma, lo sai che nel bagno c'erano due, un uomo e una donna, non si sono nemmeno accorti di me. Lui era un generale, lei non lo so. Però a un certo punto lui le ha infilato nel sedere un paletto di legno che sembrava un fungo. Lo sai che a un certo punto il treno ha cominciato a volare? Questo treno può volare, lo sapevi? Può estrarre le ali e sale su finché vuole. Però quando è in aria non funzionano i freni».

Caterina rideva compiaciuta delle fantasticherie di suo figlio – anche se certe idee erano un po' forti – il quale volle il quaderno e i pennarelli per eseguire alcuni disegni riassuntivi delle sue incredibili esperienze. Se non faccio i disegni i miei amici non mi crederanno mai, pensava.

«Non disegnare la storia del palo nel culo».

Il treno arrivò a Firenze, dove c'era la coincidenza per Livorno. Enrico fra sé e sé rifletteva sulla parola «coincidenza», che aveva già sentito e che secondo lui voleva dire che due cose avvenivano insieme per caso. E dunque si aspetta un altro treno per caso? Comunque l'altro treno, per caso o meno, era là che li aspettava, ed Enrico già si immaginava che fosse un'altra «bestia umana» invincibile.

Invece era un Regionale, che nulla aveva a che vedere con la Frecciarossa. Prima di tutto non era rosso, e nemmeno nero, era celeste e bianco, aveva due piani. Procedeva lentamente e si fermava spesso. Però aveva una caratteristica incredibile, il bagno girevole. Cioè uno si metteva a sedere sul WC e faceva la cacca: poi tirava lo sciacquone, non c'era la catenella ma si premeva un bottone: a quel punto la seggetta del cesso si metteva a girare, e passava dentro un posto dove la strusciavano con l'acqua e tornava indietro tutta pulita e bagnata. Incredibile. Enrico azionò il dispositivo più volte, ne era come ipnotizzato. Dopo una mezz'ora la mamma venne a recuperarlo, di fronte a una coda di passeggeri che avevano urgenza di giocare anche loro con il WC girevole.

Enrico era eccitato per la quantità di novità alle quali era esposto. Non ebbe tempo di raccontare alla mamma delle meraviglie della toilette che erano già arrivati in un'altra città, dove la mamma diceva che c'era il mare.

Presero un autobus che assomigliava in tutto e per tutto a quelli di Milano e presto arrivarono al porto, che a Milano non c'è.

Un porto veramente spaziale, pieno di navi grandissime, illuminate da tante lucine accese.

Enrico non sapeva dove guardare, era impietrito, lui in un porto non c'era mai stato, solo a Cervia, vicino a Milano Marittima, dove una volta era andato col nonno. Ma là c'erano solo barche piccole, qui invece c'erano navi enormi e incredibili, alcune piene di scatoloni di ferro, altre dotate di antenne rotanti.

«Ti piace, Enrico? Siamo al porto di Livorno».

Enrico non sapeva che dire, era esterrefatto, ma non ebbe tempo di esprimere opinioni che salirono a bordo del traghetto, così lo chiamavano, anche se a lui sembrava in tutto e per tutto una nave, e bella grossa.

«E perché questa nave si chiama traghetto?». A lui la parola traghetto sembrava insufficiente, quasi denigratoria, comunque sottovalutava la mole di quell'enorme nave colorata di blu e arancione.

«Si chiama traghetto perché ci traghetta, no?» rispose la mamma.

Perfino Enrico, cinque anni, capiva che si trattava di una spiegazione del cazzo. E che vuol dire traghettare?

Però quel traghetto, parola che Enrico non ebbe mai più a usare, gli sembrava inadeguata, era una nave meravigliosa, dentro sembrava un palazzo, c'era il bar, il cinema, il ristorante e la pizzeria, e in più si poteva andare sul ponte da dove si dominava il mare e il porto, e una quantità di roba che Enrico non riusciva a contenere.

Da sopra si vedevano le barche piccole che entravano in porto, o che ne uscivano, o che stavano ferme. Poi si vedeva un castello antico dove probabilmente aveva sede il governo dei padroni di quel posto. Saranno stati buoni o cattivi? Secondo Enrico, a occhio, dovevano essere buoni, perché era esposta una bandiera dove sopra era raffigurato un altro castello con sopra una bandiera. Chissà se in quella bandiera c'era un altro castello con un'altra bandiera, piccola, in cima. E via di seguito.

Enrico ebbe modo di godersi la partenza, manteneva un silenzio che la sua mamma non poté che definire incredibile. Il sole era già tramontato da tempo, eppure Enrico non fece le richieste solite, tipo vedere un film alla tv o giocare con l'iPad. Ce ne volle per portarlo via dal ponte, quando il traghetto era già in mare aperto, e lui intravedeva navi dei pirati e imbarcazioni aliene in mezzo ai flutti.

Quella nave enorme gli dava un senso di potenza mai provato: anche se fossero arrivati dei cattivi sarebbero rimasti schiacciati e a bocca asciutta, pur affogando.

Enrico mangiò mezza pizza riscaldata e sognava. Volle a tutti i costi tornare sul ponte a scrutare il mare e il cielo stellato.

Poi lo portarono alla poltrona letto dove avrebbe dormito. La mamma e il Carlo sembravano stanchi, ma lui non aveva nessuna intenzione di dormire. Quelli si svaccarono sulle poltrone, guardando uno stupido film sentimentale. Nel giro di poco tempo dormivano tutti e due, e dunque Enrico poté muoversi, libero, all'avventura.

Il clima della nave gli piaceva, c'erano tanti uomini grandi che non si curavano di lui, e non gli rompevano i coglioni, come diceva il papà alla mamma quando ancora non erano separati.

La nave era piena di scalette e cunicoli.

In mezzo a una rampa c'era una porticina di ferro dove c'era scritto «Vietato l'ingresso. Crew only». Però l'Enrico non sapeva leggere, e tantomeno sapeva l'inglese. Quindi si catapultò all'interno, e scese giù altre scalette che non finivano mai. In quei pertugi intravide centinaia di nemici cattivissimi, che lui eliminava con gesti repentini. Stunf, stunf, li mandava a casa con mosse segrete. Però le luci non è che fossero molto alte, e il rumore dei motori invece aumentava. Adesso troverò l'origine del segreto.

Arrivò in sala macchine e sussultò di meraviglia.

Un meccanismo infernale grande come due tram messi insieme sobbalzava e vibrava da tutte le parti, e per terra c'erano delle colate di olio nero diabolico. Il motore sotto sforzo sibilava e una sfilza di pompette si alzavano e si abbassavano. Era arrivato nella centrale del Male. I mostri si nascondevano benissimo, ma lui non aveva paura perché sapeva la parola magica, quella che li avrebbe rimessi a posto, cioè fatti morire sul colpo. E poi tanto lo sapeva che erano tutte balle, ma non per questo desistette dall'obiettivo, che pure era ignoto.

Lo recuperò un macchinista, che in prima istanza lui pensò fosse il Grande Maligno, era un gigante con i capelli e la barba rossi. Però era gentile e gli disse: «Ma cosa ci fai tu qua?».

«Combatto la bestia umana». Si riferiva al propulsore della nave.

«Ah».

Il macchinista condusse Enrico nella Sala Comando, dal Capitano.

«Non parlerò mai» disse Enrico, e il Capitano gli fece vedere tutti gli strumenti di pilotaggio.

«Ma come ti chiami me lo dici?».

«Enrico, ma non è il mio nome vero, e quello non ve lo dirò mai. Se solo lo dicessi sareste tutti morti».

«Ah, bene».

Enrico sapeva benissimo che avrebbe dovuto non fidarsi di quell'essere, probabilmente un replicante. Eppure la sala di pilotaggio era una figata. C'erano mille dispositivi segreti, e lucine dappertutto.

«Vieni Enrico, ti faccio pilotare la nave».

Enrico di quei dieci minuti successivi non si sarebbe mai dimenticato nel corso di tutta la sua (lunga) vita. Si dice che nel 2086 lo raccontasse ancora, come se fosse successo il giorno prima.

«Enrico, vedi quella nave laggiù? È una petroliera gigantesca. Muscas, vammi a cercare i genitori di questo bambino!».

«Ma sembra piccola piccola» replicò Enrico.

«Sembra piccola perché è lontana, in realtà è più del doppio di questa nave qui».

Arieccoci coi soliti discorsi dei grandi sulla relatività del punto di vista.

Si sentì una forte voce dall'altoparlante: «IL BAMBINO ENRICO IN QUESTO MOMENTO È IN SALA COMANDO. SI PREGANO I GENITORI DI VENIRLO A RECUPERARE».

La madre, tremante, lo andò a prendere, e lo riportò nella sala delle poltrone.

«Enrico, fammene un'altra di questo genere e io...».

E io che?, pensava Enrico, sei tu che hai fatto una figuraccia perché hai perso il controllo di un bambino di cinque anni. Hai visto come ti ha guardato il Capitano? Comunque il Capitano è mio amico.

La mamma e il Carlo litigarono un po', e questo infuse in Enrico un senso di rassicurante normalità. Lui faceva finta di dormire, finché non si addormentò per davvero, sognando di pilotare la nave in mezzo alla tempesta boreale. Neanche della parola boreale sapeva il significato, però gli piaceva e lo condusse in mezzo a mille pericoli e avventure.

La mattina dopo arrivarono all'isola chiamata Corsica. Un altro porto pieno di navi misteriose. Una aveva anche cannoni e missili e armi spaziali.

«Mamma, cosa c'è scritto su quella nave grigia?».

«U44».

«Ah» fece Enrico, come se per lui fosse tutto chiaro. D'altronde aveva già pilotato una nave ben più grossa di quella lì.

Scesero dal traghetto, Enrico lo contemplò e gli disse addio. Poi purtroppo presero una macchina a noleggio e imboccarono una strada tutta curve, durante la quale l'Enrico vomitò anche quello che non aveva mangiato. Eppure non si lamentò neanche un po'. La mamma lo carezzava con gesti effeminati.

Arrivarono a destinazione, un villaggio turistico dove avrebbero passato alcuni giorni: che palle, pensava Enrico, e intravedeva con terrore quei pomeriggi in cui la mamma e il Carlo sarebbero andati a farsi un sonnellino e avrebbero costretto anche lui a fare lo stesso, chiudendolo in cameretta.

Invece il posto non era affatto male, una specie di campeggio ma senza tende e roulotte o camper, bensì delle capanne come quelle dei selvaggi, che però al loro interno avevano il gabinetto e il frigorifero.

Inoltre c'era un bel parco giochi e anche la piscina col toboga.

Enrico volle immediatamente andare a fare il bagno.

Si buttò giù dal toboga una quarantina di volte consecutive, in tutte le posizioni, di schiena, di pancia, a testa in giù, in piedi, come quelli che fanno il surf.

A sguazzare c'erano parecchi bambini ma non sapevano mica parlare. Dicevano parole strane prive di significato. Juju, pipì e peté. Però in qualche modo finirono per intendersi. C'era un bambino grande – almeno otto anni – un po' cicciotto, che si chiamava Raul ed era un vero capo, che parlava un'altra lingua ancora. La stessa lingua dei bambini peruviani che abitavano nella casa del nonno, e con i quali Enrico si intendeva a meraviglia. Enrico gli disse qualche parola in spagnolo e fra di loro fu subito intesa.

«Mamma, posso andare a giocare con Raul?».

«Sì, ma non fate pasticci, eh?».

Andarono a giocare al parco giochi, un giardinetto spelacchiato. Raul pisciava lontanissimo e sapeva fare dei rutti lunghissimi, dopo essersi riempito di Coca-Cola. Coca-Cola? Per Enrico si trattava di una sostanza proibitissima, la mamma non gliela aveva mai fatta neanche vedere da lontano e lui era certo che a berla si andava all'inferno o anche peggio. E a quel bambino permettevano di bersene un bottiglione! Enrico era sbalordito. Quello beveva a bottiglia, senza fermarsi mai. Ma com'è che non moriva sul colpo?

Ma invece di morire quello faceva dei rutti spaziali e ruttando diceva «Alabuenadedios» o qualcosa del genere.

«Me la fai assaggiare?» riuscì a chiedere intimorito l'Enrico, controllando che la mamma non stesse guardando da quella parte.

Raul gli offrì il boccione, continuando a fare rutti smisurati.

Enrico sollevò il bottiglione e dette alcune piccole sorsate, e in breve fu l'estasi.

La Coca-Cola era una bibita meravigliosa, che ti riempiva la bocca e il naso di un gas dai poteri mega e ti faceva sentire benissimo. Enrico ne dette altre sorsate, sempre più consistenti. E poi l'effetto magico, il rutto. Anche Enrico proruppe in un colossale, se proporzionato al suo fisico mingherlino, rutto, che uscì mezzo dalla bocca e mezzo dal naso. Era questa la droga?

I grandi ti proibiscono sempre le cose migliori.

Insomma Enrico si ambientò e trascorse due giorni di sano divertimento coi suoi amici, passando il tempo a fare la pipì nella piscina e a tirarsi le borse di plastica piene d'acqua. L'unico timore di Enrico era che la mamma venisse a scoprire che lui aveva bevuto (e continuava a bere!) Coca-Cola. Lo avrebbe messo in prigione?

Quando Enrico convinse gli altri che i gavettoni sono molto più divertenti se nella borsa non ci metti l'acqua ma la vernice, o comunque un liquido colorato, i genitori dei bambini francesi ebbero qualcosa da protestare. Ma tutti, per un innato razzismo specifico, se la presero con Raul, considerato il responsabile dell'atroce progetto.

Raul non se ne fece un cruccio e replicò con un altro megarutto. Per Enrico era un dio.

Ma ecco che una mattina la mamma svegliò Enrico prestissimo e se ne venne fuori con la strana idea che si andava in gita.

«In gita dove?».

«Andiamo in Sardegna, prendiamo un'altra nave, non sei contento?».

«Mah?».

«Ma andiamo solo io e te, il Carlo non viene, sei contento?».

Be', questo non era un particolare irrilevante, la cosa poteva farsi interessante.

«Ma cosa andiamo a fare? Perché non portiamo anche Raul?».

«Eh, i suoi genitori non vogliono».

«Però non mi fai stare mille ore seduto al ristorante, me lo prometti?».

«Ma no, vedrai che incontreremo i delfini».

«I delfini?».

Magari lui sarebbe stato anche contento, se non che per arrivare a prendere il traghetto ci vollero due ore di macchina, con altra vomitata a profusione. E poi il traghetto faceva ridere i polli. Era una nave piccola e scassata, e per giunta il viaggio durò pochissimo, la nave non fece in tempo a partire che era già arrivata. Non riuscì così a pilotarla. E di delfini neanche l'ombra.

E dopo ancora macchina, e ancora curve, e ancora...

Enrico era spossato, e se fino ad allora non aveva giocato la carta della bizza, decise che quel momento era venuto.

Si mise a piangere e a urlare, disperato, e a quel punto sarebbero stati tutti problemi della mamma, così imparava.

Enrico strillava sul sedile posteriore, però la mamma era troppo furba.

Disse: «Guarda un po' qua dove siamo? Guarda cosa c'è lì».

Enrico teneva gli occhi chiusi apposta. Lui non ci cascava. Poi sentì un rumore fortissimo di un motore, e allora gli occhi dovette aprirli per forza.

Erano arrivati in mezzo a un posto di campagna con pochi alberi. La mamma fermò la macchina e la posteggiò in una stradina sassosa. Ed ecco che comparì il mostro meccanico. Sembrava una libellula lunga come l'autobus, però non aveva le ali bensì un'elica sul tetto, e un'altra più piccola sulla coda dietro. Le eliche giravano tutte e due, l'elicottero aveva il motore acceso e faceva più rumore dei motori della nave grande.

Enrico dovette necessariamente sospendere la bizza.

Un elicottero? L'elicottero era in assoluto il mezzo meccanico da lui preferito. Non ne aveva mai visto uno dal vero, solo sulle figurine o alla tele.

«Vieni, andiamo? Che aspetti?».

Che voleva dire la mamma, che ci sarebbero montati sopra?

«Mamma, mi scappa la pipì».

«E falla, no? Falla nel prato».

«Ma mi vedono quelli dell'elicottero».

«E che ti importa? Girati dall'altra parte».

Ma che stava succedendo? La mamma che non si arrabbiava se lui faceva la pipì all'aperto, per la strada. Stava sognando?

Estrasse il pisellino, però non riuscì a girarsi, voleva continuare a fissare l'elicottero, temendo che se si fosse voltato dall'altra parte quello sarebbe scomparso.

Così fece la pipì, ma siccome l'elicottero sollevava un gran vento, questa gli tornò addosso, e gli bagnò i pantaloni e la felpa.

«Andiamo Enrico? Questi non stanno ad aspettare noi».

Dentro l'elicottero c'erano due signori col casco e gli occhiali scuri. Enrico era in trance. Misero un casco anche a lui e alla mamma. E gli occhiali scuri?

Subito dettero gas e il mostro si sollevò da terra, facendo più rumore di mille motorini smarmittati.

In un secondo fu in cielo.

Enrico tremava di felicità, non riusciva a dire una parola, era talmente emozionato che gli sembrava di svenire. E l'elicottero prese velocità.

Sotto il mondo sembrava piccolissimo (allora era vera questa faccenda che ad andare veloce le cose sembrano diverse), si vedevano i paesini, le onde e le barchette nel mare blu.

Il viaggio durò una mezz'oretta ma per Enrico fu una brevissima eternità, guardava abbacinato il panorama di sotto, spiava le mosse dei piloti che avevano anche loro uniformi da generali e parlavano alla radio dicendo cose tipo alfa, charlie, zulu. Evidentemente era il loro codice segreto.

L'elicottero atterrò su una piattaforma con un disegno rosso e bianco. Enrico scese intontito, in mezzo a un vento fortissimo. Non si voleva levare il casco azzurro ma poi lo dovette restituire. I piloti lo salutarono, lui guardò quel mostro ripartire e non sapeva se piangere o se ridere dalla felicità. Un po' era triste: i miei amici non mi crederanno mai.

Ma le sorprese non erano finite, eh no.

Lì vicino li aspettava una signora in macchina, una Doblò.

«Piacere, Consonni» disse Caterina.

«Piacere, commissario Lo Bello Concettina, ma mi chiami Grazia» disse la signora. «Benvenuti nell'isola di San Pietro».

Salirono sulla macchina, che era uguale a quella della nonna Angela. La mamma non voleva che Enrico la chiamasse così, perché era l'amante del nonno. Però adesso il nonno stava male, e lui era tanto che non lo vedeva più. Secondo Enrico era tutta una storia, una balla, il nonno era morto e a lui non glielo dicevano perché era piccolo.

La signora fece un po' di chilometri in saliscendi, ogni tanto si vedeva il mare, da tutti i lati. Enrico era ancora così scioccato dal viaggio in elicottero che non vomitò nemmeno.

Poi arrivarono in un paesetto, la signora parcheggiò,

scesero e salirono su per una scaletta di una casa colorata di arancione.

Sul terrazzo c'era un signore che si alzò, pieno di emozione: appena vide l'Enrico e la mamma si mise a piangere.

La mamma corse incontro a quel signore e lo abbracciò, ma quello si rivolse subito verso il bambino.

«Il Cipolla! Il mio Cipolla. Fatti abbracciare. Lo sai che ora al nonno ci viene da piangere?». Già piangeva da prima.

Mah, possibile, il nonno?

Il bambino gli corse incontro, e nonostante non fosse propenso a fare tante smancerie non poté evitare di fare un piantino anche lui.

«Nonno, nonno, lo sapevo che non eri morto!».

«E perché? Chi te l'ha detto che ero morto?».

«La maestra. Mi ha detto che era molto dispiaciuta e che mi faceva le condoglianze».

«Le condoglianze? E tu lo sai cosa sono le condoglianze?».

«No».

«Il mio Cipolla, com'è che stai? Hai fatto il bravo?».

«Nonno, lo sai che siamo andati in elicottero? È la cosa più bella del mondo!».

Dopo i primi attimi di emozione e concitazione l'Enrico non poté non chiedersi come mai il nonno avesse cambiato aspetto.

«Ma nonno, com'è che ti sei conciato? È carnevale?».

In effetti il nonno era molto cambiato: portava degli occhiali grossissimi e si era tagliato i capelli a zero, come un paio di volte era capitato anche all'Enrico, perché aveva i pidocchi.

«Nonno, ti son venuti i pidocchi anche a te?».

«Ma no, stella, è che... Ma venite, accomodatevi, avete visto in che bel posto sta il nonno?».

La tavola era apparecchiata sulla terrazza, da dove si vedeva il mare. Il Consonni aveva preparato il menù preferito dall'Enrico, cotolette alla milanese con patate fritte (mezze fritte e mezze arrosto) e poi Viennetta Algida.

Enrico mangiò di gusto, ma durante il pranzo scrutava in modo indagativo quella signora che si chiamava Grazia. Chi era? E perché aveva la stessa macchina della nonna Angela? Inoltre sembrava inorridita all'idea di friggere la carne nel burro, e lo disse anche: «Sapete, dalle nostre parti si frigge tutto nell'olio. Friggere nel burro? Giuseppe Maria!».

«E alura Cipolla, la te pias la cutuleta?».

«Eh sì che la me pias», il nonno rideva sempre quando lui sparava qualcosa in milanese.

Dopo pranzo la signora Grazia disse che li lasciava un po' soli, che ne avevano da dirsi di cose. Se ne andò, promettendo che sarebbe tornata dopo un paio d'ore, e che li avrebbe portati a fare il giro dell'isola.

Questo era quello che temeva l'Enrico, che la mamma e il nonno si mettessero a parlare e parlare. E io? Ed ecco infatti la mannaia.

«Enrico, vai a farti un riposino sul divano, sarai stanco. La mamma e il nonno devono parlare un po'. Poi dopo il nonno ci porta a fare una passeggiata, adesso noi ci prendiamo il caffè».

Enrico avrebbe voluto uscire subito ma si accontentò dell'iPad e si sdraiò sul divano, probabilmente nel giro di un po' si sarebbe addormentato. Troppe emozioni. In realtà non si addormentò per niente, e teneva le orecchie aperte perché voleva sentire parlare il nonno.

Questo perché obiettivamente, nonostante fosse felicissimo di aver rivisto il nonno, che era vivo e non sembrava neanche per niente malato, c'erano troppe domande senza risposta e troppe cose che non gli tornavano.

Prima di tutto, perché il nonno era andato a stare su quell'isola?

E perché abitava con quella signora Grazia? E chi era quella signora, la sua nuova fidanzata? Prima o poi avrebbe dovuto chiamare nonna anche lei?

Forse che il nonno aveva lasciato la nonna Angela per un'altra? È scappato e adesso la nonna Angela lo cerca? Perché non lo deve sapere nessuno che lui è lì, cosa è successo? E perché si è conciato in quel modo, così nessuno lo può riconoscere? E perché si fa chiamare Alberto da quella signora Grazia?

E dunque la mamma e il nonno si misero a parlare. E come va, e come ti senti, e come state, e come vi sentite, la solita roba.

Poi la mamma tirò fuori dalla borsa dei ritagli di giornale e li dette al nonno.

«Ti ho portato questi, non so se hai avuto modo di leggerli, si parla di te».

Il nonno prese uno di quegli articoli e lo lesse a voce alta: «"*Tranquillo sessantacinquenne milanese giustiziato davanti a casa sua*. Atroce esecuzione ieri a Milano. Mentre si trovava nella corte della casa di ringhiera dove abitava, in via ***, il signor Consonni Amedeo è stato selvaggiamente ucciso da un gruppo di sicari professionisti, cecchini che piazzatisi su uno dei ballatoi lo hanno fatto segno di decine di colpi di fucile mitragliatore, crivellandolo. La squadra, probabilmente composta da tre persone, è fuggita per i tetti, nel giro di pochi secondi, senza lasciare traccia..."». Il nonno Amedeo era ben eccitato. «Oh signur» disse «io che facevo la collezione dei ritagli di cronaca nera, non avrei mai pensato che il morto potessi essere io...».

Continuava a leggere con il pensiero, senza parlare, e sembrava un po' destabilizzato e impressionato dalla lettura del reportage della sua morte. Non gli era mai capitato prima, e in effetti non capita a nessuno, di solito. Prese un altro ritaglio, trovò un articolo che lo interessava: «"*Sparatoria a Milano, un morto: squillo d'alto bordo?*". Che titolo! Senti qua» disse il Consonni a Caterina: «"Da una nostra inchiesta particolare risultano però altri aspetti della vita della vittima che riportiamo senza commentarli. Pare che Amedeo Consonni avesse il vizietto delle giovani squillo dell'Est, di quelle che ti costano mezzo stipendio a prestazione. In più di un caso ne aveva condotte a casa sua e in una circostanza si era anche verificato un episodio increscioso: il protettore della prostituta era venuto a confronto diretto con l'anziano, facendo espressa richiesta del pagamento della cifra di 500 euro. Una vera scenata, comprese minacce, sotto l'appartamento del Consonni stesso, di fronte a tutti i condomini. Testimoni che preferiscono non venire citati per timore di ritorsioni...". Ah, questa è quella pettegola della Mattei-Ferri, chi altro può essere stato a raccontare queste cose? Ma cosa ne sa lei di quello che è veramente successo?».

«Niente, papi, però, se ci pensi bene...».

«Lo so io, la mia testimonianza sarà messa in discussione per la faccenda di quella ragazza lì, e non posso dire che non c'entri niente».

«Papi, devi stare sereno, per noi sei un eroe. E vedrai che tutto andrà per il meglio. Quei maiali finiranno in galera, e l'unico che ce li può mandare sei tu».

«E se mi trovano?».

«Ma come fanno a trovarti se sei morto e sepolto?».

«Quella è gente pronta a tutto, ed essendo dentro la Pubblica sicurezza crede di poter fare il bello e il cattivo tempo. Se no perché avrebbero montato tutto questo casino?».

Enrico annotò mentalmente che il nonno aveva usato la parola casino, che se la usava lui la mamma gli dava una sberla. Per il resto diceva cose strane.

«Dentro la questura c'è una seconda questura, che fa qualsiasi tipo di affare. Non vedo l'ora che ci sia il processo. E dopo, succeda quello che deve succedere. Io mi limiterò a raccontare quello che ho visto».

Enrico non è che ci capisse granché, facendo finta di giocare con l'iPad teneva le antenne drizzate. In che guai si era messo il nonno?

Poi la mamma, convinta che Enrico non sentisse, come fanno spesso le mamme, cominciò a raccontare a suo padre del funerale.

«Ah papi, questo devo dirtelo, il tuo funerale è stato bellissimo, veramente commovente. Oddio, il discorso del prete non è stato granché, però c'era tantissima gente, alla parrocchia di Santa Maria del Casoretto. Piangevano tutti».

Il nonno pareva un po' imbambolato, a sentire questi discorsi.

«C'erano un sacco di persone, molti non so neanche chi fossero. Forse alcuni erano dei curiosi, venuti perché hanno letto la notizia sul giornale. C'era anche il Barzaghi, che era veramente colpito e addolorato. Che situazione! L'Angela è stata bravissima, è riuscita a contenere qualsiasi emozione, veramente imperturbabile».

«E la Nora, la mia cugina di Arosio, cos'è che ha detto?».

«Ah, poveraccia, era in lacrime».

«Be', a lei potevate dirlo, no?».

«Ma sei scemo? Non possiamo dirlo a nessuno».

«E chi è che lo sa?».

«Solo io, l'Angela e il Luis».

«E allora com'è che vi hanno dato il permesso di venirmi a trovare?».

«Eh, ci ho parlato io col commissario Ametrano. Gli ho detto che se non trovava un sistema avrei raccontato alla stampa come sono veramente andate le cose. E allora lui ha organizzato tutto questo ambaradan. Dice che se no perdi la testa anche tu e poi non fai più il testimone».

«Eh, non ha mica tutti i torti».

Ci fu una pausa di silenzio, un uccellino si posò sul davanzale e poi scappò via, prima che Enrico potesse muoversi. Poi la mamma riprese.

«Ma papi, come va la vita qui?».

«Ah, be', il posto è meraviglioso. E poi la signora Grazia è gentilissima».

«Papi! Non è che ti sei messo a fare il cascamorto anche con lei?».

«Ma cosa dici? Stai parlando di un commissario di polizia che ha la responsabilità di proteggermi. E cucina benissimo. Oddio, è siciliana, i suoi piatti sono un po' pesanti: la sua specialità sono gli anelletti di pasta al forno, una porzione rasenta le 30.000 calorie. Ma il pesce lo sa cucinare a meraviglia. La mattina va a fare la spesa e trova sempre qualcosa di interessante, dai pescatori. Sto mettendo su dei chili, il che non va neanche male, visto che vivo sotto falsa identità. Secondo me mi fanno ingrassare apposta».

«E per il resto?».

«C'è una cosa che mi dà fastidio, la Grazia mi dà la paghetta, come ai bambini. Le ho chiesto: ma non potrei avere un po' di soldi dei miei? Sai cosa mi ha detto? Che il mio conto è bloccato, anche se a dire la verità di soldi non ce n'erano. E la pensione? Mi sarà pur arrivata la pensione! Dico io. Pensione? Ma quale pensione, lei lo sa o non lo sa che non è in vita? Non sono in vita, t'e capì?».

«Dai papà, non sarà ancora per molto».

«Sperem».

Enrico si alzò dal divano e affermò che gli scappava la cacca. Andò verso il bagno, la fece, ma in realtà voleva dedicarsi a un giretto d'ispezione per quella casa, per vederci più chiaro. La mamma e il nonno continuavano a parlare e a parlare, ma come fanno i grandi a parlare così tanto?

Entrò con decisione nella camera della signora Grazia, che era il suo obiettivo. Non c'era niente di interessante, solo un computer. Aprì l'armadio e qui venne il bello. Insieme a due o tre vestiti e giacche c'era un cinturone di pelle, di quelli che i poliziotti americani portano sulla spalla, sotto il giaccone, con due, dico due, pistole pesantissime, una a tamburo e una no.

Saranno pistole vere? Enrico ne estrasse una dal fodero e da quanto pesava giudicò che fosse autentica. La rimise a posto.

Non è che il nonno era ricercato perché aveva fatto qualche rapina in banca insieme alla sua nuova «sgarzola», armi in pugno? Gliela raccontavano giusta?

E che ne sapeva lui, non gli avevano detto niente.

Tornò in salotto e proprio in quel momento ricomparve anche la signora Grazia, tutta arzilla, dicendo che era l'ora di andare a fare una bella gita per l'isola. Li avrebbe soppressi tutti quanti? E perché? si domandava Enrico.

Partirono con la Doblò a fare un giro. Prima andarono alla Punta delle Oche, dove le oche non c'erano. Poi arrivarono al faro di Capo Sandalo, dove di sandali non ce n'era neanche uno spaiato, poi alle saline dove il sale non c'era, invece c'erano tanti uccelli col becco a punta. Infine raggiunsero le tonnare, e la signora Grazia spiegò che le tonnare lì non c'erano più. Insomma, in quel posto i nomi li davano a caso. Però erano tutti bellissimi e fantastici, Enrico avrebbe desiderato una macchina da presa per girare dei filmini, così si risparmiava la fatica di fare i disegni.

La tonnara fu il posto che lo magnetizzò di più, anche perché il nonno gli spiegò, in modo un po' semplicistico, come facevano a catturare i tonni. Li facevano entrare in certi canali, li imprigionavano lì e poi li prendevano a mazzate. Il mare si tingeva di rosso, per via di tutto il sangue. Enrico ne rimase molto impressionato.

Sulla punta c'era una piazzola panoramica da dove si vedeva un'isoletta minuscola e spoglia. «Quella si chiama Isola Piana» ed era effettivamente piana, non c'era una collinetta a pagarla oro. Meno male, pensò Enrico.

La sera a cena andarono tutti e quattro al ristorante, si sarebbe mangiato il pesce, in particolare il tonno.

«Quale tonno, quello che hanno preso a mazzate?».

«Ma cosa dici Enrico, adesso li pescano in un'altra maniera».

«E quale?».

«Boh, cosa ne so, Enrico».

Solito modo di fare dei grandi, non sanno mai niente e le sparano grosse.

Nel ristorante i camerieri salutavano caldamente il nonno e la signora Grazia, come se fossero amici. La cosa strana è che li chiamavano il signore e la signora Scevola. Mi sono perso qualche cosa? pensava Enrico. Eppure la mamma non diceva niente.

Boh?

Amedeo presentò Caterina come sua figlia, dalla prima moglie, il che, fino a prova contraria, era vero, ed Enrico come il suo nipote. I ristoratori fecero mille complimenti.

A tavola l'Amedeo, che nel ristorante era conosciuto come signor Alberto, cercava di mostrare la sua familiarità con le vicende carlofortine. Provò a spiegare a Enrico che lì erano arrivati i genovesi e che per questo ancora si parlava il dialetto genovese. Ecc. ecc. Ma all'Enrico di queste questioni storiche non gliene fregava assolutamente niente, semmai gli interessava della faccenda dei tonni che venivano massacrati a mazzate e che coloravano tutto il mare di rosso.

Consonni in quel periodo aveva avuto modo di sperimentare la cucina di Carloforte.

Il tonno te lo servivano in tutte le salse: bottarga, musciamme, tunnina, cappunadda, ecc.

E la cassolla, che a lui ricordava la sua cassoela, ma che non c'entrava niente perché era un piatto di pesce.

Siccome erano genovesi facevano un pasticcio di ragù di tonno, dove però ci infilavano anche il pesto, e questo era il pasticcio alla carlofortina. A Caterina non piacque granché, Consonni ci rimase quasi male. Enrico voleva la pizza, si accontentò di una focaccia.

Era talmente esausto che si addormentò al ristorante.

Si risvegliò la mattina dopo, accanto alla mamma, nel lettone dove dormiva Grazia. Ma eravamo poi così sicuri? Ormai, da che la mamma era separata dal papà, Enrico la sapeva lunga. Aveva capito che se fra un uomo e una donna c'è flanella finiscono per andare a dormire insieme nel lettone, anche se non capiva esattamente perché.

Ma bisognava ripartire.

Il nonno si mise a piangere un'altra volta

«Enrico, mi raccomando, questa è una cosa seria, non devi mai raccontare a nessuno che mi hai visto qui, almeno finché non sarò io a tornare giù a Milano».

«Okkey nonno, non lo dirò a nessuno».

«Soprattutto non lo dire al tuo papi Roberto».

«Okkey».

«E nemmeno al Carlo».

«Non ci penso nemmeno».

«E neanche ai tuoi amici».

Enrico annuì, obtorto collo.

Grazia li accompagnò al porto, l'Amedeo i suoi addii preferì darli a casa, non voleva farsi vedere così commosso in pubblico.

Dal porto partivano i traghetti per la terraferma, che a dire il vero terraferma non era perché era un'isola anche quella.

Però non presero il traghetto. Grazia li accompagnò ad un altro piccolo molo, dove ad aspettarli c'era qualcosa che Enrico non si sarebbe mai aspettato.

Era un motoscafo grigio a forma di missile, con i vetri davanti che sembravano occhi incazzatissimi, come i fari delle BMW, per intendersi.

Il motoscafo aveva i vetri neri, e nessuna scritta sui lati o dietro.

A Enrico parve di averlo già visto, in un film o alla tele.

Ci salirono sopra.

La sua andatura assomigliava un po' a quella del Frecciarossa. All'inizio se ne partì tranquillo, a velocità ridotta. Ma appena fu un pochino al largo il pilota dette tutto gas, e quella bestia prese una velocità impensabile. Enrico, dietro il vetro, non avrebbe mai immaginato che una barca potesse andare così veloce. Per fare il superiore chiese a uno che sembrava il capitano, vestito di grigio anche lui: «Ma a quanto va questo motoscafo?».

«Se vuole a 50 nodi».

«Ah, però».

Enrico non aveva idea di quanto fossero 50 nodi, tuttavia non voleva fare la figura dell'ignorante. Per giunta gli avevano messo addosso un giubbotto salvagente arancione, e lui si sentiva un dio, mentre il motoscafo faceva salti e piroette.

A un certo punto il missile grigio rallentò: «Guarda Enrico, ci sono i delfini. I delfini!». Ce n'erano sei o sette che facevano i salti e gli spruzzi. Per fortuna la mamma riuscì a scattare qualche fotografia. I delfini facevano un po' i cretini... e l'Enrico ebbe la sensazione che gli strizzassero l'occhio. Era troppo, era troppo, stava per perdere i sensi. I delfini!

La motovedetta li lasciò a Santa Teresa, dove trovarono la loro Peugeot piccola, quella noleggiata. E chi ce l'aveva portata fin lì, visto che l'avevano lasciata vicino all'elicottero?

Lentamente si tornò alla normalità.

Ripresero il miserevole traghetto per la Corsica e tornarono al villaggio turistico, dove ritrovarono il Carlo, che faceva il cretino, come i delfini, con delle donne tedesche. La mamma si arrabbiò molto, e sarebbe restata incazzata anche il giorno dopo e quello della partenza. Raul se ne era andato via.

L'ultimo giorno non presentò particolari emozioni, ma l'Enrico ne aveva fatto una scorpacciata e passò l'intera giornata a disegnare tavole riepilogative.

Sul traghetto Bastia-Livorno Caterina e Carlo si facevano il muso o litigavano, chi ebbe la peggio fu l'Enrico, che non poté andare in giro e tantomeno nella sala motori. I viaggi sono sempre belli all'andata ma al ritorno fanno schifo. Per giunta pioveva.

Enrico sul Frecciarossa rivide i mostri appiccicosi che tentavano di aggredire il siluro ferrato, rivide anche il Generale che aveva visto nel bagno mentre infilava un bastone nel sedere della tipa. Valeva la pena di riferirlo alla mamma? Ma perché, tanto quella non gli credeva mai, e aveva altro da pensare, con quel cretino del Carlo. Per giunta il Frecciarossa neanche decollò.

Nonostante la mamma avesse ordinato a Enrico di non raccontare a nessuno del suo viaggio avventuroso, e soprattutto del nonno, il bambino non resistette alla tentazione di darsi delle arie, descrivendo ai suoi compagni il suo volo in elicottero, la sparata sul motoscafo velocissimo, i mostri ameboidi che assalivano il treno Frecciarossa che va alla velocità della luce, la signora morta nel gabinetto del treno, mille delfini parlanti, e anche, parzialmente, il nonno e la poliziotta dotata di armi micidiali, ecc. ecc. Ci aggiunse anche qualche particolare per proprio conto: per esempio, che i delfini erano stati attaccati da un gruppo di squali feroci e che il mare si era colorato tutto di rosso, oppure che il suo amico Raul mangiava i cani vivi. Enrico tenne banco per decine di minuti, lasciando i suoi compagni di materna totalmente irretiti.

Alcuni di questi bambini facenti parte del suo uditorio a casa a loro volta accennarono a queste scene incredibili. La maggior parte dei genitori assicurò il proprio figlio o figlia che si trattava solo di balle, e che lo sapevano tutti che l'Enrico era un gran ballista.

Una famiglia, invece, di quelle molto premurose, attente, e sempre preoccupate di qualsiasi influenza deleteria sul proprio cocco, lo volle far presente alla maestra Morgana, con la scusa che quel bambino, l'Enrico, sottoposto allo shock della morte violenta del nonno, vedesse violenza dappertutto, soprattutto sugli animali, il che era massimamente negativo; e che forse sarebbe stata necessaria una maggiore sorveglianza, perché gli altri bambini potevano risultarne influenzati e traumatizzati. Il loro figlio, Sebastiano Sole (Sole era il secondo nome, non il cognome, che faceva Santoro), la scena del ragazzo che mangia i cani vivi se la sognava di notte. Secondo i genitori Santoro occorreva intervenire in qualche modo. E per fortuna la faccenda della signora col palo in culo non era arrivata alle loro orecchie.

La maestra telefonò, riassumendo i fatti, a Caterina, la quale tagliò corto, anzi cortissimo: «Ne ho abbastanza di queste stupidate. Dica ai signori Santoro che la smettano di rompere i coglioni, loro e quel deficiente di Sebastiano Sole, un nome che la dice tutta».

La maestra restò un po' colpita, ma d'altronde, con quello che la famiglia Consonni aveva dovuto passare!

Tuttavia qualcun altro ebbe modo di ascoltare quella conversazione. Di fatto c'era chi Caterina e famiglia li teneva sotto controllo.

Un signore che si era qualificato come ispettore ministeriale aveva contattato la maestra Morgana. Il dottor tal dei tali aveva detto che era stato informato su certi racconti che il bambino Enrico aveva prodotto dopo un suo viaggio in Corsica e che potevano avere dei significati importanti, in una indagine molto riservata. Il dottore non utilizzò la parola pedofilia, ma chi aveva orecchi doveva intendere. C'era stata una denuncia (l'autore della quale doveva rimanere ovviamente del tutto anonimo) relativa alla situazione – almeno questo è ciò che il funzionario volle far credere all'ingenua maestra – da parte dei genitori di un altro bambino compagno di Enrico che aveva ascoltato i resoconti e ne aveva raccontato i contenuti ai suoi genitori.

«Signora maestra, vorrei parlare col bambino in un contesto diverso da quello familiare, non so se mi capisce. E questo incontro occorrerebbe che rimanesse a carattere di estrema, dico estrema, riservatezza».

Il funzionario riuscì a convincere la maestra ad avere un colloquio personale con il bambino in orario di lezione.

Enrico fu convocato in presidenza, si recò all'incontro con fatalismo, ne aveva dovuti sopportare già molti, di quegli incontri.

Il funzionario mostrò molta calma e professionalità. Arrivò al dunque dopo vari discorsi di avvicinamento.

«E allora il Frecciarossa può volare?».

«Non sempre».

«E il motoscafo, quello volava sulle onde?».

«Sono modi di dire, non è che vola per davvero, si dice così. Lo dicono anche dei ciclisti: oggi Nibali vola. Ma secondo lei vola per davvero?».

Il funzionario capì che aveva a che fare con un osso duro.

«E poi dove siete andati con l'elicottero?».

«Ma quale elicottero, quello me lo sono inventato per fare colpo sui miei amici. La mia mamma ha preso una macchina a noleggio, una Peugeot».

«E dove siete andati?».

«In Corsica, su un'isola, dove c'era un faro, le saline e anche le tonnare, ma i tonni non li ammazzano più a mazzate, e il mare non diventa più tutto rosso».

«Uhmm, e chi c'era in quest'isola? Mica c'era il tuo nonno?».

«Ah» disse Enrico scuotendo la testa, «così avrebbero voluto farmi credere».

«Perché?».

«Perché io lo so benissimo che il mio nonno è morto. Ma la mamma pensa che siccome sono piccolo io queste cose non le devo sapere».

«E cioè?».

«Ho incontrato un signore che assomigliava al mio nonno, ma non era il mio nonno. La mamma ha detto: saluta il nonno, ma vuole che non mi accorga se uno è il mio nonno? Era tutta una finta».

«Ma secondo te perché avrebbero messo su questa sceneggiata?».

«E cos'è una sceneggiata?».

«Insomma, questa roba finta?».

«E che ne so io? Io ho cinque anni, cosa vuole che ne capisca di quello che hanno in mente i grandi».

«Insomma, tu il tuo nonno non l'hai più visto dopo che è morto».

«Ma cosa, ci si mette anche lei? Come faccio a vedere uno che è morto? Mi prende in giro?».

«Be', magari in un sogno, no?».

«Ma che sogno e sogno, i morti quando sono morti non esistono più. Ma mi dica la verità, lei non è uno psicologo, lei è un poliziotto».

Il funzionario rimase un po' sorpreso: si vedeva così tanto?

«E perché dici così?».

«Eh, prima di tutto quelle domande che mi ha fatto lei me le hanno già fatte tanti poliziotti. E come sta il tuo nonno, e l'hai rivisto il tuo nonno, hai più parlato con il nonno. Me l'hanno chiesto 26 volte. E poi lei sotto la giacca tiene una grossa rivoltella, a occhio e croce direi un'automatica. Si è mai visto uno psicologo con l'automatica? Cosa la tiene a fare, per difendersi dai suoi pazienti?».

Il funzionario era un po' imbarazzato. Ma Enrico non aveva finito.

«Poi mi aspettavo che mi chiedesse del fatto del treno Frecciarossa».

«Quale fatto del treno Frecciarossa?».

«Ma come, non lo vede il telegiornale? Ne parlano tutti».

«Be', non saprei».

«Ah, allora nemmeno io, cosa vuole che ne sappia un bambino di cinque anni?».

Il funzionario ritenne che l'incontro poteva concludersi a questo punto. Vagamente ebbe la sensazione che si era fatto coglionare. Ai suoi superiori indiretti riferì dunque che non c'era motivo di ritenere che il bambino avesse veramente rivisto il nonno, e che quindi questo potesse essere ancora in vita.

Caterina al ritorno a Milano si era trovata fra le mani alcuni quotidiani dei giorni precedenti, in Corsica non li aveva letti. Lesse del caso della signora uccisa a bordo del treno Frecciarossa Milano-Firenze, e si stupì non poco.

Il caso era eclatante e misterioso: in un WC del convoglio era stato ritrovato il corpo senza vita di una prostituta nigeriana, a quanto pare impalata.

Il mistero più grosso era che la toilette era chiusa dall'interno: un controllore aveva reperito il cadavere a fine viaggio, a Salerno, aprendo la toilette con l'apposita chiavetta.

Caterina cercò di ricostruire date e orari: pareva proprio il Frecciarossa che avevano preso loro, nel viaggio di andata.

In serata, con prudenza, cercò di riportare Enrico sull'argomento.

Questi la liquidò velocemente: «Ma mamma, te l'ho detto, no? Li ho visti nel bagno del treno».

«Ma li hai visti veramente?».

«Lo vedi mamma, non mi credi mai! Certo che li ho visti».

«E chi era lui?».

«Un generale, no? Quante volte devo dirtelo?».

Ottobre in giallo a Milano

I

Luis De Angelis non aveva mai visto una cosa del genere. Il cielo era giallo, a Milano. Ma non giallo per modo di dire, come quando c'è aria da neve e sul cielo si riflettono le luci dei lampioni che colorano le nuvole di un ocra-grigio. Fra l'altro a ottobre a Milano non nevica.

Era proprio giallo carico, e stava piovigginando. Il sole era al tramonto, passava sotto la coltre delle nubi, illuminandole dal basso. Poi ci pensava lo strato di umidità e pioggia che stava a metà a diffondere la luminosità, carico di pulviscolo che chissà da dove veniva, forse dal deserto del Sahara. Sembrava che fosse scoppiata la bomba nucleare, almeno così nei film colorano il cielo post-atomico. E per essere ottobre, e piovoso, faceva un gran caldo, l'atmosfera era proprio irreale, ma l'aggettivo irreale non era fra quelli di uso comune, almeno per il De Angelis.

Questi rientrò in casa, e proprio in quel momento squillò il telefono. Il Luis se lo immaginava, la solita pubblicità, le solite proposte delle forniture di telefono, luce e gas. Ti bombardano di chiamate, e sempre attorno all'ora dei pasti. Che rompiscatole! Che stronzi! Lui avrebbe voluto non rispondere più al telefono, ma come si fa? E se fosse stata Carmela, oppure la signora Mattioli, oppure l'Ernestina che aveva bisogno?

Non si può non rispondere al telefono.

De Angelis non ne poteva più, era spossato. Lui, anni 83, ex tassista ormai da un ventennio a carico degli istituti pensionistici, si sentiva assediato. Nella sua formazione educativa il telefono era un oggetto che si usava solo raramente, in caso di necessità o di emergenza. Adesso era sottoposto a un bombardamento di telefonate e lui era certo che nel 99% dei casi volessero truffarlo. Lo chiamavano continuamente per offrirgli servizi di più tipi: dal contratto onnicomprensivo dei servizi telefonici, a un risparmio netto sui consumi di gas, a tariffe ultravantaggiose per la fornitura di corrente elettrica. Il bello è che questa gente era anche aggressiva: se lui rispondeva che per quanto riguardava il gas si trovava bene come stava quelli gli dicevano che «Be', allora a lei non interessa risparmiare, le piace buttare via i soldi?». Insomma gli davano del vecchio rincretinito.

Si decise a rispondere: come volevasi dimostrare. Aveva vinto un viaggio e un soggiorno in un prestigioso hotel della Calabria. Fortunatissimo: per ritirare il premio bastava recarsi a una convention che si sarebbe tenuta a Malnate (Varese) quindici giorni dopo. «Il premio non mi serve» rispose deciso il Luis che annusava la fregatura «datelo a qualcun altro, io in Calabria non ci andrò mai».

«Ma è un hotel a quattro stelle, allora lei vuol dare un calcio alla fortuna?».

«Io un calcio lo darei a lei, se potessi farlo per telefono...» eccetera.

Il Luis forse esagerava nel prendersela così tanto, ma era proprio esasperato.

Perché poi non si trattava solo di telefonate, gli arrivavano anche parecchie lettere: una volta aveva ereditato da un lontano parente deceduto in uno sconosciuto stato africano e per ottenere l'eredità doveva semplicemente versare 800 euro presso un certo sportello, per le spese di avviamento della pratica. Un'altra volta doveva pagare l'abbonamento annuale di una rivista che si intitolava «Ministero di Grazia e Giustizia». Insomma una multa finta.

Ma per telefonate e lettere, pazienza, almeno non ti si presentavano a casa. E invece quanti erano quelli che ti suonavano il campanello, con insistenza: chiedevano di mostrargli le bollette della corrente elettrica, come se fosse loro diritto, ti volevano convincere che se non cambiavi fornitore del gas era semplicemente perché eri un vecchio scemo. Infilavano il piede, ma lui non si faceva fregare, lasciava la catenella.

«Firmi qui, risparmierà 50 euro al mese».

Per fortuna De Angelis non si fidava di nessuno e non firmava un bel niente. Quelli insistevano e lui, che per natura sarebbe stato una persona abbastanza gentile, anche se non sempre, li mandava malamente a dare via il culo.

«Allora lei preferisce regalare i soldi».

«Io faccio quello che mi pare e se insiste le pianto questa chiave inglese in testa!».

In effetti conservava una grossa chiave inglese del '28 proprio sotto l'attaccapanni dietro al portoncino di ingresso. Di questi tempi...

«Ma allora lei non capisce...».

«Quello che non capisce è lei, se ne vada immediatamente...».

De Angelis arrivava a brandire effettivamente la chiave inglese.

In un caso De Angelis si spinse fino a inseguire un giovane che gli voleva a tutti i costi far firmare un foglio, per una donazione a certi medici che curano le persone in Africa.

«Se ne vada da casa mia, se no le spacco la testa, brutto bastardo, e lo so che questi soldi in Africa non ci arrivano, si fermano alla barriera di Melegnano!».

Insomma De Angelis viveva questa situazione come un assedio e rischiava di fare gesti sconsiderati.

Per non parlare poi dei truffatori professionisti, quelli specializzati nel circuire gli anziani e nel portar via i pochi soldi che custodivano in casa.

Nel quartiere non si parlava d'altro, c'erano dei delinquenti abilissimi che ne inventavano di tutte per fregare i poveri anziani. Un ottuagenario che vive da solo era la vittima designata.

Il Luis, che anziano lo era a sufficienza, riteneva di essere ancora abbastanza sveglio per non farsi fregare, ma se quelli lo ipnotizzavano? Aveva sentito dire che c'era una banda che utilizzava delle parole speciali per ipnotizzarti, una di queste era Toblerone. Sembra che la parola Toblerone abbia un effetto particolare, e tu dopo fai tutto quello che ti dicono di fare, per esempio consegnare i soldi. Questi qui ti aspettano mentre vai all'ufficio postale a ritirare la pensione, e poi ti fanno svuotare il conto. E tu quando ti svegli sei in bolletta, e loro spariti. Oppure fanno il solito giochetto, ti telefona uno che si presenta come un avvocato. Ti dice che un tuo parente, un figlio, un nipote, qualcuno di cui evidentemente sa il nome, e al quale tu magari sei affezionato, è finito nei guai, e allora c'è bisogno immediatamente di una certa cifra per pagare la cauzione, o roba del genere.

Qualche giorno prima ci avevano provato col Luis. Proprio così. Lo aveva chiamato un sedicente avvocato. Questo sapeva il suo nome, quello di sua sorella Ernestina, nonché quello del nipote Daniel, un giovane un po' scapestrato e per il momento disoccupato.

C'è da dire che probabilmente il sedicente avvocato, o il truffatore che dir si voglia, aveva sbagliato obiettivo.

La risposta del De Angelis fu perentoria.

«Se mio nipote Daniel è finito al blindo non sono altro che contento! Spero che ci rimanga il più a lungo possibile. Glielo dica da parte mia! Col cazzo che vi do i soldi per la cauzione. Quel delinquent! E non mi meraviglierei che c'è proprio lui dietro questa telefonata, è lì, con lei?».

Probabilmente al sedicente avvocato non era mai capitato di suscitare una reazione simile. Sì, magari qualche vecchietto ben informato lo avrebbe insultato, avrebbe minacciato di chiamare la polizia. Ma di augurarsi che l'amato nipote restasse in galera, questa poi. Comunque aveva riattaccato.

Ormai si viveva sotto un continuo tiro incrociato, e non ci si poteva più fidare di nessuno, e questo metteva il Luis De Angelis in stato di esasperazione. Quando usciva di casa camminava rasente ai muri, e quando era alla cassa del supermercato ed estraeva il portafoglio si domandava se era meglio che la rapina la facessero prima o dopo che lui avesse pagato il conto.

Per questo in quel momento, con quel cielo giallo che non faceva presagire niente di buono, trasalì quando gli suonarono il campanello.

II

Erano le sette e un quarto.

«Chi è?».

«Mi perdoni per il disturbo inconsapevole che le arreco, e mi perdoni anche l'ossimoro, è lei il signor De Angelis Luigi?».

Il Luis, che stava già notevolmente sul chi vive, si insospettì ancora di più alla parola «ossimoro». Ma cosa dice questo qui? Ah, già, è vero, questi usano parole strane per ipnotizzarci.

«Chi è? Cosa vuole?». De Angelis aprì soltanto uno spiraglio della porta, bloccata dalla catenella.

«Sono il commissario Spotorno, questura di Milano, squadra antitruffa» rispose un signore che come tale si qualificava, con accento meridionale. Napoletano, siciliano, calabrese, vai a sapere, fa' i stess.

De Angelis scrutò il «commissario» dalla fessura fra la porta e lo stipite. Era un signore sui sessant'anni, in borghese, giacca e cravatta, con un vestito grigio un po' stazzonato, vecchiotto, di confezione industriale.

Ci siamo, pensò De Angelis, ma stavolta gliela faccio vedere io a questo «commissario». Ma quando mai si è visto che un commissario di polizia si presenta da solo? E la macchina di servizio? E gli agenti? Adesso ci divertiamo.

«Mi faccia vedere il tesserino».

Quello lo estrasse e lo esibì, sempre attraverso la stretta fessura.

Il De Angelis riuscì a inquadrare per pochi secondi il tesserino. Commissario Vittorio Spotorno, c'era scritto, accanto a una foto di vent'anni prima che comunque – dico comunque – a quella persona lì che aspettava dietro alla porta non ci assomigliava proprio per niente. E inoltre c'era scritto Questura di Palermo, altro che Milano.

De Angelis tranquillamente raccolse le idee, poi, simulando affabilità, disse: «Entri pure commissario Spotorno, si accomodi. Sa, di questi tempi occorre molta prudenza prima di far entrare qualcuno in casa, ma la prego, si accomodi».

Il commissario Spotorno, fra sé e sé, rimase stupito. La maggior parte delle volte non gli aprivano, e gli riservavano una pessima accoglienza. Bene, pensò, questa volta me la cavo in venti minuti.

De Angelis fece passare Spotorno e chiuse la porta. Il commissario camminava davanti a lui, che aveva già afferrato la chiave inglese del '28. Spotorno, o come veramente si chiamava, non fece in tempo neanche a cominciare con l'esposizione del discorsetto preliminare, non ebbe neanche il modo di sciorinare la trafila di balle che di solito raccontava, per esempio di diffidare di coloro che ti parlano di certe banconote false in circolazione, oppure di persone sospette che si presentavano come amici di parenti stretti, e roba simile, che il De Angelis gli assestò in testa, dalle spalle, una micidiale piattonata con la chiave inglese del '28.

Il presunto commissario si accasciò al suolo come se gli avessero sfilato via la spina dorsale.

De Angelis, dopo pochi istanti di trionfo adrenalinico, fu quasi spaventato dalla potenza del suo colpo. Il truffatore adesso giaceva privo di sensi per terra. Non perdeva sangue, o solo un po', almeno in apparenza.

«Maledetto bastardo, sei contento adesso?» bofonchiava il Luis, alzando in aria la chiave inglese, quasi avesse intenzione di usarla di nuovo, nel caso quel maiale mostrasse segni di risvegliarsi.

Ma quello non si svegliava, anzi sembrava messo parecchio male. De Angelis ebbe un sospetto: ma non avrò esagerato? A quell'infame il cuore batteva ancora, ma per quanto?

«Oddio Signur, e adess?».

L'idea di base, neanche troppo articolata nei dettagli, era quella di chiamare la polizia e di far arrestare quel truffatore. Ma adesso a ogni istante che passava il De Angelis si rendeva gradualmente conto di non aver riflettuto abbastanza su una circostanza del genere. Che cosa avrebbe detto alla polizia? Che aveva steso un signore che gli aveva suonato al campanello, presentandosi come un fasullo commissario di polizia? Ma cosa aveva fatto quel tipo, nel senso di atti delinquenziali, che potesse giustificare una simile offensiva? Gli aveva rubato qualcosa? Aveva cominciato a farlo? In effetti, a parte il tesserino evidentemente falso, l'aggressore non disponeva di alcuna prova per dimostrare che le intenzioni di quel soggetto fossero ostili.

Il Luis per un istante pensò addirittura di infilare nella tasca dell'uomo alcune banconote, tanto per dimostrare che quello era un ladro. Ma come provare che quei denari erano appartenuti a Luigi De Angelis? Li metteva in una busta scrivendoci sopra nome e cognome?

L'ottuagenario passò in brevissimo tempo dall'esaltazione di essersi fatto giustizia da solo allo smarrimento, alla confusione, al terrore. Oddio, e adesso cosa faccio? Va a finire che quello che si trova nei guai sono io, diceva a se stesso.

Legò sommariamente le braccia e le gambe del «commissario» e dunque uscì sul ballatoio, in cerca di ispirazione e di aiuto. Per il momento aveva messo da parte l'ipotesi di chiamare la polizia. Ma adesso a chi rivolgersi? In un passato neanche troppo lontano avrebbe immediatamente chiesto aiuto all'Amedeo Consonni, che di crimini e di polizia se ne intendeva. Ma adesso che il Consonni non c'era più, come fare? Fra l'altro il Consonni era sempre stato a suo modo un legalista, avrebbe senz'altro chiamato la polizia, fiducioso che la verità sarebbe emersa comunque. Ma qual era la verità? L'unico fatto certo era che il De Angelis aveva spaccato la testa a uno sconosciuto, senza motivo apparente che lo costringesse a farlo.

Lui guardava nella corte, e vide la sua BMW roadster, che negli ultimi tempi aveva un po' trascurato. La carrozzeria metallizzata, di solito scintillante, era polverosa, i cerchi in lega opacizzati. Ma con quella pioggerella sahariana che senso aveva lucidarla quotidianamente? Il giorno dopo bisognava farlo da capo.

Lì accanto vide passare l'Antonio, che stava posteggiando, in zona a lui fra l'altro interdetta, il suo Apecar. Antonio, forse lui... quello è uno che ha dei precedenti, magari mi sa tirare fuori da questa situazione...

«Signor Antonio, signor Antonio!» lo chiamò.

Antonio era certo che quel rompicoglioni del De Angelis volesse diffidarlo dal posteggiare l'Apecar nell'area a lui non riservata.

«Lo sposto subito signor De Angelis, non si preoccupi, questione di un attimo».

«No, no, Antonio, non è per l'Ape, potrebbe venir su un attimo da me?».

Ohi ohi, presentì Antonio, temendo che il De Angelis avesse bisogno di qualche piccola riparazione. E il fatto che non gli avesse fatto storie sul parcheggio dell'Apecar lo convinceva che fosse così. D'altronde nella casa di ringhiera era un continuo, visto che lui, di professione manovale, era uno che sapeva mettere le mani dappertutto, gli inquilini gli esponevano sempre un problemuccio domestico, dal tubo rotto alla persiana che non chiudeva bene. E alla fine se la cavavano con la solita frase: «Le posso offrire un caffè?».

Un tempo Antonio questi qua li avrebbe mandati a cagare subito, ma da quando era tornato dalla Germania era cambiato, adesso era una persona gentile, quasi educata. Forse le lezioni di buone maniere della ex professoressa Angela Mattioli erano servite a qualcosa, a scoppio ritardato.

Antonio salì al piano del De Angelis.

«Eccomi qua, cosa è successo?».

«Avrei da farle vedere una cosa. Ho un piccolo problema».

«Cos'è, l'impianto elettrico? Guardi che io di impianti elettrici me ne intendo poco».

«No, no, non è una questione elettrica. Venga che le faccio vedere».

Il Luis era fradicio di sudore, pareva turbatissimo, ma che gli era successo?

Provava a mostrare tranquillità, senza riuscirci.

Condusse Antonio fino al bagno. Ah, si sarà intasato il WC, immaginò Antonio. Invece il De Angelis gli mostrò una cosa che si trovava nella vasca. Un signore legato e privo di sensi.

«Cosa? Ma questo chi è? E perché è svenuto? Non sarà mica... e chi lo ha legato?».

«Sono stato io, dopo averlo colpito con un corpo contundente, e lei mi deve aiutare a tirarmi fuori da questa situazione».

Il De Angelis tremava, Antonio sbalordito cercava di capire.

«Ma chi è questo qui?».

«Un truffatore. Voleva portarsi via i miei soldi, e poi chissà cos'altro voleva farmi. Ho dovuto stenderlo. Magari mi voleva uccidere. Si è presentato con un tesserino falso della polizia».

Antonio cercò di capire fino a che punto quell'individuo fosse fuori gioco. Respirare respirava ma non sembrava messo per niente bene. Dietro la testa aveva un bozzo sanguinolento, i capelli impiastricciati.

«Luis, ce l'ha dei guanti di gomma?».

«Ho quelli per i piatti».

«Me li dia».

Antonio perquisì velocemente il tipo. Di armi su di sé non ne aveva, neanche un coltello. Fu estratto dalla tasca della giacca il portafoglio. Da dentro venne fuori il tesserino di polizia. Commissario Spotorno Vittorio: Antonio lo guardò bene, e trasalì.

Nel portafoglio c'erano anche dei biglietti da visita. Commissario Spotorno (altra qualifica). Squadra antitruffa.

In una tasca della giacca trovò alcuni dépliant firmati Ministero dell'Interno. Dipartimento antitruffa. «20 regole per difendersi dalle truffe agli anziani». Nel dépliant erano elencati i casi più rilevanti di truffe che prendono di mira i meno giovani. Seguivano alcuni semplici consigli per difendersi da questi truffatori: prima regola, chiamare immediatamente il 112.

Antonio ebbe un sospetto orribile, e il Luis vedendo la sua faccia lo intuì.

«Signor Luigi, guardi che qui mi sa che c'è un equivoco, mi sa che questo qui è veramente un funzionario di PS, è della squadra contro le truffe agli anziani! Ma che ha combinato?».

Il mondo intero crollò intorno al Luis.

«Mamma mia, adesso sì che siamo nei guai».

«No, guardi, facciamo chiarezza, nei guai c'è lei, io non c'entro niente».

«Proviamo a risvegliarlo? Magari possiamo cercare di spiegarci».

«Io me ne vado...».

Le difficoltà rendono le menti, anche le più semplici e innocue, diaboliche e cattive. De Angelis tirò fuori dalla sua memoria, non si sa come, un vecchio ricordo, relativo proprio al signor Antonio.

Il Luis rammentò ad Antonio di un precedente, una situazione cui aveva assistito e che non aveva raccontato a chi avrebbe potuto raccontarla. Ma, a mali estremi... Non menzioniamo qui in che cosa consistesse il fatto perché occorrerebbe spiegare troppe cose, non ce n'è il tempo. Inoltre metterebbe Antonio in una luce che non è opportuno accendere qui.

Fatto sta che quando De Angelis menzionò ad Antonio questo vecchio sospeso, quello, obtorto collo, si rese disponibile, però solo per una operazione, portare via il commissario, dopo di che i due sarebbero stati pari.

«Questo ricatto da lei signor De Angelis non me l'aspettavo proprio. Lo sa che ho cambiato vita. Però il passato non si cancella. Lo so. Ma facciamo così. Portiamo via questa persona e la lasciamo da un'altra parte. Magari lo portiamo davanti all'ospedale. Io mi fermo lì».

«Promesso, Antonio. Facciamo la cosa e fra noi non c'è più niente, glielo giuro. Nessuno saprà niente di niente. Mi dispiace di essere costretto a comportarmi così, ma lei mi potrà capire».

«Occhei».

Infagottarono il commissario Spotorno in una trapunta rosso scuro e lo portarono fuori dall'appartamento. Ormai si era fatto buio. Nel condominio della casa di ringhiera non c'era nessuno, scesero giù per la rampa di scale.

III

Si avviarono col pesante carico giù per le scale. Antonio reggeva bene la prova e il peso ma per il Luis l'impresa era ardua. Purtroppo a metà rampa la presa gli sfuggì, il corpo scivolò giù per le scale, urtando da tutte le parti e fracassandosi fino in fondo. Antonio e il Luis si guardavano negli occhi mentre quello precipitava e, nonostante fosse esanime, si procurava evidentemente una serie multipla di lesioni, che si sperava non gravi.

Antonio sollevò il coltrone e dette un'occhiata al malcapitato. Respirava ancora ma sempre meno mostrava l'intenzione di riprendere conoscenza.

Sfruttando l'orario e quindi l'oscurità i due recuperarono il corpo e lo caricarono sul pianale dell'Apecar. Partirono a tutta velocità, almeno quella che permette l'Apecar.

Imboccarono celermente via Porpora, direzione Lambrate.

«E adesso questo dove lo cacciamo?».

«Facciamo qualche chilometro, mica lo vogliamo lasciare così vicino. Prendi per piazzale Udine, poi prosegui per via Padova, e oltre».

«Ho capito, lo vuole buttare nel naviglio Martesana».

«Io non ho detto niente».

«Va bene, va bene, ma io nell'acqua non ce lo butto, al massimo lo lascio sull'argine, lì dove vanno a pescare».

«Adesso vediamo, ma faccia in fretta».

Arrivarono lungo il Naviglio, all'altezza del cosiddetto «Parco in memoria dei martiri della Libertà iracheni vittime del terrorismo». Sì, è incredibile ma si chiama proprio così, quello che prima si chiamava Parco della Martesana e che tutti continuano a chiamare in quel modo. La sera non è un luogo frequentato benissimo, però è quasi affollato da gruppi appartenenti a varie etnie, molti sudamericani, che talvolta si prendono a coltellate.

Ecco, che ci fosse un tale affollamento alle dieci di sera, questo il Luis e l'Antonio non se lo aspettavano. Alcuni giovani, che stazionavano lì a bere birra, si avvicinarono all'Apecar con sguardi interrogativi. Osservavano il mezzo, gli occupanti, l'abitacolo e il fagotto sul pianale di carico.

In una lingua che né Antonio né il Luis comprendevano chiesero qualcosa, indicando il carico avvoltolato nella trapunta. Gli altri circondarono l'Apecar, ridacchiando fra di loro.

«Sarà meglio che troviamo un altro posto» fece Antonio, ma non gli sarebbe stato facile ripartire, in mezzo a quell'assembramento.

«Parti subito a tutta» implorò Luis, noncurante della possibilità di mettere sotto le ruote un paio di quei delinquenti.

«Se lo faccio questi ci ammazzano!».

«Ma tanto ci ammazzano lo stesso!».

Un paio di quelli cominciò a battere forte sul finestrino dalla parte del De Angelis. Uno tirò fuori un bastone e prese la mira per spaccare il vetro, o almeno minacciò di farlo se la portiera non veniva aperta.

Altri sembravano voler fare la stessa cosa col parabrezza.

«E adesso?».

Ma quando stavano per passare alle vie di fatto i ragazzi si bloccarono all'unisono e si voltarono tutti dalla stessa parte: da lì proveniva il rumore di alcuni motori che sgassavano e di gomme che stridevano. I ragazzi lasciarono perdere l'Apecar e si misero a correre. In pochi secondi arrivò un altro branco di malintenzionati, assai più numeroso del precedente: i membri brandivano mazze da baseball e altre armi, alcune proprie.

Antonio sfruttò l'attimo e partì, scivolò via cercando di non farsi notare troppo. Svicolò per via Bertelli e prese una strada stretta in direzione Parco Lambro.

«Togliamoci di qui, conosco io un posto» disse tirando una seconda fino ai venticinque.

«Mah... e se quello si sveglia?».

Antonio si fiondò in una zona che conosceva lui, a nord del Parco Lambro. In particolare in una ex area industriale che aveva bazzicato quella volta che si era dato alla macchia. Anche lì ci fu una sorpresa. C'era della gente lungo i vialetti, e si sentiva un gran rumore di marmitte da competizione. Ma a Milano la sera la gente non va a dormire?

Era in corso una gara automobilistica clandestina, con auto truccate, utilitarie dotate di booster, vecchie gran turismo alleggerite e addirittura una categoria di Ape da corsa. C'era da non capirci niente, dati il rombo e il frastuono prodotti da quei catorci spinti al massimo.

C'erano decine e decine di spettatori, alla partenza giudici e cronometristi, e un capannello di gente dove evidentemente si prendevano le scommesse. Fra il pubblico e gli organizzatori presenziavano anche parecchie donne.

Un tipo con una fascia al braccio urlò ad Antonio: «Toglietevi di lì, imbecilli! Siete in mezzo alla pista!».

Antonio fece appena in tempo ad accostare l'Ape a un muretto che passò una Uno Turbo a velocità mostruosa, facendo un rumore da Formula 1 e lasciando dietro di sé fiammate azzurrognole. L'auto inchiodò per fare una curva stretta, e nel rettilineo successivo si lanciò ancora più forte, con una accelerazione da dragster. Il pubblico era in piena eccitazione, le donne urlavano, i giocatori pronunciavano la fatidica espressione: «CATEGORIA!».

Dal motore dell'auto provenne un boato. Era entrato in azione il booster? No, perché l'auto decelerò improvvisamente. Il motore era esploso e adesso dal vano anteriore si alzavano delle fiammate. In pochi secondi la Uno Turbo prese fuoco, il pilota fece appena in tempo a buttarsi fuori dalla portiera, rotolando per terra.

«Scappiamo che se scoppia la bombola andiamo al creatore!».

Ci fu un fuggi fuggi generale, quando un boato ancora più grosso segnalò che l'auto era esplosa. Antonio e De Angelis sentirono l'Apecar sussultare, quando arrivò l'onda d'urto.

Di lì a poco si avvertì il suono di due sirene, stava già arrivando la polizia o erano i pompieri?

Il De Angelis, che pure aveva, come si sa, un debole per le auto da corsa, e che fissava ipnotizzato la colonna di fuoco, recuperò lucidità.

«Andiamocene da qui, presto!».

«Ma dove?».

«Vai verso Cascina Gobba, e prendi la strada per il San Raffaele».

«Il San Raffaele?».

«Non abbiamo altra scelta».

«Ma perché non l'abbiamo fatto subito?».

Attraversarono alcune stradine dove transitavano famiglie islamiche, con le donne intabarrate, i mariti in tenuta da mullah, sembrava di essere a Raqqa. Ma nessuno si curava di quell'Apecar sul pianale del quale un corpo inerte sballonzolava, procurandosi una quantità innumerevole di ecchimosi.

Arrivarono proprio di fronte al Pronto Soccorso, stava uscendo un'autoambulanza a sirena spenta. Antonio non era nato il giorno prima, sapeva che c'erano le telecamere: occultò la targa dell'Apecar con uno straccio che conservava nell'abitacolo. Stava per scaricare a terra il commissario Spotorno, che nel frattempo pareva cominciare a muoversi e a guaire, quando arrivò un'ambulanza a sirene spiegate. Si fermò davanti all'ingresso e gli addetti aprirono il portellone: rapidamente estrassero il lettino e tirarono su le zampe con le ruote. Antonio tentò di fare finta di niente, il gruppo entrò spingendo la lettiga, che conteneva una signora molto molto anziana, boccheggiante.

Fuori era rimasto solo l'autista, che era sceso dall'ambulanza e si era acceso una sigaretta. Vide l'Apecar e Antonio, appoggiato allo sportello. Gli si avvicinò e scorse anche il De Angelis, bianco come un cencio, seduto nel posto del passeggero.

«Serve aiuto? Qualche problema al signore anziano?».

«No, no, grazie, il signore sta bene, è solo un po' stanco, sa, sono ore che stiamo aspettando».

Il commissario emise un rantolo e l'autista lo sentì.

«Ah, be', non mi sembra che il signore stia tanto bene, è sicuro che non sia il caso di portarlo dentro?».

Antonio cercava di stare nel mezzo fra quel curioso e l'Apecar, e soprattutto SPERAVA che non desse un'occhiata dietro.

Per fortuna uscì fuori dal PS un infermiere che sgarbatamente urlò: «Quell'ambulanza me la levi di lì! La porti dietro che qui rompe le bale!».

L'autista scosse la testa, buttò in terra la cicca e rimontò sul mezzo.

Antonio e De Angelis si guardarono intorno. Ora o mai più.

Aprirono lo sportellino del pianale e scaricarono a terra il corpo del commissario Spotorno, il quale sembrava essersi risvegliato. Be', almeno non è morto, pensò il Luis, ma non sapeva, a questo punto, se questo fosse un bene o un male. E se quello racconta tutto?

Comunque lo cacciarono in terra davanti alle porte a vetri, non c'era modo di fare diversamente. Probabilmente il commissario si procurò così altre contusioni. Il Luis non volle neanche guardare. Che ne sarebbe stato di quell'uomo?

Ripartirono, non si sa perché, come se ci fosse da eludere uno stuolo di inseguitori.

Antonio prese in direzione Vimodrone, per poi percorrere strade che negli anni successivi sarebbero diventate famose, hanno nome di via Olgetta e via Olgettina. Per rientrare a Milano fece un giro lungo, poi riprese la Cassanese, via Rombon (quella dove ci sono sempre incidenti stradali) fino alla base, via Porpora.

Giunti nella corte della casa di ringhiera presero fiato, senza scendere dall'Apecar.

Antonio aveva alcune perplessità.

«E se viene fuori che il corpo è stato portato via da qui, io come me la cavo?».

«Dirò che l'ho portato via io con il BMW».

«Ma se la macchina non l'ha neanche mossa».

«Va bene, adesso la muovo, così, in caso, dirò che l'ho fatto per quel lavoro lì».

De Angelis in effetti prese la BMW e fece un giro, non aveva coraggio di tornare in casa, ma, a proposito, aveva ripulito la scena del delitto? Gli vennero in mente i pensieri più atroci, mentre guidava la sua z3 3.2 24 valvole. Devo tornare a casa e dare una sistemata, ci saranno tracce di sangue sul pavimento?

Non sapendo dove andare, quasi automaticamente finì in zona Ortica, proprio davanti al ristorante *La nuova Trapani*. Perché era arrivato lì? Cosa sperava, in un aiuto da parte di Carmela, che lo aveva rifiutato con tale decisione? Ma chi lo sa, anche lui non ci capiva più niente. Spense il motore.

Verso le una meno un quarto la vide, Carmela. Chiudeva bottega, affannata, stanca. Che fosse il caso di salutarla? Ma no, ma no, mi è bastato vederla. Avrà notizie di me, il giorno che mi arresteranno. Ma proprio adesso doveva capitare?

Passò la notte in giro per Milano, fermandosi ogni tanto e spegnendo il motore. Milano al buio non è male, molto meglio che di giorno, e assomiglia un po' a com'era prima.

Il De Angelis quella notte, nel ristretto abitacolo dell'auto sportiva, ne pensò di tutte. Ma chi era quel commissario Spotorno e perché voleva parlare con lui? Perché non lo aveva semplicemente convocato in questura? L'affare Consonni, come non pensarci prima. Dopo la morte dell'inquilino Consonni Amedeo di polizia nella casa di ringhiera ce n'era passata molta. E non è detto che tutti la sapessero lunga quanto la sapeva il De Angelis, sul violento decesso del suo amico, chiamiamolo così. E magari, vista la situazione, non c'era da stupirsi se un commissario di polizia, in piena regola, si presentava a casa del Luis, con la scusa del dipartimento antitruffa, senza macchine di ordinanza e agenti in divisa. Forse voleva sapere ancora qualcosa, in via confidenziale, dal De Angelis.

Ma quest'ultimo era al corrente del fatto che non tutti i poliziotti sono uguali. Forse ce n'erano alcuni che stavano dall'altra parte, da quella che voleva il Consonni morto, che aveva voluto il Consonni morto, per dei motivi che il De Angelis in parte sapeva, per fortuna solo in parte.

Il dilemma era assai complesso: se ho tirato la chiave inglese in testa a un commissario di quelli buoni ho combinato un pasticcio, se l'ho stampata in testa a uno di quelli cattivi ho combinato un pasticcio lo stesso. Perché magari quello mica lavorava da solo, la cosa si sarebbe venuta a sapere e allora ne sarebbero arrivati altri, di cattivi, i quali avrebbero pensato che De Angelis, per comportarsi così, ne doveva sapere di più di quello che si sarebbe dovuto immaginare. Dunque per lui la situazione non presentava lati favorevoli, sarebbe stato meglio se quello là fosse stato veramente un truffatore. Ma purtroppo non lo era.

All'alba non ce la faceva più. Era stanco morto e psicologicamente devastato: che fare? Tornare a casa? Almeno una ripulita andava fatta. Cancellare le tracce. Alle sette si fermò in un bar vicino a casa e fece colazione, un caffè e un cornetto.

Da lì a piedi raggiunse l'ingresso della casa di ringhiera. Il portone grande, quello sull'androne che di solito veniva aperto alle otto, era già spalancato. E perché?

Il perché è semplice, c'era una macchina azzurra della polizia nella corte, e due agenti che stavano suonando alla sua porta.

De Angelis si nascose in uno dei vani scale, terrorizzato. Eccoli, lo stavano cercando. I poliziotti provarono più volte a suonare, nel mentre si guardavano un po' attorno, controllando se ci fosse stato qualcuno a cui chiedere informazioni. Telefonarono, evidentemente in centrale, per riferire che il segnalato non era presente, o perlomeno non apriva. Avrebbero sfondato la porta?

No, non parevano avere questa intenzione. Piuttosto provarono a suonare altri campanelli nella casa di ringhiera, forse per avere informazioni.

Parlarono per cinque minuti con la signorina Mattei-Ferri, poi se ne andarono, almeno così pareva. Ma si poteva esserne sicuri? Il Luis prima di muoversi e uscire allo scoperto aspettò più di mezz'ora, non si poteva mai sapere. Poi, tremante, entrò in casa, ma solo per pochi minuti, giusto il tempo di preparare una piccola valigia rigida, vetusta, con qualche pezzo di biancheria intima, due camicie e un golfino, quello grigio. Estrasse il cassetto del tavolo nell'ingresso, lo rovesciò e staccò la busta attaccata con lo scotch dove teneva i contanti. Sul manualetto contro le truffe agli anziani c'era scritto di evitare di nascondere i soldi in quel posto lì, è il primo dove i malfattori vanno a cercare. A parte che c'era anche scritto di non tenere contanti in casa, se non il minimo indispensabile. Nella busta, invece, c'erano 2.650 euro, il Luis li ricontò, rapidamente. Ma quanto a lungo sarebbero potuti durare? E in banca? Se si fosse presentato allo sportello a ritirare la pensione lo avrebbero arrestato seduta stante. Ormai era fatta. E dove avrebbe potuto fuggire? Luis dette una pulita sommaria al pavimento, dove c'era qualche traccia di sangue rappreso.

L'istinto bieco e irrazionale della fuga ormai lo aveva accecato, anche se non aveva la minima idea di dove avrebbe potuto riparare, almeno per raccogliere le idee. A chi chiedere aiuto?

L'unica persona che gli venne in mente, purtroppo, nel senso che non ce n'erano altre, fu suo nipote Daniel. Quello era un mezzo delinquente, sempre nei pasticci ma che aveva le mani in pasta in situazioni un po' equivoche. Decise di telefonargli dal fisso di casa.

«Pronto?»

«Pronto, chi sei?».

«Daniel, sono lo zio Luigi».

«Zio, guarda, questa volta non è colpa mia, io non c'entro niente, ha fatto tutto l'avvocato di sua iniziativa, io...».

«No, ascoltami Daniel, questa volta la situazione è diversa, questa volta sono io che ho bisogno di te».

«Bisogno? Cosa intendi dire?».

«Poi ti spiego, dov'è che ci possiamo vedere?».

«Ma zio, sono molto occupato, non è che io posso... insomma il mio tempo...».

«Il tuo tempo sarà abbondantemente ricompensato, non ti preoccupare».

Si sarebbero incontrati in zona Corvetto dopo un'ora circa.

Il Luis non raccontò con precisione a Daniel qual era

il suo problema, si limitò a dire che almeno per qualche giorno aveva bisogno di un nascondiglio sicuro.

Daniel replicò che non era affatto facile, che al momento non sapeva, che bisognava lavorarci sopra, insomma.

Luis estrasse dal portafoglio 500 euro e li mostrò al nipote, non glieli dette immediatamente.

«Vedi un po' che cosa puoi fare e non stare a rompermi le bale con questi discorsi. Se mi trovi un posto bene, e questi sono per te, se no farò in qualche altra maniera».

«Ma non potresti anticiparmeli, almeno un po', sai, non mi stai chiedendo una cosa facile, e non mi hai neanche detto chi ti cerca».

«Non mi cerca nessuno, almeno che tu debba sapere. Se vuoi questi 500 trovami un posto».

«Va bene, aspettami in quel bar lì, tornerò fra un paio d'ore».

Daniel tornò dopo quattro ore circa, e fece salire lo zio sulla sua Fiat Punto.

IV

De Angelis, seduto sul suo secchio-vaso da notte rovesciato, pensava a questa nuova sistemazione, in un sottoscala di un annesso di un vecchio stabile abbandonato. Il suo rifugio non era più grande di due metri per due, il soffitto nel punto più alto non superava il metro e ottanta, nel punto più basso i cinquanta centimetri. I bisogni li avrebbe dovuti fare in quel secchio di alluminio, un po' come in carcere. Due coperte per dormire per terra, su un ripiano di legno mezzo marcio. In verità il Luis non aveva ben capito in quale zona di Milano si trovasse, Daniel ce lo aveva portato di notte col furgone chiuso. Però si sentiva un gran rumore di macchine e di camion a poca distanza, forse erano vicino alla tangenziale. Luis era spossato e vicino a non poterne più. Non era un uomo da vivere alla macchia, e quello che gli era capitato nei giorni precedenti gli aveva tolto ogni residua fiducia sul genere umano e sui suoi destini.

Perché si trattava del terzo rifugio dove Daniel lo aveva condotto e lui era allo stremo.

Il primo posto dove lo avevano sistemato non era altro che una casa occupata, dalle parti del Giambellino. Una palazzina all'interno della quale risiedevano una cinquantina di persone, forse molte di più. La maggior parte erano africani, neri o olivastri, ma si contavano anche dei balcanici, e degli asiatici, per lo più afghani, pakistani, mongoli. C'erano anche alcuni italiani.

Daniel disse allo zio che per stare lì avrebbe dovuto pagare 20 euro al giorno, come tutti, e se ne fece anticipare una settimana. In realtà la retta vera e propria ammontava solo a cinque euro, da pagare comunque anticipati.

Luis fu alloggiato in una branda in una stanza dove ce n'erano una dozzina. Accanto a lui stava una famiglia malconcia con quattro bambini. Ma cosa li fanno a fare i bambini questi qui, che non hanno neanche le lacrime per piangere, pensava il De Angelis, che peraltro restava bloccato sulla sua branda perché aveva paura che gli rubassero i soldi che teneva su di sé. Per fortuna aveva un aspetto sempre più cencioso e miserabile anche lui, nessuno avrebbe mai immaginato che quel vecchio malmesso avesse addosso svariate centinaia di euro.

«Dove sono i servizi igienici?» aveva chiesto ai suoi coinquilini, che per fortuna non avevano capito.

L'ottuagenario di questa sistemazione era rimasto sorpreso, e non aveva mancato di dirlo al nipote. «Ma come, io ti chiedo di nascondermi e tu mi butti in mezzo a questo casino».

«Qui zio nessuno ti darà fastidio e ti cercherà, meglio nascondersi in mezzo alla gente che in un posto isolato».

«Ma qui son tutti negher, e c'è una spussa che non si resiste».

«Non ti preoccupare, adesso parlo con il Nep, che ti troverà una sistemazione migliore».

«E chi è che è il Nep?»

«Come, non ne hai mai sentito parlare? È lui che organizza le occupazioni, la questura prima di tutto parla con lui, li tiene per le balle. Lui di case occupate ne segue una decina, è un pezzo grosso».

Luis il mitico Nep non riuscì neanche a vederlo, d'altronde cercava il basso profilo, nessuno doveva notarlo. Ebbe a che fare per due minuti con uno dei suoi attendenti, un ragazzo calabrese che si faceva chiamare il Mocco.

«A te ti hanno sfrattato?». Al Luis già gli stava parecchio sulle balle che un ragazzino come quello gli desse del tu. «Non esattamente».

«Ma tu ci credi nella lotta per la casa?».

«Certo che ci credo».

«Allora tieni questi volantini. Fatti la zona piazza Napoli».

«Io i volantini? Ma io ci ho ottantatré anni».

«Meglio! Dobbiamo far vedere che fra di noi ci sono anziani appartenenti a infime classi popolari».

«Ma neanche per sogno! L'ultima cosa che voglio è farmi vedere in giro. E poi infimo ci sarai te».

Il De Angelis era certo che quello non era il posto per lui, voleva comunicarlo al Daniel, ma quello non si fece vedere per un giorno intero.

Durante quelle 24 ore eterne il Luis capì che la lotta disperata per la vita non era il suo campo da gioco e che lui non ci era tagliato. Qui è peggio che stare in carcere! Adesso mi sentono!

Peraltro il giorno dopo ci fu la goccia che fece traboccare il vaso, cioè nella casa occupata arrivò la polizia. Gli occupanti si asserragliarono nelle stanze, pronti a dare battaglia. In realtà pare che la polizia non avesse nessun interesse all'occupazione in sé, stavano cercando un certo Mahammed Al Drissi, evaso dal carcere di Opera. Comunque l'atmosfera assomigliava a quella di un assedio in piena regola: gli assediati minacciavano di dare fuoco a tutto.

Per fortuna Daniel fece appena in tempo a portare via lo zio... ai poliziotti disse che era un ricoverato in una RSA vicina, che si perdeva sempre.

La seconda destinazione si trovava a Corsico, al cimitero. Uno che lavorava lì dentro saltuariamente aveva messo a disposizione una cappella deserta, che presto sarebbe stata abbattuta, per la modica cifra di 10 euro al giorno.

«Basta che non esca mai di lì e che non faccia nessun rumore, se no la gente si spaventa e poi io passo un guaio».

«Mah...».

«Zio, questo è il posto migliore, qui non ti viene a cercare proprio nessuno, a proposito, avresti qualche altro euro? Le spese aumentano sempre di più».

I due giorni che il Luis passò al cimitero furono forse i peggiori della sua vita. In quella cappella, all'interno smantellata – i loculi erano vuoti, le lapidi erano state rimosse e portate via – De Angelis ebbe un assaggio di quello che sarebbe stato il suo imminente avvenire. Daniel passò a trovarlo due volte in tutto, portandogli qualcosa da mangiare.

Di notte il vecchio usciva dalla cappella per espletare i suoi bisogni fisiologici in mezzo alle tombe e agli alberelli. Si aggirava come un fantasma per i vialetti, avvolto in una coperta militare. Meditava sul suo destino e ne ricavava responsi negativi. Ecco dove sono finito, questo è il mio posto, dove penso di poter andare altrimenti?

Quella sistemazione riusciva a simboleggiare la sua situazione anagrafica e il suo futuro, però il terzo giorno il guardiano disse a Daniel che il vecchio se ne doveva andare via, qualche visitatore del cimitero aveva segnalato strani rumori e strane presenze – per non parlare degli escrementi – e se arrivava don Seggetti erano problemi seri per tutti.

Quindi come metafora della sua anima squassata e delle decisioni finali adesso il Luis era recluso in quel sottoscala, nel quale avvertiva vibrazioni di autotreni e autosnodati che facevano tremare il sottosuolo.

V

Daniel portò allo zio due tramezzini al tonno, secchi e induriti, e una bottiglietta di acqua minerale.

Chiese altri soldi al Luis, sostenendo che stava affrontando un sacco di spese, oltre a quelle per il vitto. Bisognava tacitare le persone che avevano messo a disposizione i locali, e inoltre c'era da esercitare la sorveglianza, tenere qualcuno a fare il palo, a segnalare la presenza della polizia o di persone non gradite. Senza contare l'eliminazione dei bisogni, che andava fatta in luogo sicuro, per non destare sospetti.

De Angelis consegnò al nipote altri trecento euro, quello non parve molto soddisfatto. Vabbè, gliene avrebbe chiesti altri il giorno dopo.

Daniel se ne andò di fretta, anche lui aveva dei debiti importanti, sia con la società nel suo insieme che con alcune persone che lo cercavano dappertutto.

Il Luis prostrato si lasciò andare sul pavimento. Non ce la faceva più. Erano cinque giorni che non dormiva, alla sua età, gli sembrava che fosse tutto inutile, e che per lui non ci fosse scampo. Lo avrebbero trovato morto in quel sottoscala, chissà dopo quanto tempo.

Sentì un rumore vicino a sé, uno scricchiolio. Vide uno scarafaggio di medie dimensioni che lo fissava nella semioscurità. Se ne stava fermo immobile, non pareva particolarmente impaurito, evidentemente aveva annusato l'odore del tramezzino e avrebbe gradito averne una parte.

Il De Angelis, per nulla raccapricciato dallo schifoso insetto, gli porse un pezzo di tramezzino. Quello all'inizio titubava, poi si avvicinò e si mise a favorire sia del pane raffermo che della pasta di tonno. Terminò la sua porzione con precisione e velocità, restò sul posto, in attesa di un bis. Il De Angelis glielo accordò, anzi, gli consegnò l'intera cena, lui non si sentiva. Magari lo scarafaggio aveva famiglia e poteva portare tutto quel ben di Dio a moglie e figli.

La presenza di quella blatta suscitò in De Angelis dei pensieri, sul senso della vita, sull'anzianità, anzi, diciamolo per bene, sulla vecchiaia, sull'attesa della morte, sulla solitudine, sui parenti, eccetera. Per esempio sentiva di assomigliare molto a quello scarafaggio, che viveva nell'oscurità, nascondendosi perennemente per paura che qualcuno lo schiacciasse sotto un tacco.

Cominciò a parlargli, mentre quello mangiava di gusto, e non aveva nessuna intenzione di dividere i tramezzini con altri cospecifici. Probabilmente la famiglia non ce l'aveva, come il De Angelis.

Eh, caro mio, diceva il vecchio, la scemata l'ho fatta io, non è che posso dare la colpa a qualcun altro. Sì, ci mettono paura, però un uomo che non capisce quando ha fatto una cazzata che uomo è? Sono come te?

Devo vivere di notte nascondendomi? Ma che cosa sto facendo? Mi sono messo nei guai da solo, e me ne assumo le responsabilità, cosa scappo a fare? Dove penso di andare? Nelle fogne di Milano? Siamo tuch comm dei poveri burdoc, che la gente ci si accanisce sopra, ma cosa gli hanno fatto di male?

Raccontò allo scarafaggio come erano andate le cose: era colpa sua se gli anziani sono presi d'assedio? Come faceva a saperlo che quello era un commissario vero? L'animale ascoltava con attenzione, pur non interrompendo il banchetto.

Così il Luis prese una decisione. Per quanto tempo ancora avrebbe potuto restare alla macchia? E a che scopo?

Racconterò le cose come sono andate.

Lui era una persona perbene, uno che aveva lavorato tutta la vita onestamente e che non aveva mai rubato mille lire a nessuno. Ma una cosa non l'aveva mai abbandonata, la dignità.

Dignità, dignità e fermezza, cos'altro può restare a un vecchio balengo come me? Paura, rancore, e dispetto? Ma allora Milano non mi ha insegnato niente? Ho la fortuna che ancora non sono partito di cervello. E allora, dignità.

Così, dopo tutte queste riflessioni, De Angelis decise che si sarebbe costituito. In fondo che gli potevano fare? Aveva 83 anni, in galera non ce lo avrebbero chiuso, sarebbe finito agli arresti domiciliari, ma anche se l'avessero messo in galera che differenza poteva fare? Tanto ormai devo solo prepararmi alla morte, e meglio farlo con dignità.

Mentre De Angelis era intento in queste meditazioni catastrofiche arrivò un altro scarafaggio, un po' più piccolo del primo ma non di molto. Era la moglie? Così nei pensieri del Luis si inserì quello di Carmela. L'amore?

Eh, con Carmela non poteva funzionare, siamo troppo diversi. Prima di tutto c'è il gap generazionale, e poi anche quello geografico, lei è di Trapani... Ma chissà, magari in un'altra vita... ci ritroveremo, e io non le dirò mai che nella vita passata ero il Luis, figuriamoci.

Era venuto il momento di tornare a casa. Soprattutto di farsi una bella doccia e la barba. Adesso sembrava un miserabile, un vecchietto senza dignità, un barbone, per l'appunto.

Poi sarebbe andato in questura, portandosi dietro la chiave inglese del '28, l'arma del delitto.

Uscì allo scoperto, dal suo rifugio. Ma dove si trovava quel casolare? Mica tanto lontano, in un quarto d'ora il Luis era a Sesto, da dove prese un treno per Lambrate.

Fuori c'era, anche quella sera, una strana luce gialla.

Per questo decise che avrebbe indossato il suo vestito buono per andare a costituirsi.

Una volta a casa dovette ravanare un bel po' nell'armadio prima di trovarlo, odorava di naftalina. Preparò tutto sul letto, vestito, camicia, cravatta e cintura... Scartò la doccia e si concesse un bagno nella vasca. Ah, come si sentiva meglio. Si fece la barba con scrupolo. Aveva sempre sentito dire che la barba la sera non va fatta. Eppure la rasatura fu perfetta. Si vestì.

Di mangiare non ne aveva mica voglia, però si aprì una bottiglia di vino, di quello buono, che gli aveva regalato il Consonni. Alla sua salute!

Adesso rimaneva ancora qualcosa da fare. C'era da pensare alla sua BMW e a qualche altro dettaglio. Per esempio i soldi in contanti che gli erano rimasti. Li infilò in una busta. Scrisse un biglietto:

Cara Carmela, ti chiedo il favore di conservarmi questi soldi, non credo che mi serviranno, ma non si sa mai. In ogni caso li voglio togliere dalle grinfie di quel porco di mio nipote. La macchina te la regalo, se sarà possibile faremo il passaggio di proprietà. Non so se tu di una macchina del genere te ne farai qualche cosa, ma la puoi sempre rivendere, oppure andare a fare qualche gita la domenica. Consuma parecchio, questo te lo devo dire. A me basta che questo presente rappresenti per te un ricordo di me, che ti ho voluto tanto bene, anche se non corrisposto. Ma cosa vale oramai? Luigi.

La busta la infilò nel vano portaoggetti sul cruscotto.

Portò la macchina davanti al ristorante *La nuova Trapani*, dopo aver fatto il pieno. Non gli pareva elegante lasciare Carmela con quel mostro a secco. La posteggiò proprio davanti al locale, appiccicando sul parabrezza un foglio, come fosse una multa, dove c'era scritto grosso: «PER CARMELA». Le chiavi le buttò nella cassetta della posta del ristorante.

Da qui prese il tram che lo avrebbe portato vicino alla questura.

VI

Davanti alla questura De Angelis decise di prendersi un caffè, e anche un cornetto, due ultime soddisfazioni, ma a questo punto cinque minuti in più o in meno.

Si trovò sotto mano un giornale, da diversi giorni aveva vissuto su un altro pianeta. Cosa era successo a Milano? Aveva importanza?

Sfogliò il quotidiano e vide la foto di un uomo che conosceva. Porca miseria, era il commissario che lui aveva colpito. Era evidente! È morto, è morto! Lo sapevo! Mi daranno l'ergastolo.

Eppure l'articolo esordiva con un titolo che spostava il baricentro degli avvenimenti.

ARRESTATO UN PALERMITANO ALL'OSPEDALE
SAN RAFFAELE: ERA IL RE DELLE TRUFFE AGLI ANZIANI

L'uomo, il cui vero nome corrisponde a Lorenzo La Marca, è stato tratto in arresto nel pomeriggio, su segnalazione del pronto soccorso, presso il quale l'uomo era stato condotto e ricoverato: in effetti aveva riportato un trauma cranico, più una innumerevole serie di contusioni su tutto il corpo. Sembra che il La Marca abbia subito un'aggressione, e sia stato colpito con un grosso corpo contundente. In ogni caso il personale medico aveva trovato addosso al soggetto, in stato confusionale, documenti vari, presumibilmente falsi, fra cui il tesserino di un commissario di polizia.

Gli agenti immediatamente sul posto hanno arrestato il La Marca, che rapidamente è stato riconosciuto come il truffatore professionista che così tanti anziani aveva colpito in regione. Con sé aveva una lista delle sue vittime passate e future: alcune di queste corrispondevano a persone che avevano sporto denuncia.

Il metodo del La Marca era piuttosto elaborato: si faceva passare per un commissario di polizia a capo della squadra antitruffa contro gli anziani. Si presentava con un tesserino di un vero commissario di polizia, Vittorio Spotorno, sottratto non si sa come al proprietario. Avvicinava le persone di una certa età spiegando il suo ruolo, che era quello di fare prevenzione, li rassicurava, li convinceva che adesso loro erano in buone mani. E lo faceva con modi gentili, con un linguaggio forbito ed elegante, addirittura distribuiva un opuscoletto riassuntivo in venti punti, proprio sulle truffe agli anziani. In effetti era un opuscoletto prodotto dalla questura, e non si sa come il La Marca se ne fosse procurato un certo numero di copie. Quindi veniva al dunque: si faceva raccontare dalle sue vittime dove tenessero nascosti i soldi o i valori, e spiegava loro che no, quello era il posto sbagliato, i truffatori questi posti qui li conoscono benissimo. E a questo punto era fatta. Il La Marca sottraeva il contante mentre l'anziano si sentiva rassicurato e fortunato.

Era un bel po' che il La Marca era ricercato: operava preferibilmente nel Lombardo-Veneto, pare che abbia messo a segno più di ottanta truffe, tutte più o meno secondo il suo metodo. Sono in corso indagini su questo ambiguo personaggio, un uomo di cultura: laureato a pieni voti presso l'Università di Palermo, in passato addirittura professore universitario in Biologia, proprietario di immobili. Coinvolto in alcuni affari poco chiari pare essere a un certo punto sprofondato nell'indigenza economica, forse a causa di una donna (una certa Michelle, nome probabilmente falso) che lo avrebbe circuito e portato alla rovina. Almeno questo è quello che ha raccontato lo stordito La Marca al personale del pronto soccorso. Al momento egli sostiene di non ricordarsi assolutamente niente di chi possa averlo assalito e colpito. Non si esclude che la sua amnesia sia simulata e che egli sia stato colpito nel corso di un regolamento di conti, forse da qualche suo complice o concorrente.*

De Angelis rimase un po' scioccato dal resoconto. Lo rilesse due, tre, quattro volte. Ordinò un bicchiere di sambuca.

Sentiva il peso della chiave inglese nella tasca interna del soprabito, e provò il desiderio di liberarsene immediatamente, in un posto dove nessuno l'avrebbe mai potuta ritrovare.

Pensò alla sua confessione imminente. Quando si sarebbe costituito che cosa avrebbe detto? Che era stato lui a mettere KO il re dei truffatori? E si sarebbe preso il merito, no?

* Per chi volesse saperne di più sulle vicissitudini del professor Lorenzo La Marca e del commissario Vittorio Spotorno si consiglia la lettura dei volumi di Santo Piazzese, Sellerio editore. Si tenga presente che tali volumi narrano vicende avvenute negli anni Novanta del Novecento. Ai tempi di cui parliamo noi (2011) questi personaggi hanno raggiunto l'età della pensione, e dovuto superare molte circostanze negative.

Ma no, ma no, io non sono mica un vanaglorioso, cosa me ne importa... e poi se non mi credono? Penseranno che sono un mitomane, che voglio fare la figura dell'eroe...

Quindi pensò alla BMW Z3 3.2 24 valvole. Bisognava fare in fretta.

Prese un taxi e si fece portare all'Ortica, davanti al ristorante *La nuova Trapani*. Ah, per fortuna la macchina era ancora lì.

Con la solita chiave inglese scassinò la cassetta delle lettere del ristorante, dove c'era solo materiale pubblicitario e probabilmente nessuno ci andava mai a guardare, nemmeno Carmela. Recuperò le chiavi della macchina.

Una volta all'interno si assicurò che la busta con i soldi fosse ancora lì e stracciò il biglietto che aveva scritto a quella donna.

Tanto il regalo della macchina non lo avrebbe neanche gradito, e i soldi, che fine avrebbero fatto i soldi?

Tornò a casa. Vide il furgone di Antonio che occupava lo spazio riservato alla sua BMW. Che valesse la pena farglielo notare? No, la sua primaria esigenza adesso era quella di dormire.

Indice

Questo volume è stato stampato
su carta Arena Ivory Smooth
delle Cartiere Fedrigoni
nel mese di settembre 2025

Stampa: Officine Grafiche soc. coop., Palermo

Legatura: LE.I.MA. s.r.l., Palermo

La memoria

Ultimi volumi pubblicati

1201 Andrea Camilleri. La Pensione Eva
1202 Antonio Manzini. Vecchie conoscenze
1203 Lu Xun. Grida
1204 William Lindsay Gresham. Nightmare Alley
1205 Colin Dexter. Il più grande mistero di Morse e altre storie
1206 Stanisław Lem. Ritorno dall'universo
1207 Marco Malvaldi. Bolle di sapone
1208 Andrej Longo. Solo la pioggia
1209 Andrej Longo. Chi ha ucciso Sarah?
1210 Yasmina Khadra. Le rondini di Kabul
1211 Ben Pastor. La Sinagoga degli zingari
1212 Andrea Camilleri. La prima indagine di Montalbano
1213 Davide Camarrone. Zen al quadrato
1214 Antonio Castronuovo. Dizionario del bibliomane
1215 Karel Čapek. L'anno del giardiniere
1216 Graham Greene. Il terzo uomo
1217 John Julius Norwich. I normanni nel Sud. 1016-1130
1218 Alicia Giménez-Bartlett, Andrej Longo, Marco Malvaldi, Antonio Manzini, Santo Piazzese, Francesco Recami, Alessandro Robecchi, Gaetano Savatteri, Giampaolo Simi, Fabio Stassi, Simona Tanzini. Una settimana in giallo
1219 Stephen Crane. Il segno rosso del coraggio
1220 Yokomizo Seishi. Fragranze di morte
1221 Antonio Manzini. Le ossa parlano
1222 Hans von Trotha. Le ultime ore di Ludwig Pollak
1223 Antonia Spaliviero. La compagna Natalia
1224 Gaetano Savatteri. I colpevoli sono matti. Quattro indagini a Màkari
1225 Lu Xun. Esitazione
1226 Marta Sanz. Piccole donne rosse
1227 Susan Glaspell. Una giuria di sole donne
1228 Alessandro Robecchi. Una piccola questione di cuore

1229 Marco Consentino, Domenico Dodaro. Madame Vitti
1230 Roberto Alajmo. La strategia dell'opossum
1231 Alessandro Barbero. Poeta al comando
1232 Giorgio Fontana. Il Mago di Riga
1233 Marzia Sabella. Lo sputo
1234 Giosuè Calaciura. Malacarne
1235 Giampaolo Simi. Senza dirci addio
1236 Graham Greene. In viaggio con la zia
1237 Daria Galateria. Il bestiario di Proust
1238 Francesco Recami. I killer non vanno in pensione
1239 Andrea Camilleri. La coscienza di Montalbano
1240 Roberto Alajmo, Andrej Longo, Marco Malvaldi, Antonio Manzini, Francesco Recami, Alessandro Robecchi, Gaetano Savatteri, Fabio Stassi. Una notte in giallo
1241 Dominique Manotti. Marsiglia '73
1242 Claudio Coletta. In tua assenza
1243 Andrej Longo. Mille giorni che non vieni
1244 Alan Bradley. Le trecce d'oro dei defunti
1245 Emilienne Malfatto. Il lamento del Tigri
1246 Antonio Manzini. La mala erba
1247 Nicola Schicchi. Via Polara n. 5
1248 Roberto Alajmo. Notizia del disastro
1249 Jenny Erpenbeck. Il libro delle parole
1250 Marco Malvaldi, Samantha Bruzzone. Chi si ferma è perduto
1251 John Julius Norwich. Il regno nel sole. 1130-1194
1252 Andrea Camilleri. La guerra privata di Samuele e altre storie di Vigàta
1253 Ben Pastor. La Venere di Salò
1254 Graham Greene. Un Mondo tutto mio. Diario dei sogni
1255 L'isola nuova. Trent'anni di scritture di Sicilia
1256 Anthony Trollope. Il ritorno di Phineas Finn
1257 Alicia Giménez-Bartlett. La presidente
1258 Sergio Atzeni. Passavamo sulla terra leggeri
1259 Uwe Timm. Come mio fratello
1260 Dario Ferrari. La ricreazione è finita
1261 Giorgio Manganelli. Mia anima carnale
1262 Fabio Stassi. Notturno francese
1263 Alessandro Robecchi. Cinque blues per la banda Monterossi
1264 Alessandro Barbero. Brick for stone
1265 Franco Lorenzoni. Educare controvento. Storie di maestre e maestri ribelli
1266 Caterina Cardona. Un matrimonio epistolare
1267 Davide Enia. Così in terra
1268 Jane Gardam. L'eterno rivale
1269 Sonya Orfalian. Alfabeto dei piccoli armeni
1270 Andrea Camilleri. La paura di Montalbano
1271 Maria Judite de Carvalho. Gli armadi vuoti

1272 Roberto Alajmo. La boffa allo scecco
1273 Antonio Manzini. ELP
1274 Graham Greene. Brighton Rock
1275 Henry Cauvain. L'investigatore Maximilien Heller
1276 Francesco Recami. Colpo grosso ai Frigoriferi Milanesi
1277 Thornton Wilder. Il ponte di San Luis Rey
1278 Andrea Molesini. Non si uccide di martedì
1279 Santo Piazzese. Sei casi per Lorenzo La Marca
1280 Yokomizo Seishi. Il teatro fantasma
1281 Furio Scarpelli. Si ricorda di me, signor tenente?
1282 Hans Sahl. I pochi e i molti. Romanzo di un'epoca
1283 Marco Malvaldi. La morra cinese
1284 Giampaolo Simi. Il cliente di riguardo
1285 Dolores Hitchens. La gatta ha visto tutto
1286 Adriano Sofri. C'era la guerra in Cecenia
1287 Federico Maria Sardelli. Lucietta. Organista di Vivaldi
1288 Antonio Manzini. Riusciranno i nostri eroi a ritrovare l'amico misteriosamente scomparso in Sud America?
1289 Ben Pastor. La finestra sui tetti e altri racconti con Martin Bora
1290 Andrea Camilleri. Il giudice Surra e altre indagini in Sicilia
1291 Alicia Giménez-Bartlett, Marco Malvaldi, Antonio Manzini, Santo Piazzese, Francesco Recami, Alessandro Robecchi, Gaetano Savatteri, Simona Tanzini. Cucina in giallo
1292 Andrej Longo. La forma dei sogni
1293 Yasmina Khadra. Cosa sognano i lupi?
1294 Vanessa Roghi. Un libro d'oro e d'argento. Intorno alla *Grammatica della fantasia* di Gianni Rodari
1295 Graham Greene. Fine di una storia
1296 Alessandro Robecchi. Pesci piccoli
1297 Lu Xun. Antiche storie riscritte
1298 Chiara Valerio. Chi dice e chi tace
1299 Giorgio Fontana. Kafka. Un mondo di verità
1300
1301 Andrea Camilleri. Un sabato, con gli amici
1302 Victoria Kielland. I miei uomini
1303 Emilienne Malfatto. Il colonnello non dorme
1304 Alicia Giménez-Bartlett. La donna che fugge
1305 Gioacchino Lanza Tomasi. Lampedusa e la Spagna
1306 Maria Orsini Natale. Francesca e Nunziata
1307 Samir Machado de Machado. Il crimine del buon nazista
1308 Yokomizo Seishi. Il detective Kindaichi e la maledizione degli Inugami
1309 Dolores Hitchens. La gatta ha dato l'allarme
1310 Maria Judite de Carvalho. Tanta gente, Mariana
1311 Marco Malvaldi, Samantha Bruzzone. La regina dei sentieri
1312 P.G. Wodehouse. Alla buon'ora, Jeeves!
1313 Graham Greene. L'americano tranquillo

1314 Gaetano Savatteri. La Magna Via
1315 Alberto Stabile. Il giardino e la cenere. Israele e Palestina nel racconto di un albergo leggendario
1316 Fabio Stassi. Bebelplatz. La notte dei libri bruciati
1317 Giorgio Manganelli. Il vescovo e il ciarlatano
1318 Antonio Manzini. Il passato è un morto senza cadavere
1319 Simon Mason. Un omicidio a novembre
1320 Ludwig Hohl. La salita
1321 Alessandro Barbero. Romanzo russo
1322 Tommaso Pincio. Panorama
1323 John Julius Norwich. Storia di Venezia. Dalle origini al 1400
1324 Anthony Trollope. I figli del duca
1325 Andrea Camilleri. Vi scriverò ancora
1326 Claude Lévi-Strauss. Babbo Natale giustiziato
1327 Alicia Giménez-Bartlett, Andrej Longo, Marco Malvaldi e Samantha Bruzzone, Luca Mercadante, Francesco Recami, Gaetano Savatteri, Simona Tanzini. Animali in giallo
1328 Luca Mercadante. La fame del Cigno
1329 Uwe Timm. Tutti i miei fantasmi
1330 Alicia Giménez-Bartlett. Una poco di buono. Sei indagini di Petra Delicado
1331 P.G. Wodehouse. Grazie, Jeeves
1332 Laure Murat. Proust, romanzo familiare
1333 Andrej Longo. Dieci
1334 Andrej Longo. Undici. Non dimenticare
1335 Alberto Méndez. I girasoli ciechi
1336 Daria Galateria. Atlante degli artisti in affari
1337 Alessandro Robecchi. Il tallone da killer
1338 Serena Vitale. Cartella clinica
1339 Eugenio Baroncelli. Il cielo più pietoso è quello vuoto. Quindici voci di un'improbabile autobiografia
1340 Simon Mason. Il caso Poppy Clarke
1341 Giampaolo Simi. Tra lei e me
1342 Chiara Valerio. La fila alle poste
1343 Roberto Alajmo. È stato il figlio
1344 Angelo Carotenuto. La grammatica del bianco. Un'estate a Wimbledon
1345 Marco Malvaldi. Piomba libera tutti
1346 Furio Scarpelli. Cuore di mafioso
1347 Amanda Cross. In ultima analisi
1348 Graham Greene. Missione confidenziale
1349 Dolores Hitchens. La gatta ci ha messo lo zampino